LIEBLINGS
KINDER

TRAUDL BÜNGER

LIEBLINGS KINDER

Roman

Kiepenheuer
& Witsch

Die Arbeit an »Lieblingskinder« wurde unterstützt durch ein Aufenthaltsstipendium der Villa Sträuli, Winterthur.

MIX
Papier aus verantwortungsvollen Quellen
FSC® C014496
www.fsc.org

Verlag Kiepenheuer & Witsch, FSC® N001512

1. Auflage 2012

Umschlaggestaltung: Barbara Thoben, Köln
Umschlagmotiv: © Gregor Buir – www.fotolia.com
Autorenfoto: © Bettina Fürst-Fastré
Mit einer Illustration von Daniel Ehme
Gesetzt aus der Stempel Garamond
Satz: Buch-Werkstatt GmbH, Bad Aibling
Druck und Bindung: GGP Media GmbH, Pößneck
ISBN 978-3-462-04385-3

Für Bert

Ich versuche es immer so einzurichten, dass ein wenig Hausarbeit zu erledigen ist, wenn ich mit meinem Vater telefoniere. Ein paar braune Blätter an einer Balkonblume, ein paar schmutzige Teller für die Spülmaschine oder ein paar staubige Glühbirnen reichen aus. Ich bin mir sicher, dass mein Atem nicht nach Beschäftigung klingt, dass das Grunzen, mit dem ich seinen Redestrom in Gang halte, nicht künstlicher ist als sonst. Dennoch merkt er es jedes Mal.

»Was klappert da?«, fragt er freundlich, und als ich gestehe, dass ich parallel koche, will er wissen, was. Als ich »nur Pasta« murmele, ist er enttäuscht. Früher hat er bei Familienfeiern gerne darauf hingewiesen, dass jetzt beide Töchter kochen *und* backen könnten. (»Früher konnte die eine kochen, die andere nicht. Dafür konnte die andere backen, aber nicht kochen. Ich hab immer gedacht: Der arme Mann, muss gleich beide heiraten. Aber inzwischen können beide beides.«)

»Mach doch mal einen schönen Schweinebraten!«

»Vielleicht am Wochenende.«

»Au, fein! Dann komme ich am Sonntag zum Schweinebratenessen.«

Am Sonntagmorgen schneide ich große Mengen Knoblauch und zerhacke einen Berg Kräuter. Ich mache einen Salat als Vorspeise, ein Risotto mit Spinat und Gorgonzola als Beilage und Birnen in Rotweinsoße zum Nachtisch. Unter den kritischen Blicken der Katze lege ich ein weißes Tuch auf den Tisch im Schatten der Weinranken, schmücke ihn mit einem Strang weißen Flieder und lege eine mittelteure Flasche Weißwein ins Tiefkühlfach.

Wie immer bin ich pünktlich fertig; wie immer kommt er 20 Minuten zu spät; wie immer gelingt es mir nicht, die 20 Minuten sinnvoll zu nutzen.

Er klingelt stürmisch und läuft dann mit schnellen, platschenden Schritten die Treppe herauf. Ein dichtes Duftgewebe aus Knoblauch und Kräutern umweht uns, als er mich steif umarmt und sich die Schuhe von den Füßen streift. Ich schiebe sie mit dem Fuß in eine Ecke neben der Kommode und folge ihm ins Wohnzimmer. »Hier!«, rufe ich fröhlich, zeige Richtung Balkon und wünsche mir mit einem Mal, dass er die Tischdecke und den Fliederzweig bemerkt.

»Ach ja«, sagt er, stolpert über die Türschwelle, fängt sich und lässt sich mit Schwung auf den nächsten Stuhl fallen.

»Kannst du dich bitte auf den anderen Stuhl setzen? Ich muss in die Küche können.«

»Ach ja«, sagt er wieder, geht um den Tisch und setzt sich, ohne eine Sekunde an die Aussicht oder die Stockrosen zu verschwenden. Ich sehe auf meine nackten Zehen, auf das Überbein, das er mir vererbt hat. Der Moment, an dem ich hätte fragen können, wie die Fahrt war, ist vorbei.

»Ich hol mal den Salat.«

»Oh ja.«

Der Wein ist von einem kühlen, hellen Gelb und die Gläser sind bis zur Füllhöhe beschlagen. Ich verscheuche eine frühe Wespe, während wir den Salat essen. Er sticht seine Gabel in eine halbierte Cocktailtomate, schiebt sie sich in den Mund, kaut schnell, ebenso die Pinienkerne. Die Salatblätter ignoriert er.

»Mir ist das ein wenig viel«, sagt er und deutet mit der Gabel ein paar Mal auf die Blätter. »Möchtest du?«

Ich schüttele den Kopf.

»Nicht wahr?«, sagt er und lacht. Ich nehme seinen Teller, öffne den braunen Biomüll-Behälter mit dem großen Zeh und lasse den Salat hineinrutschen. Das Hellgrün sieht hübsch aus auf dem körnigen Braun aus dem Coffeemaker. In der Küche schneide ich eine dicke Scheibe rosig weißen Schweinebraten ab und häufe Knoblauchscheiben und geschmorte Kräuter darauf. Ich forme eine Eiskugel aus dem Risotto und bestreue sie mit glatter Petersilie.

Er isst den Schweinbraten mit Appetit, lobt die »gebratenen Zwiebeln« und den »Kartoffelkloß«. Von den Kräutern lässt er das meiste liegen. Als ich ihm eine zweite Portion anbiete, kommt er mit in die Küche und zeigt auf das Ende des spitz zulaufenden Schweinebratens. Während ich in das mürbe Fleisch schneide, fühle ich alten Ärger. Früher hebelte er gerne die Käseschicht von den Aufläufen und ließ Kartoffeln und Gemüse liegen.

Beim Nachtisch erzähle ich ein bisschen aus der Behörde, aber schnell franst meine Stimme unter seinem fehlenden Interesse aus und meine Anekdote verliert an Tempo. Mit einem lahmen »so ist das in der Staatsanwaltschaft« ende ich, ohne die Pointe erreicht zu haben. Es fällt ihm nicht auf.

»Rosalie, wo ich hier all die Blumen sehe, die du auf deinem Balkon züchtest«, er macht eine ausladende, kreisende Handbewegung, mit der er nur knapp sein

Weinglas verfehlt, »importierst du etwa Knollen oder Samen von deinen Fernreisen?«

Ich erspare uns die Geschichte von der Blumenhändlerin aus Sumatra und ihren Dahlienknollen, sie sind in meinen Kästen ohnehin nicht angegangen, und schüttele den Kopf.

»Das ist gut. Vielleicht weißt du es nicht, aber das Importieren fremder Arten hat ein nie gekanntes, bedrohliches Ausmaß erreicht: Unwissende Touristen kaufen in exotischen Ländern Blumenknollen, Samen gelangen als blinde Passagiere in Containerschiffen, Autoreifen oder Profilsohlen rund um die Welt. Im Ballastwasser von Schiffen reisen nicht nur Pflanzen, auch Einzeller, Meerestiere und Muscheln von Asien nach Europa. Meeresbiologen gehen von einer Invasionsrate von einer Art pro Jahr aus! Da muss nur eine einzige eine ökologische Nische finden und zack« – er schlägt mit der flachen Hand auf den Tisch, die Teller klirren, ich zucke zusammen – »richtet sie Verheerendes unter den einheimischen Arten an. Die pazifische Auster ist so ein Fall: Sie wurde 1987 zu Zuchtzwecken auf Sylt eingeführt vom Sohn des Orangensaft-Fabrikanten Dittmeyer. Einige Larven sind in die offene Nordsee entwischt. Mittlerweile ist die pazifische Auster im Watt so präsent, dass sie einheimische Arten wie die Miesmuscheln verdrängt.«

»Dann ist die pazifische Auster doch gar nicht eingewandert, sondern importiert worden.«

»Gut aufgepasst. Das Importieren passiert leider immer noch viel zu oft. Ob eingewandert oder angesiedelt, am Prinzip ändert das nichts. Die Überfremdung von Flora und Fauna nimmt bedrohliche Ausmaße an. Es ist ein biogeografischer Vorgang von evolutionärer Bedeutung.«

»Aha.«

»Du machst dir keine Vorstellung, welche Konsequenzen das hat. Der asiatische Buschmoskito zum Beispiel hat sich von Ostasien bis nach Europa vorgekämpft, und anders als unsere heimischen Mücken kann er tropische Krankheiten wie das Dengue-Fieber übertragen, auch bekannt als Knochenbrecher-Fieber. Es ist wirklich wichtig, für diese Gefahren zu sensibilisieren, ich denke zum Beispiel über eine Plakatkampagne mit Steckbriefen der gefährlichsten Invasoren nach und über Expeditionen, bei denen man invasive Pflanzen mit Spaten und Flammenwerfern zu Leibe rückt. Man könnte auch Schulen beteiligen und das Kind auszeichnen, das die beste Ausrottungsquote hat …«

»Wie bist du bitte dem asiatischen Moskito auf die Spur gekommen?«

»Buschmoskito, Rosalie. Es heißt Buschmoskito. Ich habe einen hochinteressanten Bericht über die Einwanderung fremder Arten im Radio gehört und mich seither ein bisschen umgetan. Wusstest du, dass manch ein Hausbesitzer Zehntausende investieren muss, um sein Haus waschbärenfrei zu bekommen?«

»Nein, aber ich weiß, dass der Waschbär nicht eingewandert ist, sondern von den Nazis ausgewildert wurde.«

»Das ist richtig. Hermann Göring war damals für die Jagdbehörde zuständig und genehmigte 1934 das Aussetzen von zwei Waschbärenpaaren am Edersee in Hessen. Dieses Detail kennen nicht viele Leute. Woher weißt du das?«

»Ich hatte Letztens eine querulatorische Strafanzeige in einem Nachbarschaftsstreit auf dem Tisch. Der Anzeigeerstatter behauptete, eine Studenten-WG habe absichtlich Waschbären im Dach seines Hauses angesiedelt, um ihn zu terrorisieren. Der Klage lag auch eine Informationsbroschüre des NABU über den Waschbär bei.«

»Studenten benutzen Waschbären, um unliebsame Nachbarn zu terrorisieren. So, so.«

»Nein, genau andersrum: Nachbarn benutzen Waschbären, um Klagen gegen Studenten anzustreben. Ich habe natürlich sofort eingestellt, ist ja kompletter Schwachsinn.«

»Wenn du da mal nicht voreilig gehandelt hast, Rosalie. Eine fremde Art kann eine gefährliche Waffe sein. Mir ist der Fall eines Krebszüchters bekannt, der von einem Konkurrenten durch das Aussetzen einiger amerikanischer Signalkrebse ruiniert wurde. Die amerikanischen Arten übertragen eine Pilzkrankheit, gegen die die deutschen Krebse keine Abwehrkräfte haben. Also sind alle deutschen Edelkrebse gestorben, für die amerikanischen gab es aber keine Absatzmöglichkeiten, und der Mann war bankrott. Gerade bin ich einem Investor auf der Spur, der plant, ein Naturschutzgebiet durch das gezielte Ansiedeln der Herkulesstaude zu zerstören.«

Hilfe.

»Die Herkulesstaude ist eine extrem anpassungsfähige Art, die sich enorm schnell ausbreitet. Ihre Ansiedlung in der Sumpflandschaft des Niederen Venn würde eine biologische Kettenreaktion in Gang setzen, die über kurz oder lang das Ökosystem kollabieren ließe.«

»Warum sollte jemand so etwas tun?«

»Das ist doch offensichtlich: Um nach vollzogener Tat das Land des Niederen Venn billig erwerben zu können und ein Einkaufszentrum oder einen Vergnügungspark zu bauen. Kein Mensch kämpft für ein Riesenfeld Herkulesstauden. Sie sehen nicht besonders hübsch aus und enthalten Substanzen, die in Kombination mit Tageslicht schmerzende Quaddeln und Verbrennungen hervorrufen. Ganz einfach: keine schützenswerte Natur, kein Naturschutzgebiet. Und schon können die Bagger kommen.«

»Das ist absurd.«

»Überhaupt nicht! In den Mangrovenwäldern Floridas ist genau das geschehen, als 1906 der Melaleuca-Baum angesiedelt wurde. Er sollte die Sümpfe austrocknen und damit urbar machen. Als in den 1950er-Jahren entdeckt wurde, was für ein kostbares Ökosystem die Everglades sind, hatte diese hochinvasive Spezies sämtliche anderen Pflanzenarten ergo auch Tierarten verdrängt. Man hat alles Mögliche versucht, um sie wieder loszuwerden, Herbizide, Brandrodung, Insekten …«

Ich hörte nicht mehr zu. Mein Wernicke-Areal schaltet sich aus und seine Worte verlieren ihre Bedeutung, werden zu einem unrhythmischen Rauschen. Die frühe Wespe ist in sein Weinglas gefallen und rudert chancenlos. Die Wände des Glases sind glatt und nach außen gewölbt.

Irgendwann mündet der Wortstrom in eine Frage:

»Gibt's noch Kaffee?«

Ich mache ihm einen sehr heißen Cappuccino. Während er schlürfend trinkt, hoffe ich auf Schweißperlen auf seiner Stirn und sage:

»Es tut mir fürchterlich leid, aber ich muss noch ein bisschen arbeiten. Ich habe morgen eine Sitzung.«

Noch zweimal sage ich, dass ich – jetzt wirklich – anfangen muss zu arbeiten. Als er weg ist, ziehe ich hektisch meine Laufschuhe an und laufe am Kanal entlang bis zum See. Eine Stunde später komme ich zurück; die Katze liegt in einem Sonnenstreifen und gähnt, auf dem Kräutersud ist eine durchbrochene, weißliche Fettschicht und auf dem Anrufbeantworter seine Stimme, die sich für das leckere Mittagessen bedankt, ein Bild des asiatischen Buschmoskitos per Mail ankündigt und viel Erfolg bei der Sitzung wünscht.

1978

Bianca hat Angst, Rosalie nicht. Höher und höher klettert sie, je dünner die Zweige werden, desto leichter fühlt sie sich. Auch die ganz kleinen, dünnen können tragen, wenn man sie dicht am Stamm betritt. Ein Vogel fliegt auf, erschreckt. Rosalie erschrickt auch, zum Glück lässt sie nicht los.

Sie ist ganz schön hoch, vielleicht sollte sie zurückklettern. Fuß, Hand, anderer Fuß, andere Hand. Als die Äste wieder dicker werden und die Erde nah ist, kommt der Stolz. Sie war sehr hoch.

»Ich war höher als das Kreuz«, ruft sie Bianca zu, und, als sie sicher ist, dass Bianca guckt, lässt sie sich ein Stück fallen. Lässig fängt sie sich an einem dicken Ast wieder auf und schwingt hin und her. »Was denn?«, fragt sie, als Bianca aufschreit, »ich mach das immer so.«

Sie springt den letzten Meter, fällt auf die Hände. Das Triumphgefühl verschwindet in brennenden Handflächen.

Rosalies Vater steht an der Mauer und betrachtet einen Rechen. Die Mädchen laufen zu ihm.

»Na, ihr zwei? Habt ihr auch keinen Fußpilz?«, fragt er. »Zieht mal eure Schuhe und Strümpfe aus und zeigt mir eure Zehen.« Rosalie und Bianca setzen sich auf den Boden, der Vater geht vor ihnen in die Hocke. Rosalie zieht ihre weißen Lochsandalen aus und hat ein schlechtes Gewissen wegen der grünen Streifen auf dem Leder. Sie legt ihre Söckchen ordentlich auf die Schuhe und spreizt die Zehen. Das kann sie gut. Ihr Vater nickt. Bianca zieht ihre schwarzen Strümpfe aus, einer ist zu groß und wirft an der Ferse eine Falte. Sie muss die Hände zu Hilfe nehmen, um die Zehen zu spreizen, und schaut Rosalie Hilfe suchend an. Rosalie nickt.

»Da!«, ihr Vater zeigt auf Biancas Zehen, ein paar schwarze Flusen kleben in den Zwischenräumen. »Fußpilz!«

Bianca schiebt die Unterlippe vor und reibt mit dem Finger zwischen ihren Zehen, die Flusen formen sich zu einem schwarzen Popel.

»Das sind Fusseln«, protestiert Rosalie, »von den Strümpfen.« Sie zeigt auf Biancas Strümpfe und ist froh über diese Erklärung. Aber ihr Vater wirft ihr nur einen abwesenden Blick zu, steht auf und sagt: »Ihr müsst euch immer ganz gründlich zwischen den Zehen abtrocknen. Das Handtuch falten und mehrfach zwischen den Zehen durchziehen.« Er macht eine demonstrierende Bewegung mit den Händen und wendet sich ab. Dann dreht er sich noch einmal um und sagt zu Bianca:

»Und du lässt bitte die Strümpfe an, wenn ihr reingeht. In meinem Haus läufst du nicht barfuß.«

Rosalie und Bianca gehen zur Sickergrube und schieben den Holzdeckel zur Seite. Das schwarze Wasser glänzt geheimnisvoll und sie stellen sich vor, in der Grube wäre eine Schatztruhe versteckt.

»Ihr sollt doch nicht an der Grube spielen«, ruft Rosalies Mutter aus dem Küchenfenster. »Rosalie, bitte mach die Grube zu, stell dir vor, Muckel fällt hinein.« Rosalie erschreckt, die Vorstellung ist zu schrecklich.

Aber ist Muckel so blöd? Er kann noch besser klettern und balancieren als Rosalie selbst.

»Sollen wir noch Playmobil spielen?«

Sie gehen durch den Kellereingang ins Spielzimmer. Schuhe und Strümpfe lassen sie an.

Rosalie muss aufs Klo und lässt Bianca und den Playmobil-Bauernhof alleine. Leise schleicht sie sich die Treppe hoch. Die Tür lässt sie einen Spalt offen. Sie lauscht auf ihren Strahl, wird aber bald von Stimmen aus der Galerie gestört. Sie steht auf, wischt, zieht aber nicht ab. Schnell schleicht sie in den Flur, mit einer klumpigen Gewissheit im Bauch: Sie streiten sich.

»Carla«, sagt ihr Vater, mit Betonung auf beiden Silben, »du weißt doch, wie wichtig das ist. Ich habe es dir hundert Mal erklärt und ich dachte, du seiest meiner Meinung oder wärst zumindest ausreichend interessiert am Schicksal der Welt, um mich nicht zu boykottieren. Aber offenbar war das ein Irrtum, deine persönliche Bequemlichkeit ...«

»Meine Güte, Ernst, jetzt mach mal einen Punkt und werd nicht pathetisch. Das hier ist ein Haus, in dem Menschen wohnen, und kein Laboratorium für deine verrückten Versuche. Und in einem Haus braucht man Licht. Wenn eine Glühbirne kaputt ist, wechselt man sie aus. Das ist völlig normal und ich habe keine Lust, mich deswegen anschnauzen zu lassen.«

Bei »verrückte Versuche« zuckt Rosalie zusammen. Das mag Papa gar nicht. Sicher wird er böse.

»Ist es denn zu viel verlangt, dass du mich einfach informierst? Du weißt doch, dass ich genau Buch führe über Lebens- und Brenndauer, über die Häufigkeit des Ein- und Ausschaltens, über die Beschaffenheit des elektrostatischen Feldes, in dem sie eingesetzt wurden ...«

»Ja, das ist zu viel verlangt! Das ganze Haus ist voll von deinen Tabellen, Statistiken, Akten. Das Giebelzimmer kann man wegen der tausend Glühbirnen gar nicht mehr betreten …«

»Ich bin mit dem Katalogisieren ein wenig im Rückstand, aber es kleben auf allen Glühbirnen Etiketten, die alle nötigen Informationen enthalten. Und wenn ich erst den programmierbaren Taschenrechner habe, geht das alles ratzfatz, du wirst schon sehen.«

Bianca kommt aus dem Keller, Rosalie wendet ihr den Rücken zu. Sie ist erleichtert, als ihr das Klicken der Haustür verkündet, dass die Freundin gegangen ist.

Die Mutter redet, eigentlich schreit sie, einfach weiter:

»Du verdächtigst die Nachbarn, gegen uns zu intrigieren, und wenn ich dich zufällig um 23 nach irgendwas bei der Arbeit anrufe, drehst du komplett durch. Ernst, wirklich, das wird zur fixen Idee bei dir.«

»Hast du die Glühbirne noch?«

»Verdammt noch mal, ja, die ist noch da. Liegt da hinten.«

»Du lieber Himmel, auf der Fensterbank?«

Mama sagt lange nichts, und als sie endlich spricht, klingt sie müde:

»Ja, auf der Fensterbank.«

»Carla, wie oft habe ich dir gesagt, dass man die kaputten Glühbirnen keinen extremen Bedingungen aussetzen darf, wenn sie noch nicht interpretiert sind? Wie soll ich sie überführen, wenn ich die Glühbirnen nicht interpretieren kann? Die hier ist erst vor 14 Monaten eingewechselt worden! Wir nutzen diesen Raum durchschnittlich an zwei Abenden in der Woche für zirka vier Stunden, betreten wird er, großzügig gerechnet, vielleicht zehnmal die Woche für zirka zehn Minuten. Oder hat sich an deiner Nutzung etwas geändert? Warte mal, zwei mal vier mal vier mal 14 sind 448 Stunden, plus zehn mal zehn mal vier mal 14 sind 5600, geteilt durch 60, macht, äh, ungefähr 90 Stunden. Sind zusammen 540 Stunden, großzügig gerechnet! Das ist noch nicht mal die durchschnittliche Brenndauer, die mir die International Electrical Association auf mehrfaches Nachfragen angegeben hat. Das sind 300 Stunden darunter! Und wenn du jetzt bedenkst, dass eine Brenndauer von 5000 Stunden technisch problemlos machbar ist, dann hat diese Glühbirne nur 1/10 ihrer möglichen Brenndauer erreicht! Carla, schockiert dich das nicht?«

Wieder antwortet Mama lange nicht, so lange, dass Rosalie überlegt, ob sie gegangen ist. Aber dann antwortet sie, und zwar sehr böse:

»Nein, mich schockiert etwas ganz anderes: dass ein intelligenter Mann seine Zeit damit verbringt, die Lebensdauer …«

»Brenndauer! Mit Lebensdauer bezeichne ich die gesamte Spanne, also die Leucht- und die Ruhephasen.«

Jetzt schreit Mama: »… damit verbringt, die LEBENSDAUER einer Glühbirne auszurechnen, statt eine Alternative zur Atomenergie zu finden oder wenigstens einen Videorekorder richtig zu programmieren.«

Mama knallt die Tür und kommt sehr schnell in den Flur.

»Was stehst du hier rum?«, schreit sie Rosalie an. »Na los, geh schon zu ihm, ich bin sicher, er erklärt dir gerne, was für schreckliche Gefahren der Menschheit drohen. Und du wirst es sicher verstehen und ihm helfen, die Brenndauer einer Glühbirne in eine Tabelle einzutragen.«

Rosalie spürt, wie sich ihre Blase öffnet. Zum Glück war sie eben auf dem Klo, deswegen kommt nur ganz wenig warmes Pipi. Sie sieht der Mutter nach und geht in die Galerie.

Ihr Vater hält eine Glühbirne gegen das Fenster und klopft mit einem Finger sanft dagegen. Rosalie weiß, dass es eine matte Glühbirne ist. Die sind aus milchig weißem Glas, deswegen blenden sie nicht. Zum Glück ist es keine von den teuren verspiegelten.

»Was ist denn mit der Glühbirne?«, fragt sie.

»Sie ist viel zu schnell kaputtgegangen«, sagt ihr Vater. »Sie hat nur 400 Stunden gebrannt. Ich hab dir doch von Phöbus erzählt, erinnerst du dich?«

»Das sind die Bösen, die extra machen, dass die Glühbirnen schnell kaputtgehen.«

»Genau. 1924 haben sie sich das ausgedacht, und zwar bei einer großen Versammlung in einer Stadt in der Schweiz namens Genf, merk dir das. Freie Marktwirtschaft, den Motor für Innovation und Fortschritt, gab es auf dem Glühbirnenmarkt nie. Vertreter aller führenden Glühbirnenhersteller waren dabei, weißt du noch, welche es waren?«

»Ossram aus Deutschland, Internäschonell aus Amerika, Kompänje der Lampen aus Frankreich und Tunzram aus …«, Rosalie fällt nicht mehr ein, aus welchem Land Tungsram kommt. Der Vater sieht trotzdem zufrieden aus.

»… aus Ungarn. Klasse! Du hast ein gutes Gedächtnis. Wollen wir die Glühbirne zu den anderen bringen?«

Rosalie darf die Glühbirne tragen. Sie legt sie auf ihre ausgestreckten Handflächen und hält die Hände ganz ruhig. Sie lässt die Birne nicht aus den Augen, während sie die Treppe hochsteigt, und nimmt pro Schritt nur eine Stufe.

Im Giebelzimmer angekommen, ist Rosalie froh, dass sie die Verantwortung an ihren Vater abgeben kann. Der

Vater nimmt ihr die Birne vorsichtig ab, legt sie auf den Schreibtisch und notiert sorgfältig Zahlen in eine Tabelle, die auf der Schreibtischplatte festgepinnt ist.

Rosalie mag das Giebelzimmer, die abgestandene Luft und die durchgebogenen Regale mit den vielen Büchern und den staubigen Aktenordnern. Sie bewundert ihren Vater dafür, dass jeder Aktenordner das gleiche Etikett hat und sauber und gut leserlich beschriftet ist. Sie mag die rätselhaften Tabellen an den Wänden, die Briefwaage und den großen Locher und die anderen Geräte, deren Namen sie nicht kennt. Sie mag das Bett mit der weichen Bettdecke, das so stark nach ihrem Vater riecht und in dem oft Tabellen, Papiere und Bleistifte liegen. Sie mag auch die vielen Glühbirnen, die in Eierkartons hinter Glasscheiben stehen oder auf Zellstoffbahnen in den Regalen und auf dem Boden liegen. Manchmal schleicht sie sich heimlich hier hinein, betrachtet die Tabellen und streichelt über die Glühbirnen auf der Suche nach ihrem Geheimnis. Sie muss nur aufpassen, dass Lily sie hier nicht erwischt, sonst petzt die, und Mutter wird böse.

»Weißt du, was ich glaube?«, fragt der Vater.

Rosalie legt schuldbewusst den Druckbleistift mit den vielen dünnen Ersatzminen und dem kleinen Radiergummi weg und lauscht aufmerksam.

»Ich glaube, sie machen diese matten Glühbirnen nur, damit die Leute sie schütteln, um rauszufinden, ob der Draht durchgeschmort ist. Wenn man sie ordentlich geschüttelt hat und der Draht mehrfach so richtig fest an den Innenrand der Glühbirne gedonnert ist«, er wedelt kräftig mit der Hand durch die Luft, »dann kann man den Draht nicht mehr untersuchen.«

»Ich denke, die matten sollen einen nicht blenden?«, Rosalie ist stolz, dass sie so viel über Glühbirnen weiß.

Der Vater wendet sich ihr mit einer schnellen Drehung des Schreibtischstuhls zu.

»Rosalie, das enttäuscht mich! Sogar du glaubst diesen Propagandamist.« Er fasst sie an beiden Schultern und beugt sich vor. »Verstehst du denn nicht? Das sagen sie doch nur, damit man ihre wahre Absicht nicht erkennt! Es ist völlig sinnlos, eine Glühbirne zu mattieren, damit sie nicht blendet. Dafür gibt es Lampenschirme! Verstehst du, was ich meine?«

Rosalie nickt.

»Du darfst ihnen niemals ungeprüft glauben! Niemals, versprich mir das.«

»Ich verspreche es.«

Der Vater lässt sie los.

»Du bist ein gutes Kind. Willst du mir helfen, die Ergebnisse von heute in das Koordinatensystem einzutragen?« Er nickt zu der beeindruckendsten aller Tabellen hinüber.

»Ich kann doch noch gar nicht richtig lesen!«

»Die Zahlen kannst du schon, und dann musst du nur noch wissen, was ein Komma ist, nämlich das hier.« Er zeigt auf einen kurzen Strich, der zwischen vielen Zahlen steht. »Du musst mir die Zahlen von oben nach unten vorlesen und nicht vergessen, die Kommata zu diktieren.« Der Vater hebt sie hoch und setzt sie auf den Drehstuhl, er betätigt die Pumpe so lange, bis Rosalie auf der richtigen Höhe ist.

»Machen wir mal eine Probe. Lies mir bitte diese Zahl vor.«

Rosalie rutscht auf ihrem Stuhl hin und her, sie würde gerne die Beine unterschlagen, traut sich aber nicht. Sie liest mit fiepsiger Stimme: »Drei – zehn – acht – noch mal acht – null – zwei – sechs – sieben – äh – Komma – sieben – drei.«

»Sehr gut. Meine Assistentin muss langsam verantwortungsvollere Aufgaben bekommen, meinst du nicht?«

Rosalie nickt.

»Alles klar, hier fangen wir an«, er zeigt auf eine Zahl und geht zum Koordinatensystem. Rosalie legt den Finger unter die Zahl und beginnt zu diktieren. Sie haben gerade mal die Hälfte der Zahlen geschafft – einige musste Rosalie noch einmal diktieren, weil sie das Komma vergessen hatte, zum Glück ist der Vater nicht sauer geworden –, als Lily im Türrahmen erscheint. Rosalie kommt sofort ins Stocken. Der Vater schaut auf, entdeckt Lily, zieht die Augenbrauen hoch und sagt: »Lily, wie du siehst, sind wir beschäftigt. Was können wir für dich tun?«

Rosalie sieht die roten Flecken, die auf Lilys Gesicht erscheinen, und ruft: »Lily, heute ist schon wieder eine Glühbirne kaputtgegangen! Sie hat nur 500 Stunden oder so gelebt.«

»Ist mir doch scheißegal!«

»Keine Kraftausdrücke, Lily. Von mir hast du das nicht gelernt!«

Lily sieht ihn hasserfüllt an und schnaubt: »Ich soll euch sagen, das Essen ist fertig.« Sie wirft Rosalie einen mahnenden Blick zu und lässt sie alleine.

Rosalie ist unbehaglich zumute. Wie soll sie den Vater dazu bewegen, die Tabelle liegen zu lassen und mit ihr in die Küche zu gehen? Mama wird wütend werden, wenn sie nicht kommen. Der Vater hat sich schon wieder den Tabellen zugewandt und murmelt schnelle Worte. Rosalie nimmt seine Hand.

»Papa, ich hab solchen Hunger!«, quengelt sie. »Ich glaube, es gibt Radieschen zum Abendbrot. Komm, wir gehen runter.«

Ihr Vater lässt den Stift sinken, betrachtet einen Moment die Ziffern und Striche, dann sagt er:

»So wenig Pflichtgefühl hätte ich von meiner Assistentin nicht erwartet. Erst die Arbeit, dann das Vergnügen! Wir haben noch einige Reihen vor uns, oder nicht?«

Das Unbehagen steigt Rosalies Speiseröhre hoch und presst Tränen in ihre Augen, fast kann sie die Zahlen nicht mehr erkennen. Mühsam schluckt sie und liest weiter.

An diesem Abend essen Rosalie und ihr Vater nicht mit Lily und der Mutter gemeinsam zu Abend. Als Rosalie mit verheultem Gesicht an der Hand ihres Vaters in die Küche kommt, ist der Abendbrottisch verwaist. Auf zwei der vier Brettchen liegen Krümel und Quarkreste und neben einem rote Radieschenschwänze und grüne Radieschentoupets mit Zahnspuren.

Rosalie fühlt sich wie nach dem Kinderturnen, wenn alle schon laut schreiend rausgelaufen sind und niemand wartet, bis sie sich die Schuhe zugebunden hat.

Später räumt Rosalie den Tisch ab. Sie stellt die Tassen in die Spülmaschine, das Brot in den Schrank, findet ein Häubchen und zieht es über den Rand der Steingutschüssel mit dem Quark. Sie schiebt einen Stuhl über den stumpfen beigefarbenen Gummiboden, klettert darauf und stellt den Quark, die Butter, den Käse und die Joghurts in den Kühlschrank. Nur die Teekanne kann sie nicht auf das Regal stellen, es ist zu hoch.

Danach läuft sie zur Mutter und sagt: »Papa hat den Tisch abgeräumt!«

Ihre Mutter sieht vom Bügelbrett auf, seufzt und fragt Rosalie, ob sie baden will.

Ein halbe Stunde später schwimmt Rosalie selig zwischen Schaum, Wasser, Dampf, Duft und blutroten Badezimmerkacheln.

»Du hast überhaupt keine Ahnung von Fischen. Die erholen sich wieder. Stimmt's, Papa?«

»Ich hab immer noch mehr Ahnung als du«, gibt Lily zurück, bevor der Vater antworten kann, »schließlich hat der Olaf ein Aquarium. Und der hat gesagt, wenn Fische mit dem Bauch nach oben schwimmen«, Lily zeigt auf den weißen Bauch der Scholle, die quer im Wasser liegt, »dann sind sie tot.«

»Der ist nicht tot. Der hat noch gezuckt. Und wie.« Wenn Rosalie die Augen schließt, sieht sie die weiße Plastiktüte am Fahrradlenker ihres Vaters zappeln.

»Schollen schwimmen am Abend in seichte Gewässer, um dort maritime Kleinstlebewesen zu fressen. Praktisch, haben sich unsere beiden hier gedacht, jetzt sind wir im seichten Wasser und mussten nicht einmal hinschwimmen. Bestimmt lassen sie sich morgen wieder von einem Kutter fangen.«

»Nein!«, schreit Rosalie.

»Nein, bestimmt nicht«, sagt Lily mit süßlicher Stimme. »Die werden in ihrem ganzen Leben nie mehr gefangen, die werden 100 000 Jahre alt und sitzen irgendwann mit langen Bärten auf dem Meeresboden und erzählen ihren Urururururenkeln von dem kleinen deutschen Mädchen, das ihnen das Leben gerettet hat, indem es einfach so lange geheult hat, bis sie wieder ins Wasser gelassen wurden. Wenn du noch ein bisschen weitergeheult hättest, dann hättest du ihnen gleich ein eigenes Meer anbieten können.«

»Du wolltest sie auch nicht essen.«

»Ich bin Vegetarierin. Ich bin wenigstens konsequent. Denkst du eigentlich noch an das süße Kälbchen, das im letzten Skiurlaub bei Hubers geboren wurde, wenn du dein Wiener Schnitzel isst? Wie hast du es noch genannt? ›Sternchen‹?«

»Ich hasse dich! Dich und deine dämlichen Schweinslocken.« Rosalie boxt ihre Schwester in den Bauch.

»Hört auf, alle beide! Nicht einmal im Urlaub gönnt ihr einem hart arbeitenden Familienvater ein bisschen Frieden. Nicht genug, dass die eigene Ehefrau sich weigert, einen Fisch auszunehmen. Ihr habt auch nichts Besseres zu tun, als mich mit euren Streitereien zu quälen. Viel zu gutmütig bin ich. Ich muss es mir in den Kalender schreiben, dass ich euch nie wieder einen Gefallen tue. Du« – an Lily gewandt – »kannst deine Tennisstunden vergessen. Und du« – Rosalie – »brauchst gar nicht mehr zu fragen, ob du eine Katze aus dem Tierheim holen darfst.«

Die Reste der Schollentränen sind noch hinter Rosalies Lidern. Sie heult, als hätte jemand eine Sirene eingeschaltet. Sie denkt an die kleine Katze, die bestimmt schon auf sie wartet und die sie jetzt nie kennenlernen wird. Binnen Sekunden ist sie knallrot im Gesicht, der Mund ist offen und verzerrt und Speichelfäden hängen zwischen ihren Lippen.

»Na toll«, sagt Lily zu ihrem Vater. »Super gemacht.« Sie legt Rosalie den Arm auf die Schulter, und weil der Vater gerade noch gemeiner ist als Lily, lehnt Rosalie sich an ihre Schwester und heult in ihr mintfarbenes Poloshirt von Lacoste.

»Was ist denn jetzt schon wieder los?« Die Mutter taucht auf. Die Sonne steht genau hinter ihrem Kopf, sodass ihr Gesicht im Schatten liegt und das kurze Haar rot aufflammt. Rosalie rennt zu ihr und drückt sich an ihre Beine.

»Er hahahahat gesagt, dahahass ich keine Kahahatze bekomme.« Der Schmerz beim Aussprechen dieser

Nachricht ist so gewaltig, dass er als großes Geheul aus Rosalie herauskommt.

»Mein Gott, du benimmst dich, als hätte man dir ein Bein abgehackt.« Die Mutter schiebt Rosalie weg und wischt ihr mit einem Stofftaschentuch die Tränen ab. In dem Stofftaschentuch sind Krümel. Rosalie versucht, das Schluchzen zu unterdrücken. »Ernst, war das nötig? Du weißt doch, wie sensibel sie ist.«

Der Vater zuckt die Schultern. »Weißt du, Carla, was ich im Heimatmuseum in Quimper gefunden habe?«

Er wartet ihre Antwort nicht ab.

»Einen Brief von einem leitenden Angestellten des CEP, des ›Centre d'expérimentation du Pacifique‹, aus dem Jahr 1969. Es war eine ganze Reihe seiner Briefe dort ausgestellt, weil dieser Mann, ein gewisser Jacques Mouron, später so etwas wie ein Heimatdichter wurde. In dem Brief beschwert er sich darüber, dass die Tahitianer das Fischfangverbot in der Lagune von Mururoa nicht ernst nehmen. Ich habe das recherchiert. Offenbar gehört es zu einer Eigenart der Polynesier, Regeln und Verbote nicht zu befolgen. Dieser Mann beschreibt in seinem Brief, dass viele der Arbeiter wegen Vergiftungen ins Krankenhaus mussten. Dadurch werde die Produktivität der Einrichtung massiv eingeschränkt, schreibt er. Und dass er das Problem mit seinen Vorgesetzten erörtert habe, aber ohne Erfolg.«

Rosalie schluchzt langsamer. Die Mutter hält ihr und Lily eine Dose mit Pulmoll hin, jede nimmt sich eins.

»Carla, weißt du, was das bedeutet?«

Wieder wartet er nicht auf eine Antwort.

»Das bedeutet, die Führungsriege in Mururoa hat die Gefährdung der Arbeiter bewusst ignoriert! Das lässt auch die Berichte glaubwürdig erscheinen, in denen es heißt, dass ein Großteil der damals Beschäftigten gar nicht wusste, dass sie für ein Atomtestprogramm arbeiteten. Häufig trugen sie nicht einmal Schutzkleidung oder zogen sie aus, wegen des heißen Klimas. Du musst bedenken, dass die meisten kein Französisch verstanden. Und auch der, der ein bisschen verstand, konnte den Ernst der Situation kaum begreifen. Ihr Wortschatz ist aus Erfahrungen mit der Natur entstanden, Begriffe wie ›Strahlung‹ und ›Kontaminierung‹ gibt es in ihrer Sprache nicht.«

»Mama, schau mal«, ruft Lily. »Die Schollen sind weg!«

Der Vater erstarrt mit in die Luft gerecktem Zeigefinger und sieht Lily mit steiler Stirnfalte an.

Rosalie zieht die Nase hoch und rennt zum Ufer. Es stimmt, die Schollen sind weg.

»Papa, du hast recht gehabt«, jubelt sie. »Sie haben Mini-Lebewesen gefressen und sind wieder gesund geworden!«

Vater steht immer noch in unveränderter Haltung, die Sonne hinter seinem Rücken. Rosalie kann sein Gesicht nicht erkennen.

»Na also«, sagt die Mutter. »Jetzt haben wir schon mal den zwei Schollen das Leben gerettet, und morgen kümmern wir uns um den Rest der Welt, inklusive Mururoa-Atoll. Bleibt nur die Frage, was wir heute Abend essen, jetzt, wo sich die Schollen endgültig gegen die Bratpfanne entschieden haben. Ich könnte euch Ratatouille anbieten.«

»Super, das ist eh viel besser als totes Tier«, sagt Lily.

Rosalie greift nach der Hand ihrer Mutter. »Können wir noch mehr Schollen kaufen und zurück ins Meer bringen?«, fragt sie und hüpft auf und ab.

»Das musst du deinen Vater fragen, ich weiß nicht, ob der sich noch mal zu den Fischern traut.«

Wachsam schaut Rosalie ihren Vater an.

»Morgen kaufen wir wieder zwei«, sagt er.

»Und setzen sie im Mururoa-Atoll aus. Damit die Polynesier mal ordentlichen Fisch zu essen bekommen.« Lily scheint stolz zu sein, als alle vier zu lachen beginnen.

1980

Die Marmelade ist ein dunkelrotes, tödliches Paradies.

»Papa, schau mal, eine Wespe ist in die Marmelade gefallen.« Rosalie möchte nicht, dass bei ihrem Geburtstagsfrühstückspicknick jemand in Marmelade erstickt. Der Vater beugt sich über das Glas, nimmt einen Löffel und befreit die Wespe aus ihrem klebrigen Grab. Er legt sie auf den Baumstumpf. Die Wespe ist rundum mit Marmelade verkleistert. Ihre Flügel kleben am Körper und nur ein Fühler ist nach vorne gerichtet. Sie sieht klein aus und bewegt sich nicht.

»Sie ist tot.«

»Nein, Rosalchen, sie ist nur eingesponnen. Schau.« Der Vater nimmt einen Plastikbecher und gießt ein wenig Wasser hinein. Den Becher hält er an den Rand des Baumstumpfes und kehrt die Wespe behutsam hinein. Das Wasser reicht der Wespe bis zum Bauch und färbt sich rot.

»Sie blutet.«

»Dummerchen, Wespen bluten nicht. Es ist die Marmelade, die das Wasser rot färbt.« Der Vater pflückt eine Ähre Wilden Weizen und tunkt sie ins Wasser. Behutsam fährt er damit über den Körper der Wespe.

»Sieh mal, ich benutze die Ähre wie eine Bürste. Die Wespe wird schön langsam abgebürstet und bekommt dabei noch eine Massage gegen den Schreck.« Langsam entfaltet sich die Wespe zu ihrer normalen Größe, bewegt Fühler und Beine. Der Vater schüttet sie mit dem Wasser auf den Baumstumpf. Die Wespe kriecht aus dem Wassertropfen und wartet.

»Jetzt muss nur noch die Sonne ihre Flügel trocknen und schon ist sie wieder unterwegs.«

»Stachelchen.«

»Bleibst du hier und passt auf, dass niemand sich auf Stachelchen setzt, bis sie wieder fliegen kann?« Rosalie nickt. Sie hat Lust, der Wespe über den gelb-schwarzen Körper zu streichen, tut es nicht.

Stattdessen schreit sie Lily an, die in einem Meter Entfernung vorbeischlendert: »Ey! Vorsichtig sein, ne? Hier liegt ne Wespe!«

Lily verdreht die Augen, bewegt eine Hand vor dem Gesicht hin und her und geht ihrer Wege.

Die Mutter kommt mit einem Waschkorb voller Schmetterlinge aus Papier.

»Hilft mir mein siebenjähriges Mädchen, die Schmetterlinge in den Bäumen aufzuhängen?«

»Ich muss auf die Wespe aufpassen«, sagt Rosalie und zeigt auf Stachelchen, die ihre Hinterbeine aneinanderreibt.

Als die Mutter alle Schmetterlinge aufgehängt hat und Rosalie langsam ungeduldig wird, breitet Stachelchen ihre Flügel aus und fliegt in den Augustsonntag.

Bald schon kommen Rosalies Gäste: Neben Ella und Bianca sind es Inga, Britta, Lisa, Kerstin, Lasse, Ole, Bosse und noch einige andere. Während die Eltern ein paar Worte wechseln, packt Rosalie die Geschenke aus. Es sind schöne Geschenke, aber Rosalie schaut sie nicht richtig an. Gleich beginnt die große Rosalie-ist-sieben-Geburtstagsrallye.

Rosalie ist mit Inga und Bianca in einer Gruppe. Bianca steht dicht neben ihr, als Rosalie den ersten Briefumschlag öffnet. FINDE DEN MURMELNDEN BACH steht auf dem Zettel, der in dem Briefumschlag steckt.

»Ich weiß, wo der ist!«, ruft Inga und rennt los. Bianca folgt ihr, und auch Rosalie bleibt nichts anderes übrig. Sie laufen einen Weg entlang, der Waldboden ist weich und rechts und links des Weges stehen hohe Farne. Als sie eine Weile gerannt sind, bleibt Bianca stehen.

»Ich hab Seitenstechen«, sagt sie und beugt sich nach vorne.

»Es muss hier irgendwo sein«, sagt Inga, und Rosalie weiß, dass sie keine Ahnung hat. Langsam geht Rosalie ein Stück weiter. Hier war sie mit dem Vater und hat Elfenbeobachten gespielt. »Und hier«, flüstert die Stimme ihres Vaters ihr durch Tage und Wochen zu, »hier baden die Elfen im Mondschein.«

Der flüsternde Bach, das muss er sein! Rosalie drängt Inga zur Seite und geht zwischen zwei Fichten hindurch auf eine Schonung. Sie erkennt den Baum wieder, den die Elfen zu einer Aussichtsplattform umgebaut haben, und die Parkgarage in dem Ameisenhügel. Nach ein paar Schritten glitzert der Bach durch das Dunkel.

»Kommt!«, ruft sie und hört, wie Inga und Bianca durch das Unterholz brechen.

In dem Bach liegen sechs grün glitzernde Flaschen, Inga stapft mit ihren Gummistiefeln ins Wasser und schnappt sich eine. Ein kleiner goldener Schlüssel ist in der Flasche und ein weiterer Zettel: DER SCHLÜSSEL GEHÖRT DEM SCHÖNSTEN BAUM. Sofort beginnt Inga auf Bäume zu zeigen. Rosalie nimmt ihr den Schlüssel ab und lauscht auf die Worte ihres Vaters, die in ihrem Gedächtnis verstaut sind. »Wenn eine Buche richtig wachsen darf, dann wird sie mit dem Alter immer schöner. So wie eure Mutter.« Rosalie blickt sich um. Sie sind umringt von stacheligen Fichten. Aber da hinten bilden die Fichten einen Kreis und lassen Licht und Luft in den Wald. In diesem Licht steht die hundertjährige Buche. Rosalie geht näher, ihr Stamm ist glatt und silbrig, und die Blätter glänzen in der Farbe von geronnenem Blut. Der Wind reibt die Blätter aneinander und lässt sie leise wispern. Zwischen ihren Wurzeln liegt ein goldenes Kästchen, Rosalie steckt den Schlüssel hinein und dreht ihn um, bevor die anderen da sind.

Das Schloss öffnet sich mit einem schweren Knacken. In dem goldenen Kästchen sind drei kleine Tüten mit Goldbären. Rosalie verteilt wortlos die Tüten und reißt ihre auf. Da kullert ein kleiner Gegenstand aus der Tüte und fällt ins Moos. Ein winziger goldener Pilz. Auch die anderen haben goldene Pilze in ihren Tüten.

»Wir müssen den goldenen Pilz finden!«, schreit Inga aufgeregt. »Los, sucht!«

Sie finden den Pilz inmitten einer Gruppe gewöhnlicher Pilze. Auf seinem Nachbarn sitzt eine dicke Schnecke, auf einem anderen ein dunkler Falter. Inga ist einen Tick schneller als Rosalie und reißt den Pilz aus dem Boden. Eine zusammengerollte Nachricht steckt in seinem Stiel:

ICH SINGE MIT DEN BLÄTTERN
UND SCHLAFE AUF DEM MOOS
ICH FING SCHON AN ZU WETTERN
DOCH GING NIE ÜBER LOS

WER IST ES, DER SO SELTSAM SPRICHT?
GEH VOR ZU IHM UND BRING IHM LICHT.

»Hä? Raff ich nicht«, sagt Inga und lässt den Zettel sinken. »*Geh vor zu ihm* – bestimmt da lang.« Sie zeigt in Richtung des Weges, auf dem sie hergekommen sind.

Rosalie macht den Mund auf und wieder zu.

»Es ist ein Rätsel«, sagt Bianca und nimmt Inga den Zettel aus der Hand. »Wer singt und schläft auf Moos?«

»Ein Fuchs! Das muss ein Fuchs sein.«

»Der singt doch nicht. Singen tun Vögel.«

»Welcher Vogel schläft auf Moos?«

»Der Waldkauz!«, sagt Rosalie. »Wir müssen den Waldkauz suchen und ihm Licht bringen, weil er blind ist!«

»Und wo finden wir den Waldkauz?« Inga ist sauer, weil Rosalie die Lösung gefunden hat.

»Na, im Wald!«, ruft Rosalie und geht tiefer in das Dickicht. »Haltet die Augen offen und sagt es mir sofort, wenn ihr was Komisches seht.« Schweigend gehen sie tiefer und tiefer in den Wald, die Fichten knarren. Manchmal verfängt sich ein trockener Zweig in Rosalies Haaren. Allmählich wird der Wald heller, junge Laubbäume drängen sich zwischen die Fichten.

»Hier ist ein Kreuz eingeritzt.« Bianca zeigt auf eine dünne Eiche. Die Spitze des Kreuzes weist genau in die Richtung, in die Rosalie grade gehen wollte. Eine Wespe taucht vor ihrem Gesicht auf, Stachelchen! Rosalie folgt ihr langsam bis zu einem Zettel, er ist halb unter Blättern verborgen, sein mattes Blau hat Rosalie aufmerksam werden lassen. Auf der einen Seite steht REINIGUNG STAHLMEIER und auf der anderen eine Nummer: 12. Bianca und Inga müssen sich an den Händen fassen und mit geschlossenen Augen im Kreis drehen, während Rosalie leise bis zwölf zählt. Als sie fertig ist, gehen sie in die Richtung, in die Bianca grade schaut. Es dauert nicht lange, bis sie an eine Hütte kommen. Sie ist offen, und niemand ist zu sehen. Inga lässt sich auf die Bank in der Hütte fallen und stopft sich Gummibärchen in den Mund. Bianca findet ein Regencape, das sie Rosalie bringt. In der Tasche ist ein Feuerzeug. Rosalie hält das Feuerzeug an das Holz der Hüttenwand, und Worte erscheinen, Worte und Zeichen:

JIM AND ANNA FOREVER ARMSTRONG 21/07/1969.

»Das ist die Adresse vom Waldkauz. Wir müssen jemanden fragen.«

Sie wählen den schmaleren der beiden Wege, die vor der Hütte kreuzen, und schon bald sehen sie einen Mann mit einer Plastiktüte in einer Tannenschonung verschwinden. Inga ruft laut, aber er dreht sich nicht um.

»Los, wir müssen ihn einholen.« Sie sprinten los, aber als sie an die Stelle kommen, an der sie den Mann gesehen haben, ist er verschwunden. Rosalie will weiterlaufen, als zwei Frauen mit einem Dackel auftauchen. Inga stellt sich ihnen in den Weg und fragt nach der Adresse von Jim und Anna. Die Frauen haben noch nie von Jim und Anna gehört, meinen aber, sie sollen einfach ein Stück weitergehen, dann würden sie die anderen Kinder treffen. Rosalie will den Waldkauz finden und ihm Licht bringen. Aber schon tauchen Bosse, Ole und Kerstin auf.

»Wart ihr schon beim Wilden Wichtel?«, fragt Ole.

»Nee«, antwortet Bianca, als Inga und Rosalie schweigen.

»Da hinten. Ist echt der Hammer. Wisst ihr, wo der murmelnde Bach ist?«

»Keine Ahnung«, sagt Inga und zieht Rosalie und Bianca mit sich.

Schon bald hören sie den Gesang des Wilden Wichtels:

»Nihimals giing iich über Los
Bleib fern der Bank in der Naturen Schoß
Und kommt ein freundlich Kinderlein
Bringt lächelnd Licht in mein Dasein
Dann will ich nihihihicht viel mehr erlang'
Und schenk ihm meiner Stimme Klang.«

Inga, Bianca und Rosalie starren den Wilden Wichtel an, der auf seinem Holzhaufen herumspringt.

»Oh, ihr Lieben. Da seid ihr ja. Ich habe euch schon erwartet. Seid ihr bereit für ein Rätsel vom Wilden Wichtel?«

»Ja!«, rufen Bianca und Inga.

»Also, dann passt mal hübsch auf: Sagt, was wahr ist, isst, was rar ist, trinkt, was klar ist. Wer ist das?«

»Hm, keine Ahnung …«

»Haha! Nur ein Unsinnsverschen vom Wilden Wichtel. Rätsel sind doch überbewertet, meint ihr nicht?«

Der Wilde Wichtel springt von seinem Holzstapel, stürzt sich auf die Mädchen und kitzelt sie.

Inga und Bianca quietschen vor Freude. Rosalie macht sich steif.

»Wir sollten doch das Licht bringen.«

»Das habt ihr, meine Göttlichen! Ihr selbst seid das Licht. Ihr habt mein Dasein hell erleuchtet, ich danke euch. Lauft nun, meine lieben Kinderlein, lauft zweimal rund um den großen Baume dort und hebt die Füße fein dabei. Dann wendet euch nach links und ihr werdet auf eine Lichtung gelangen, auf der eine entzückende Dame Spinaträllchen und Lebertran reichen wird.«

»Iihh«, Bianca und Inga rennen kreischend los, Rosalie folgt ihnen langsam.

Obwohl der Himmel noch hell ist, sammeln sich bereits die Schatten im Wald. Die Lichtung ist mit Lampions beleuchtet, ein Feuer brennt, und die Mutter verteilt Würstchen und Stockbrotteig. Lily drückt Rosalie eine Fanta und einen Stock in die Hand. Die Rinde hat sie abgeschält. Rosalie quetscht sich neben Ella auf die Bank und hält ihren Stock mit einem Klumpen Teig ins Feuer. Mit den Funken stieben Stimmen über die Lichtung. *Voll unheimlich; das goldene Kästchen; so cool; der silberne Schmetterling; Blätterfalle, Lisa ist voll reingekracht, gar nicht, nur mit dem Fuß; darf ich den Pilz behalten?*

Als der Vater am Rand der Lichtung auftaucht, lassen alle ihre Stöcke fallen und stürmen auf ihn zu. Er schmettert ihnen ein paar Wichtelverse entgegen und duckt sich weg, als ihn die ersten Kinder erreichen. Eine wilde Jagd nach dem Wilden Wichtel entspinnt sich auf der Lichtung, die mit einer zerrissenen Hose und einem unter Hunderten von Kindern begrabenen Vater endet. Lisa, Kerstin und Inga wollen gar nicht mehr loslassen. Lisa stellt sich auf seine Füße, und er muss sie mit seinen Füßen anheben, wenn er einen Schritt machen will. Inga und Kerstin klammern sich an seine Beine und lassen sich zum Feuer schleifen.

Ungefähr tausend Wichtelverse muss der Vater an diesem Abend singen und hundert Anekdoten aus dem Leben eines Wichtels erzählen, bis sich schließlich alle in einer Reihe aufstellen, die Mutter jedem einen Lampion reicht und sie im feierlichen Marsch durch den dunklen Wald nach Hause wandern.

Die Zweige der Fichten greifen nach Rosalies Haaren. Sie bleibt stehen, stellt den Lampion hinter eine Bodenwelle und sieht dem leuchtenden Zug hinterher. Gerade, als er um eine Ecke verschwindet, stockt der Zug, und Stimmen dringen durch den Wald und die Nacht.

»Wo ist Rosalie?«

»HAAALT!«

»Rosalie ist weg!«

Sie hört die Angst in der Stimme ihres Vaters, als er laut ihren Namen ruft. Nach einer Sekunde antwortet sie und läuft auf den schwachen Schimmer am Ende des Weges zu.

Wenn man seine Ohren verschließen könnte, dann hätte Rosalie ihre Ohren am Abend ihres siebten Geburtstages ganz fest um all die Aufregung, das Glück und die Erschöpfung verschlossen und sie hätte nicht gehört, wie sich ihre Eltern in der Küche anschrien. Sie hätte nicht ihr Bett verlassen und sich neben Lily an das Treppengeländer auf die Fliesen setzen müssen. Sie hätte nicht Lilys vorwurfsvollen Blick ertragen müssen, als sie hörten, dass es um Rosalie ging. Ein Blick, der sie prüfte, als die Mutter sagte, dass der Vater Rosalie mit seinen Verrücktheiten gefährde. Der verächtlich wurde, als die Mutter weitersprach: Rosalie sei allzu empfänglich für Fantastisches und könne sich zwischen seinen Geschichten und der wirklichen Welt nicht orientieren. Der sich in reinen Hass verwandelte, als der Vater der Mutter entgegnete, dass sie nur eifersüchtig sei, weil er diese besondere Verbindung zu Rosalie habe und nicht sie.

Tag 1

Ich erfahre es nach der Kaffeepause von Lily, die einen Anruf von der Putzfrau bekommen hatte. Ich bin fast ein wenig erleichtert. Ein paar Tage Ruhe. Wer nicht da ist, den muss man nicht zum Essen einladen oder anrufen. Wer nicht da ist, kann nicht die Nachbarn beim Mülltrennen kontrollieren oder Straßenmusiker über Urheberrechtsverletzungen aufklären.

Es ist nicht das erste Mal, dass er verschwindet. Lily und ich haben uns oft vorgestellt, dass wir ihn irgendwann in irgendeinem Lokal im Westerwald würden auslösen müssen, wo er tagelang schnitzelessenderweise gesessen und ein Wohnzimmerfenster beobachtet hatte. Bislang war das noch nicht nötig gewesen. Er war zurückgekommen, bester Laune, die Taschen voller Polaroids und Notizbücher, und hatte erstaunliche Dinge zu berichten gehabt. Diese Dinge waren dann in seinen Erzählungen ein paar Tage oder Wochen lang ergänzt oder variiert worden, bevor andere Erstaunlichkeiten an ihre Stelle getreten waren. Aber dieses Mal ist er ohne ein Wort verschwunden.

Er ist nicht mit dem Auto gefahren. Das beruhigt mich. Wer im Zug oder Bus sitzt, kann nicht gegen Leitplanken fahren, weil er wahnsinnige Gedanken notiert oder »Zeugen« kontaktiert.

Lily und ich hinterlassen je eine Nachricht auf seiner Mailbox, ich sachlich, Lily vermutlich vorwurfsvoll, und gehen zum Tagesgeschäft über. Lily tränkt Strauße und macht sich Sorgen wegen Leas Versetzung. Ich arbeite Akten ab und frage mich, ob es richtig gewesen war, Richy zum Essen einzuladen. Eigentlich lebe ich nach dem Grundsatz, dass mit Fragen wie *Kann ich zweimal hintereinander anrufen oder muss ich warten bis er/sie sich meldet?* oder *Wer darf wen wann zum ersten Date einladen?* keine Zeit und Energie verschwendet werden darf. Gerne rechne ich meinen Freundinnen vor, wie viele Stunden tagtäglich mit solchen Fragen verschwendet werden, und behaupte, dass längst ein Mittel gegen AIDS gefunden worden wäre, gäbe es die Menschheit endlich auf, über derartigen Unsinn nachzudenken. Ella ist in dieser Frage natürlich auf meiner Seite. Allerdings habe ich ihr noch nie von meiner jüngsten Befürchtung erzählt: Bin ich möglicherweise mit dieser Haltung bisher nur deswegen erfolgreich gewesen, weil ich mich instinktiv dem kosmischen Gesetz des Werbens gebeugt habe? Möglicherweise habe ich bislang nur solche Personen massiv umworben, die weniger attraktiv sind als ich. Weiterhin könnte es sein, dass ich täglich unattraktiver werde, aber meine Maßstäbe nicht herunterschraube, sodass ich jetzt Personen im Fokus habe, bei denen ich nach dem kosmischen Gesetz des Werbens scheitern muss. Andererseits: Was ist schon Attraktivität? Nichts als eine Behauptung und schöne Kleider, die sich zu sogenannter Ausstrahlung zusammentun. Und vielleicht ein Arsch, der nicht rechts und links aus dem Bürostuhl quillt. Das würde dann bedeuten: Es gibt kein kosmisches Gesetz des Werbens und die Welt gehört den Frechen. Dann wäre es kein Fehler gewesen, Richy zum

Essen einzuladen. Richy kommt mir reserviert vor, seit ich diese Einladung ausgesprochen habe. Der lockerleichte Ton ist verschwunden. Letztens hat er in der Kaffeerunde peinlich berührt weggeschaut, als ich einen Witz gemacht habe – der so schlecht nicht gewesen ist. Vielleicht ist er einfach zu höflich, um eine Einladung abzulehnen. (Er ist offenbar sehr höflich, hat sogar dem nervigen Referendar beim Umzug geholfen.) Und er ist neu hier, sucht Kontakt und will es sich bestimmt mit niemandem verderben. Dann wäre meine Einladung fast so etwas wie sexuelle Belästigung. Außerdem ist er jünger als ich. Vielleicht schreibt er morgen eine Mail an ein paar Freunde und erzählt ihnen, wie schwierig es war, die alte Staatsanwältin höflich loszuwerden. Vielleicht schreibt er sogar »die notgeile alte Staatsanwältin«.

Beschäftigt man sich mit solchen Fragen und bearbeitet parallel Akten zu Nachbarschaftsstreitigkeiten, bleibt für einen verschwundenen Vater keine Gehirnkapazität. Auf eine Weise verdanke ich meinen Midlife-Ängsten einen sorgenfreien Nachmittag.

Bei einem Telefonat mit meinen Familienmitgliedern weiß ich bei jedem Einzelnen nach dem ersten Wort, in welcher Verfassung er sich befindet: Lily macht sich Sorgen. Hat ein komisches Gefühl, die Straußenjährlinge hatten schlecht gefressen. Hatte Vater bei unserem Treffen am Sonntag wirklich nichts von seinen Plänen gesagt? Ihr Anruf ist mir lästig. Ich hätte den AB angehen lassen, wenn ich nicht gefürchtet hätte, es könnte Richy mit unterdrückter Nummer sein, der mich auf meinen Feigen in Parmaschinken und Fettuccine mit grünem Spargel sitzen ließ. Lily knöpft mir das Versprechen ab, morgen mit ihr hinzufahren und nachzuschauen, ob wir Hinweise finden würden. *Hinweise finden,* das sind ihre Worte. Ich verspreche es, hauptsächlich, um sie loszuwerden, ohne von meinem Date erzählen zu müssen. Ich will unbedingt verhindern, dass sie an einem der nächsten Sonntage auf ihrem Hof im Liegestuhl liegend nach *dem jüngeren Mann von deiner Arbeit* fragen und sich mir ruckartig fünf Menschen- und 300 Straußenköpfe zuwenden würden.

Wir verabreden uns für drei Uhr am nächsten Tag.

Tag 2

Der Morgen kommt mit Sodbrennen, unberechenbaren Wellen von Übelkeit, unstillbarem Durst und der Erkenntnis, dass es doch nicht mehr so leicht ist, wie es gestern aussah: Es war wie im ersten, zweiten, dritten, vierten und fünften Semester. Die Feigen waren im Sandwichmaker getoastete Sandwiches mit Scheiblettenkäse und die Fettuccini waren Carlini mit Käse-Kräuter-Soße. Der Chablis wurde in Biergeschwindigkeit getrunken und die Terrasse so schnell für eine stickige Kneipe verlassen, als sei der Mitbewohner im Anmarsch.

Gestern war es so einfach gewesen: im Duft von Klosteinen beim Sound von Aerosmith Zigaretten schnorren, Saufgeschichten erzählen, das heilige Schweigen beim Kickern brechen. Als wir irgendwann aus purer Höflichkeit gegangen waren, wurde es schon hell. Wir haben ein Bier und eine Tüte Chips gekauft, sind lachend und quietschend über einen Zaun geklettert (wobei ich mich geschickter und furchtloser zeigte als er) und haben uns auf eine Schaukel gesetzt. Vor meiner Haustür haben wir nicht geknutscht, sondern auf die

Vögel geschimpft, die frisch den Morgen begrüßten, um uns an unsere Verkommenheit zu erinnern.

Heute ist an Arbeit nicht zu denken. Ich rufe in der Behörde an, keuche etwas von Sommergrippe und liege jammernd im Bett. Die Sonne donnert durch das Fenster. Wäre es ein kühler, feuchter Tag mit kahlen Bäumen, ich könnte spazieren gehen, den Nebel durch alle Poren aufsaugend, und einen Ort mit Steinen und Hügeln finden, der zu meiner Stimmung passte. Aber es sind 28 °C, und ich muss mich im Haus verstecken, wenn ich nicht zu Staub zerfallen will. Später schaffe ich es, aufzustehen, eine Instantbrühe zu trinken und zu duschen.

Keine SMS. Gegen zwei Uhr fahre ich mit dem Fahrstuhl in die Tiefgarage (angenehmes Klima), steige in den Golf und wappne mich mit Sonnenbrille und Willensstärke gegen den Angriff der Sonne. Zu einem Häuflein Matsch zerflossen komme ich eine halbe Stunde später in Trutzhausen an. Halb erwarte ich, vom Schulranzen befreit, in den Arm genommen, mit Getränken versorgt und bedauert zu werden. Aber die Hecke ist hoch und verholzt, der Garten verwildert, und dick bestaubte Spinnennetze hängen in den Winkeln der Fassade.

Lily ist schon da und trippelt nervös zwischen Golf und Tür hin und her.

»Ich habe nichts angefasst«, sagt sie. Mir fällt keine Erwiderung ein.

Das Haus scheint auf die zu erwartende Art verlassen worden zu sein: Das Wasser ist ausgestellt und die Sicherung herausgedreht, Laptop, Reserveakku, Digitalkamera und Kabel fehlen, sein Toilettenzeug ist fast vollständig. Ich habe keine Ahnung, welche Pullover und Hosen er mitgenommen hat, behaupte aber fachmännisch, es seien »dünne Freizeithosen« und »Funktionshemden«, die im Schrank fehlen. Während ich mich über einen großen Karton mit gedrechselten Gardinenstangenabschlüssen, einen Vorratsschrank voller Glühbirnen und einen riesigen Tresor in meinem ehemaligen Kinderzimmer wundere, findet Lily es auffällig, dass seine langen Unterhosen und der Mantel fehlen. Deute das nicht darauf hin, dass er eine längere Reise vorhatte? Ich stehe vor einem Regal voller Aktenordner und antworte nicht. Alle Aktenordner sind ordentlich etikettiert und mir unheimlich vertraut: Ausschreibung Estricharbeiten / Musikhochschule I, Ausschreibung Estricharbeiten / Musikhochschule II, Illegaler Holzschlag I, Postenschiebung Jury Jugendbuchpreis I, Postenschiebung Jury Jugendbuchpreis II, Phöbus I, Phöbus II, Phöbus III, Phöbus IV, Phöbus V, Phöbus VI, Rosalie / 1989.

Nachdem ich den Strom wieder angestellt habe, gehen Lily und ich ins Giebelzimmer, ich fahre den Rechner hoch und tue so, als ob ich eine Idee hätte, welches Passwort er benutzen würde.

»Tobias könnte es wissen«, sagt Lily nach zwei fehlgeschlagenen Versuchen.

»Tobias Ochsenmeyer? Warum sollte der Papas Passwort kennen?«

»Die beiden treffen sich doch recht oft. Und seit Tobias wieder hier wohnt, ist der Kontakt noch intensiver geworden.«

»Er wohnt wieder hier?«

»Ja, seit ein paar Wochen. Wir dachten ja, dass er nach der Renovierung verkaufen würde, aber dann ist er selbst eingezogen.«

Ja richtig, Vater hatte erzählt, dass Tobias Ochsenmeyers Vater gestorben und seine Mutter zu ihrer Schwester ins Süddeutsche gezogen ist. Und über Renovierungslärm hatte er sich auch beschwert. Ich hatte mir weiter keine Gedanken darüber gemacht.

»Offenbar steht Tobias auf 60er-Mief und Gelsenkirchener Barock.« Ich stelle mir Tobias Ochsenmeyer in seinem alten Kinderzimmer vor, umgeben von gedrechselten dunklen Holzmöbeln, vor sich ein grauer PC-Bildschirm, der eine Pornoseite anzeigt, während aus dem Erdgeschoss ein klobiger Fernseher plärrt.

»Von wegen«, sagt Lily. »Man erkennt das Haus kaum wieder: Tobias hat Wände rausgerissen, einen Aufzug einbauen lassen und alle Möbel seiner Eltern weggeschmissen, sogar die Garnitur aus Kirsche massiv und die Standuhr aus dem Wohnzimmer, dabei hätte er die bestimmt noch verkaufen können.«

Tobias Ochsenmeyer wohnt wieder im Ochsenmeyer-Haus. Und ich stehe im Giebelzimmer und starre auf Aktenordner und Ermittlungsmappen. Sogar das Holzkästchen mit den Briefmarken ist noch da.

»Tobias weiß aber auch nicht, wo Papa ist. Ich habe schon mit ihm telefoniert.«

»Du hast seine Telefonnummer?«

»Ich hab ihn hin und wieder mal angerufen, um rauszufinden, ob mit Papa alles in Ordnung ist. Außerdem isst er gerne Straußenleberwurst.«

»Dann ruf ihn halt an und sag ihm, dass er herkommen soll.«

Lily schlägt vor, den Computer ins Wohnzimmer zu tragen. Also ziehe ich die Kabel aus den Steckdosen, trage alles die Treppe herunter und beschließe, im Garten auf Tobias Ochsenmeyer zu warten. Während Lily Tee kocht und Schränke auf- und zuklappt, setze ich mich in einen der rauen, verzogenen Klappstühle und sehe mich um. Das Gartenhäuschen hat einen dicken Pelz aus

Efeu, der es schützt. Oder erstickt. Das Gras ist lang, dunkelgrün und hochflorig, von geheimnisvollen Spuren durchzogen, und die Eisenbahnschwellen der Treppe sind in dramatisch schiefen Lagen erstarrt, die Koniferen mit Spinnweben wie mit Spitze geschmückt. Die Pergola ist an einigen Stellen gebrochen, aber der wilde Wein hat jeden Bruch liebevoll geschient. Oder verursacht.

»Hat er hier noch irgendwas gemacht?«, frage ich Lily, als sie mit der Acapulco-Teekanne, die Mutter einmal sehr gemocht hatte, und zwei Bechern auf einem Tablett aus der Küche kommt, und zeige vage in den Garten.

»Manchmal ist Herr Kubin gekommen und hat gemäht oder einen Baum gefällt. Eine Menge Arbeit, das hier in Ordnung zu bringen.« Lily sieht sich tatendurstig um.

Die Klingel. Lange habe ich diesen Ton nicht mehr gehört. Wir gehen gemeinsam zur Tür, Lily öffnet.

Hätte ich Tobias Ochsenmeyers Foto in einer Fahndungsdatei gesehen, ich hätte ihn nicht wiedererkannt. Aus seinem teigigen Jungsgesicht hat sich ein ebenmäßiges, kantig-schönes Männergesicht modelliert. Es ist der blanke Hohn. Eine grausame Laune der Genetik, die seine körperliche Versehrtheit umso deutlicher zutage treten lässt. Die ihm die Rolle des tragischen Opfers verwehrt, ihn die Vollkommenheit auf lächerliche Weise verfehlen lässt, einen Hochstapler aus ihm macht, einen Geck.

Seine Kleider sind teuer, sein Aftershave ebenfalls und sein Oberkörper ist trainiert. Ein kurzer Blick auf seine kurzen, platten Oberschenkel erlaubt mir den tröstlichen Gedanken, dass er auch ohne den Unfall klein geblieben wäre. Ein kleiner, schöner Mann.

Tobias Ochsenmeyer gibt uns die Hand, fragt knapp »Wo ist er?« und rollt ins Wohnzimmer. Seine Einsilbigkeit scheint Lily mehr zu schaffen zu machen als mir. Sie zwitschert über das Wetter und die Spuren, die wir nicht gefunden haben, bietet Tee an und fragt nach Tobias Ochsenmeyers Eltern. Er hält seine Antworten so knapp, dass Lily schließlich verstummt und mich Hilfe suchend ansieht. Ich schiebe mich ein wenig ruckartig ins Wohnzimmer, setze mich auf einen Sessel und weise auf den Rechner:

»Tja, wenn du dein Glück mal versuchen willst …?«

Er schaut mich kurz an und wendet sich dem Rechner zu. Seine langen Finger sind gebräunt, seine Fingernägel breit und makellos. Ich versuche, mein Gesichtsfeld so zu wählen, dass ich nur die Finger sehe, die sich geschmeidig über die Tastatur bewegen, und sein armanigeschneidertes Gesicht.

Ich zucke zusammen, als er »Ich bin drin« sagt. Er sagt es nicht überrascht oder triumphal, sondern so, als sei das zu erwarten gewesen.

»Wirklich?« Ich stehe auf und beuge mich über seine Schulter. Tatsache, da ist das Desktop mit den Icons.

»Äh, danke, Tobias. Du warst uns eine große Hilfe. Schreibst du uns das Passwort auf?«

0304/2308/1106 notiert Tobias Ochsenmeyer auf einen Zettel, den ich ihm reiche.

Dreiundzwanzigster Achter, das ist mein Geburtstag, mein Katerhirn springt langsam an, *Elfter Sechster, Lilys Geburtstag* fuhr es fort. *Aber was ist 0304?*

Ich habe laut gedacht. Er dreht seinen Rollstuhl zu mir, Schenkel und Räder geraten in mein Gesichtsfeld: »Mein Geburtstag.«

Ich könnte Lily erwürgen. Ich habe ihn grade höflich hinauskomplimentiert, als sie mit erstaunten Augen und frischem Tee aus der Küche kommt und sagt, dass Tobias Ochsenmeyer uns helfen müsse, *das Material zu sichten.*

Also sitzen wir zu dritt vor Vaters Rechner, und es ist Tobias Ochsenmeyers Hand, die auf der Maus liegt.

»Zuerst die E-Mails.«

Er öffnet Outlook, und ich schaudere angesichts der Anzahl von Ordnern und Unterordnern. Nicht sortiert sind die Mails ab Mittwoch, offenbar hat er danach nicht mehr an diesem Rechner gearbeitet. Tobias beginnt zu klicken. Eine Amazonbestellung *Der Coup, die Kuh, das Q: Das erstaunlichste Deutsch-Buch aller Zeiten,* ein Tchibo-Newsletter *Wellnessreisen zu entspannten Preisen,* der Perlentaucher, *Lob des Verrisses* (Lily und ich überrascht), eine Mail von einer Zimmerwirtin in Südtirol, *Buchungsbestätigung für Oktober,* eine Mail von seinem Bruder, *Was man gegen Prostatabeschwerden tun kann* (als hätten wir unter seine Bettdecke geschaut – zum ersten Mal der Gedanke, ob das hier in Ordnung ist), eine Mail von mir. Bevor er sie öffnen kann, nehme ich Tobias Ochsenmeyer die Maus aus der Hand und lösche die Nachricht.

»Ich will nicht, dass du das liest.«

Er sagt nichts, hört aber auf, durch die Liste zu scrollen.

»Vielleicht ist er schon früher nach Südtirol gefahren?«, überlegt Lily.

»Das können wir rausfinden.«

Ich nehme das Telefon und wähle die Nummer, die in der Signatur steht. Ich lasse es lange klingeln, sie haben bestimmt ein großes Haus. Eine Frau meldet sich. Ich gebe mich fröhlich, sage meinen Namen und dass ich und meine Schwester unserem Vater ein kleines Geschenk machen wollen, das er bei seinem nächsten Besuch einlösen könne. Ob sie eine Idee habe? Nach kurzer Irritation ist sie außer sich vor Begeisterung, macht Vorschläge für Wanderungen und kulturelle Ereignisse. Oder lieber ein kulinarisches Highlight? Ich verspreche, darüber nachzudenken und mich wieder zu melden. Bevor ich auflege, sagt sie noch, dass Vater ihr Lieblingsgast sei, sie sich *wahnsinnig* auf Oktober freue und dass ich doch einmal mitkommen solle. »Sie sind ja ungebunden, Ihre Schwester hat ja die Familie und die viele Arbeit auf dem Hof.«

»Da ist er also schon mal nicht. Das hast du gut gemacht.«

Wir sitzen ein bisschen ratlos rum, bis Tobias Ochsenmeyer anbietet, mit mehr Zeit wiederzukommen und alles in Ruhe durchzusehen.

»Dafür brauchst du ja Wochen«, wendet Lily ein.

»Wochen nicht, aber ein paar Tage vielleicht. Das ist nicht schlimm, ich habe Zeit.«

Er sagt es ohne die geringste Scham. Lily und ich verständigen uns mit einem Blick und nicken. Lily bestimmt, ich zögernd.

»Schreibst du bitte auf, wie viele Stunden du daran arbeitest?«, sage ich zu Tobias Ochsenmeyer. »Wir bezahlen dich selbstverständlich.«

»Dein Vater ist mein Freund.« Seine Stimme klingt ein wenig rauchig, und es gelingt mir nicht, sie mit dem Jungen mit dem türkisfarbenen Fahrrad zusammenzubringen. »Ich nehme kein Geld.«

Tag 3

»Junge Frau, was kann ich Ihnen bringen?« Ich halte die Luft an, aber Ella sagt nur: »Ein Bier, ein Wodka.« Es ist angenehmer geworden, mit ihr auszugehen. Früher hätte sie sich zumindest mit »Was haben Sie denn im Angebot, alter Mann?« revanchiert,[1] der Ober wäre beleidigt gewesen, und ich hätte den ganzen Abend versucht, ihn zu versöhnen, woraufhin Ella mir »dieses schrecklich weibliche Bedürfnis, es allen recht zu machen«, vorgeworfen hätte. Seit sie andere Kanäle für ihren Zorn hat, betrachtet sie die Erziehung von Kellnern als Zeitverschwendung.

Es ist immer noch anstrengend, mit ihr befreundet zu sein, besonders wenn man in einer Behörde arbeitet, in der ein maßvoller Sexismus zum Alltag gehört wie Aktenstaub. Es war Ellas Schuld, dass ich vor einigen Wochen in der Kaffeerunde verständnisloses Schweigen erzeugt hatte, als ich eine Kollegin maßregelte, weil sie nur den weiblichen Teil eines Paares um einen Salat für ein Grillfest gebeten hatte.

Wären wir uns erst mit 30 begegnet, wir wären wohl keine Freundinnen geworden. Ich hätte sie für egozentrisch gehalten und Ella mich wohl einfach langweilig gefunden. Aber da wir uns mit zehn Jahren auf dem Geschwister-Scholl-Gymnasium beim Kreideklauen gefunden hatten, war ich nun mit einer Freundin beschenkt, die so etwas wie ein feministisches Gesamtkunstwerk war. Inzwischen war es drei Jahre her, dass Ella mit ihrem »1. Bernstadter Handtaschen-

1 »Die Ansprache ›junge Frau‹ steht in der Tradition von ›Fräulein‹. Mit Fräulein wird die Frau in Abhängigkeit vom Mann beschrieben. Jeder muss zur Kenntnis nehmen, dass die Angesprochene nicht verheiratet ist, ob sie diese Information preisgeben will oder nicht. Mit ›junge Frau‹ werden wir zwar nicht länger in aller Öffentlichkeit in verheiratet und nicht verheiratet sortiert, aber nach körperlichen Gesichtspunkten klassifiziert. Und es wird erwartet, dass wir die Klassifizierung als ›junge Frau‹, also: fruchtbar, körperlich in Schuss, potenziell attraktiv, nicht nur hinnehmen, sondern als Kompliment oder zumindest als Höflichkeit werten.« (Ella Taro: Chauviwatch 3/2006)

geschwader«[2] ein Youtube-Coup gelungen war. Das Video hatte ihr damaliger Freund aufgenommen, ein Kameramann, der sonst Vorabendserien filmte. Es zeigte eine Gruppe von Frauen, die mit Handtaschen ausgestattet durch die Stadt patrouillierten und chauvihaftes Verhalten mit Handtaschenschlägen ahndeten. Dabei machten sie keinen Unterschied zwischen Männern und Frauen. Eine junge Mutter, die ihrem Partner ein weinendes Kleinkind entreißt und »Du kannst ihn nicht trösten« schreit, wird ebenso bedacht wie eine Glatze, die den Beruf eines Mädchens mit den Worten »Du bist bestimmt ne ganz professionelle Rohrreinigerin, hähähähä« errät.

Der Film zeigt außerdem eine Collage aus Filmszenen, in denen Frauen mit Handtaschen schlagen[3], Ella und die Frauen beim Üben der Schlagtechnik (»möglichst von oben aus dem Ellenbogen«) und Ella, die ihre Handtasche liebevoll streichelt und darüber spricht, wie sie in der Hand liegt, welchen Radius sie hat und dass sie zerknülltes Zeitungspapier für den besten Füllstoff hält (»wir wollen keinen Schmerz zufügen, nur demütigen«). Ihr Handtaschenmodell, eine dunkelrote Aigner aus den 60ern, erzielte wochenlang Höchstpreise bei eBay, und sogar eine kleine Galerie wurde auf Ella aufmerksam und bot ihr

2 Der Titel spielt auf eine alte Seemannsgeschichte an, in der zurückkehrende Matrosen von ihren Frauen am Hafen abgefangen und um ihren Sold erleichtert werden, damit sie ihn nicht sofort in die Kneipe tragen können. »Als *Handtaschengeschwader* wurden diese verantwortungsvollen Mütter und Ehefrauen von den Seemännern verunglimpft.« (Ella Perrot: Das erste Bernstadter Handtaschengeschwader. Intention. Rezeption. Diskussion, S. 13)

3 »Jahrzehntelang war die mit der Handtasche schlagende Frau ein Zerrbild, eine lächerliche Figur. Ihre Waffe war ungeeignet, ihre Schläge verfehlten ihr Ziel, ihr Handeln war grotesk-irrational. Wir geben der Handtasche ihre Würde und der schlagenden Frau ihre Vernunft zurück.« (ebd., S. 23)

eine Ausstellung an. Ella konzipierte keine Ausstellung, sondern gründete ein Internetmagazin, das sie »Chauviwatch« nannte und in dem sie Essays und Kolumnen veröffentlicht und ihre Aktionen ankündigt. Pamphlete gegen Hebammen, die von Müttern verlangten, »dem Kind mindestens sechs Monate rund um die Uhr zur Verfügung zu stehen«, waren genauso zu finden wie anonyme Interviews mit Vätern, die sich nicht trauen, ihren Chefs zu sagen, dass sie zwei Monate Erziehungsurlaub nehmen wollten. Praktischerweise hat Ella sich inzwischen von dem Kameramann verabschiedet und mit dem Gründer eines erfolgreichen Internet-Start-ups angebändelt. Er hilft ihr bei Marketing und Gestaltung und wirbt in bescheidenem Umfang Anzeigenkunden.

Nur Ellas letzter Coup war nach hinten losgegangen, und sie wurde nicht gerne darauf angesprochen. Mit einer Künstlerin, die zugleich Schusterin für orthopädisches Schuhwerk war, hatte Ella den Arsch-BH entworfen. Die beiden waren nach einem schlimmen Absturz auf die Idee gekommen, den Busenbleistifttest an ihren Ärschen vorzunehmen. Ella hatte mir schaudernd davon erzählt, wie sie in bläulichem Badezimmerlicht der Künstlerin vor einem großen Spiegel ihren Arsch hatte betrachten müssen (»seit ich aufgehört habe, bei H&M Unterwäsche zu kaufen, hatte ich ihn nicht mehr so gesehen«). Sowohl bei Ella als auch bei der Orthopädie-Schusterin war der Bleistift zwischen Arsch und Oberschenkel stecken geblieben: Keiner der Ärsche hatte den Bleistifttest bestanden. Ihre Frustration darüber hatte Ella den üblichen Verdächtigen (Männer, Medien, Mode) angelastet, und um gegen all das zu protestieren, hatten sie und die Orthopädie-Schuster-Künstlerin den Arsch-BH entwickelt. Er war in drei Farben zu haben (Weiß, Schwarz, Braun) und formte hängende Backen zu einem Kugelarsch. Was als fiktives Produkt, als ironischer Kommentar zum Designkörper gemeint war, wurde ein Verkaufsschlager. Nachdem die 500ste Bestellung auf ihrer Homepage eingegangen war, war die Orthopädie-Schuster-Künstlerin bereit, Ella und den Feminismus zu verraten und den Arsch-BH in Serie zu produzieren. Ella hat sie wegen Ideendiebstahls verklagt, aber der Prozess zieht sich bis heute, und ich bin mir nicht ganz sicher, was Ella mehr ärgert: dass die Orthopädie-Schuster-Künstlerin die Frauensolidarität verraten hat oder dass sie inzwischen eine alte Radfabrik gemietet und sechs Näherinnen eingestellt hat, um dem Ansturm auf den Arsch-BH gerecht zu werden.

Ella wartet, während ich die anderen Gäste im Opa checke. Das Checken der Gäste in Kneipen ist eine rituelle Handlung, die mich vor Begegnungen mit Angeklagten oder Zeugen schützt. In meinen ersten Monaten als Staatsanwältin hatte mich der Gedanke, nachts angetrunken mit Ausschnitt statt Robe vor einem Heroinsüchtigen zu stehen, für den ich wegen Raub mit Körperverletzung zwei Jahre ohne Bewährung gefordert hatte, bis in die Träume verfolgt. Ella hatte mich irgendwann vor die Wahl gestellt: Entweder ich müsste Perücke und Sonnenbrille tragen oder darauf vertrauen, dass keiner die Staatsanwältin in der Frau mit den Turnschuhen erkennt, und aufhören, fertige Typen so lange anzustarren, bis sie an unseren Tisch kommen. Wir hatten uns auf fünf Minuten geeinigt, in denen ich in jeder neuen Kneipe die Lage sondieren durfte. Die sind jetzt offenbar vorbei, denn während ich mich frage, ob einer aus der Skatrunde bei der Körperverletzung von letzter Woche dabei gewesen war, schlägt Ella auf den Tisch, hebt ihr Wodkaglas und sagt: »So, was ist das also für eine Nummer mit unserem guten alten Tobias Ochsenmeyer?«

»Ich weiß auch nicht. Ich hab ihn ewig nicht gesehen. Und jetzt ist er wieder da, wohnt im Ochsenmeyer-Haus, offenbar ist er seit Jahren mit Vater befreundet und …«

»Rosalie, du bist keine zwölf mehr.«

»Hä?«

»Du musst nicht mit Tobias Ochsenmeyer um die Liebe deines Vaters buhlen. Das ist nicht mehr dein Thema. Die Liebe deines Vaters ist dir sicher und, wenn ich offen sprechen darf, manchmal lästig.«

»Darum geht es doch gar nicht. Er kann meinetwegen so viel mit meinem Vater rumhängen, wie er will. Ist doch super, dann ist der wenigstens beschäftigt. Es ist eher – ich habe mein Bild von Tobias Ochsenmeyer so lange nicht … aktualisiert. Irgendwie hab ich wohl gedacht, er sitzt in einer piefigen 2-Zimmer-Wohnung, glotzt Kochshows und trägt immer noch Anoraks mit zu kurzen Ärmeln. Aber – er sieht gut aus. Sogar sehr gut. Er wirkt ausgeglichen. Nicht gebrochen oder irgendwie angeschlagen. Souverän.«

»Du bist gekränkt, weil er nicht das Opfer ist, für das du ihn gehalten hast?«

»So ein Blödsinn.«

»Nein, nein, lass die gute alte Ella mal weiterdenken. Immerhin hast du jahrelang ein schlechtes Gewissen mit dir rumgeschleppt. Und jetzt triffst du kein Wrack, sondern einen schönen Mann, der dein Mitleid offensichtlich gar nicht braucht.«

»Mitleid muss man wirklich nicht haben. Du hättest seine Schultermuskeln sehen sollen.« Freundlicherweise akzeptiert Ella den Themenwechsel.

»Die werde ich mir bei Gelegenheit mal anschauen. Und wie geht es jetzt weiter?«

»Mit meinem Vater?«

»Natürlich mit deinem Vater! Was soll sonst weitergehen?«

»Tja, ich versuche ruhig zu bleiben. Aber ein bisschen komisch ist es schon. Er ist seit mindestens zwei Tagen weg, vielleicht schon länger. Nicht mal das wissen wir genau. Er hat sich bei keinem abgemeldet. Nicht bei Lily, nicht bei mir, nicht bei seiner Schwester, nicht bei der Putzfrau. Er war ja schon öfter mal unterwegs, um irgendwelchen Irrsinn zu ermitteln. Aber er hat sich immer abgemeldet und auch hin und wieder mal angerufen. Und auf jeden Fall hat er zurückgerufen, wenn man ihm auf die Mailbox gesprochen hat. Schon alleine, um einem zu erzählen, was er für gigantische Sauereien entdeckt hat und dass er die Welt vorm Untergang retten wird.«

»Was willst du tun?«

»Tobias Ochsenmeyer schaut grade, ob er irgendeinen Hinweis in seinem Rechner findet. Ich bin morgen mit ihm verabredet.«

»Ein Date?« Ella steckt sich eine Zigarette an und wedelt mit dem Streichholz, obwohl es schon längst erloschen ist. Eine dieser männlichen Gesten, die sie als ironisches Zitat ausprobiert. Ich werde wütend.

»Kannst du bitte damit aufhören?« Ella weiß, was ich meine. Sie bläst mir Zigarettenrauch ins Gesicht und wirft mir einen Kuss zu.

»Baby, du bist nicht wütend auf mich. Du bist wütend auf Daddy. Also hör auf, die gute alte Ella anzuzicken, und sag mir, warum du Tobias Ochsenmeyer in den Dokumenten deines Vaters wühlen lässt.«

»Er hat es angeboten, Lily war dafür, und es wäre sehr unhöflich gewesen, das Angebot abzulehnen. Peinlich muss es einem immerhin nicht sein, schließlich kennt er meinen Vater schon ein paar Jahre. Und wenn er was findet, umso besser.«

»Und zur Belohnung darf er dich morgen wiedersehen.«

»Was willst du denn damit sagen? Glaubst du, er steht auf mich?«

Ella lacht. »Klar tut er das. Er hat immer auf dich gestanden. Inga hat ihn in der Siebten dabei beobachtet, wie er Rosalie, Rosalie, Rosalie in sein Mathebuch geschrieben hat, eine ganze Seite voll. Dieser anonyme Liebesbrief in der Zehnten war sicher auch von ihm.«

»Blödsinn, der war von Jens.«

»Das hättest du wohl gerne. Hier, du musst Wasser trinken.« Ella schiebt mir eine Karaffe mit Leitungswasser hin.

»Nee. Ich hab letztens gelesen, dass da so Krebse drin sein sollen. Wasserasseln, 18 Millimeter werden die lang, und sie ernähren sich von organischen Stoffen, die als Biofilm an den Wänden der Leitungen hängen. Das Leitungswasser ist voll von ihren Ausscheidungen und ihren Kadavern.«

»Das ist ja widerlich«, sagt Ella und nimmt einen großen Schluck Leitungswasser. »Ich drücke dir jedenfalls die Daumen. Gib mir ein Zeichen, wenn dir dein ewiger Verehrer zu sehr auf die Pelle rückt und ich helfen soll, ihn auf Distanz zu bringen.« Sie lächelt boshaft.

»Ich glaube nicht, dass er immer noch auf mich steht. Lebenslange Liebe, so was gibt es nur bei Inga Lindström, in Wirklichkeit sind Männer für so was viel zu pragmatisch.«

»Umso schlimmer für die Wirklichkeit.« Ella macht eine elegante Bewegung mit der Zigarette und ruft: »Junger Mann, bringen Sie uns ein stilles Wasser und dazu bitte noch mal zwei Wodka, aber dieses Mal nicht solche Mädchenportionen. Wir müssen auf die Liebe anstoßen.«

Wir schweigen, bis der Wodka kommt, stoßen an und wechseln dann das Thema. Ich erzähle von meiner Zeitreise mit Richy, und sie erzählt mir von einer neuen Geschäftsidee, eine Kollektion von Kleidern und Accessoires: ein Hipbag, das wie ein paar Hoden aussehen soll, ein T-Shirt mit Handabdrücken auf den Brüsten und eine künstliche Hand, an einem Stab befestigt, die »kleiner Pimmel« zeigt.

»Etwa so«, Ella zeichnet ihr neues Kampfmittel gegen Chauvis im öffentlichen Raum auf einen Bierdeckel und sinniert darüber, dass man Porsche-Cayenne-Fahrern den Kleinen Pimmel direkt ins Auto strecken könnte, wenn man neben ihnen an der Ampel steht. Sofern ein Fenster offen ist. Sie wirkt sehr zufrieden bei dieser Vorstellung.

Hin und wieder muss man bei Ella ein wenig vorsichtig sein. Zum Beispiel dann, wenn man etwas getan hat, ohne den Grund zu kennen. Ella würde den Grund wissen wollen. Sie würde nicht eher Ruhe geben, bis er vor ihren Füßen lag: ausgewürgt, nackt, blass, schrumpelig, erbärmlich. Ich ahne, dass es irgend so eine Erbärmlichkeit sein musste, die mich diesen Rosalie/1989-Aktenordner aus Vaters Beständen hatte mitnehmen lassen, heimlich, ohne dass es Lily merkte, Tobias Ochsenmeyer schon gar nicht.

Es ist schon nach 1 Uhr nachts, als ich zu Hause ankomme. Dennoch hole ich Rosalie/1989 aus meiner Tasche, wische ihn mit einem feuchten Lappen ab, schenke mir ein Glas Rotwein ein und schlage ihn auf. Ich blättere, ich lese. Namen und Schlagworte, die ich lange nicht gehört habe und die eine jahrzehntealte Beschämung in mir aufsteigen lassen, die offenbar perfekt konserviert auf genau diesen Moment gewartet hat.

Es hatte geregnet an dem Tag im Jahr 1992 kurz vor dem Abitur, an dem sich mein großer Kampf für eine bessere Welt als gigantische Farce herausstellte. Der Regen hatte gegen das Dachfenster getrommelt, ich hatte auf einen Anruf von Ella gewartet, auf dem Bett gelegen und Radio gehört. Ich weiß noch, dass ich *Nothing compares 2 U* mitgesummt hatte, als das Thema des nächsten Beitrages angekündigt wurde. Zuerst glaubte ich an einen Scherz. Dann sprang ich auf, riss das Stromkabel so heftig aus der Steckdose, dass sie halb aus der Wand kam, und rannte ins Giebelzimmer. Ich knallte das Radio auf seinen Schreibtisch, steckte das Kabel wieder ein und schob den Lautstärkeregler ganz nach links. Der Empfang im Giebelzimmer war etwas schlechter als in meinem Zimmer und die Neonröhre an der Decke sirrte, aber man konnte die Worte gut verstehen. Vater warf mir einen knappen Blick zu und wandte sich wieder seinem Brief zu, während die Worte den Raum ausfüllten. Die Worte, die besagten, dass das AIDS-Virus nicht von der US-Regierung gezüchtet worden, sondern durch Übertragung des Affenvirus SIV entstanden sei. Dass die US-Regierung niemals vorgehabt hat, die Bevölkerung in der Dritten Welt mit dem AIDS-Virus zu dezimieren und gegen Homosexuelle vorzugehen. Dass all diese Behauptungen propagandistische Verschwörungstheorien des KGB seien, wie jetzt von zwei ehemaligen Stasimitarbeitern enthüllt worden war. Dass Michail Gorbatschow sich bereits Ende der 80er-Jahre inoffiziell bei der amerikanischen Regierung für diese Rufmordkampagne entschuldigt hatte.

Als der Beitrag zu Ende war, hoffte ich, dass er eine verblüffende Wendung anbieten würde, einen Gedanken, der alles wieder richtig werden ließ: Die ehemaligen Stasi-Agenten von der US-Regierung geschmiert?

Irgendein gewaltiges Abkommen zwischen den beiden Weltmächten, vom Kreml bezahlt mit einer Demütigung des KGB? Aber nichts dergleichen. Er sagte gar nichts. Irgendwann sah er mich aus müden Augen an und murmelte etwas von dem Leserbrief an die Diskret, den er grade schreibe, und dass es in diesem Brief um eine *vertrackte Angelegenheit* gehe, das waren seine Worte gewesen, und dass er ihn noch heute rausschicken müsse und den Beitrag nicht richtig verfolgt hätte. Ob es etwas Wichtiges gewesen sei? Dann trank er einen Schluck Wasser. Der Boden des Glases vergrößerte seine Zähne wie eine Lupe, sie waren breit und gelb und einer von ihnen hatte einen feinen Längsriss. Ich wandte den Blick ab und starrte das Kästchen mit den Briefmarken an. Es war dreckig. Nur an dem Punkt, wo man es zum Öffnen anfassen musste, waren keine Schmutzschlieren. Neben dem Kästchen hatte eine tote Fliege auf dem Rücken gelegen, die Beine unsichtbar an den Körper gezogen.

Ich weiß noch heute, was ich gesagt habe. Ich habe gesagt: »Die amerikanische Regierung hat das AIDS-Virus nicht gezüchtet.« Dann habe ich das Zimmer verlassen. Ich bin ins Wohnzimmer gegangen und habe das Telefon so weit die Treppe hochgezogen, wie es das Kabel zuließ. Dann habe ich Ella angerufen und ihr gesagt, dass ich nicht Journalismus studieren würde.

»Was machst du dann?«, hatte Ella gefragt.

»Jura.«

Und obwohl das gar keine so schlechte Idee gewesen ist, muss ich weinen. Ich weine auf die Seiten des Aktenordners Rosalie/1989. Weil die amerikanische Regierung das AIDS-Virus nicht gezüchtet hat, weil aus mir keine Journalistin geworden ist, weil er verschwunden ist, ohne ein Wort, ohne eine Erklärung.

Nachdem ich eine Weile meinem Schluchzen gelauscht habe (ich kann gut schluchzen, dramatisch, aber nicht hysterisch) und der Schmerz in meiner Kehle so groß geworden ist, dass es scheint, als könne nie wieder etwas an ihm vorbeikommen, keine Nahrung, kein Schnaps, kein Wort, höre ich auf zu heulen und blättere: Zeitungsartikel, getippte Seiten, Broschüren, handschriftliche Notizen. Und da ist es: mein Referat. Fünf eng beschriebene Seiten, sauber getippt auf seiner Olympia. Es ist das Original, die Tippfehler waren mit dem Korrekturband getilgt und dann verbessert worden. Nach dem letzten Absatz hatte er mit Bleistift in seiner kleinen, leserlichen Handschrift notiert: Rosalie im Politikunterricht, 9. Klasse, am 19.11.1989, Benotung: Sehr gut.

Ich habe nicht mehr gewusst, dass ich eine Eins für das Referat bekommen hatte. Sehr gut erinnere ich mich aber an die Arbeit an dem Referat. Ich erinnere mich, wie ich das Interview aus der taz, das Stefan Heym lanciert hatte, gelesen habe, bestimmt zehnmal. Wie er mich beobachtet hatte, aber nur selten fragte, wie ich vorankam. Wie ich wild entschlossen gewesen war, ihn nicht um Hilfe zu bitten. Wie verächtlich ich die Referate meiner Mitschüler über mich ergehen ließ und wie ich mir oft genug zu schade gewesen war, um mich an den Diskussionen zu beteiligen. Was gab es über den Aufstand der KZ-Häftlinge in Buchenwald schon zu diskutieren?

Und dann war mein großer Tag gekommen. Alles lief hervorragend: nicht ein Pickel auf der Stirn, der neue BH, den ich direkt unter dem dünnen schwarzen Rollkragenpullover trug, hob meinen Busen deutlich und rund hervor, dazu hatte ich eine schwarze Wrangler getragen. Ich weiß noch genau, wie ich durch den Mittelgang nach vorne ging, mit großen Schritten, schwer auftretend. Sogar die ersten Sätze des Referates liegen noch säuberlich abgelegt in meinem Gedächtnis. »Etwa zwei Millionen Menschen sterben jährlich an den Folgen des *Acquired immunodeficiency syndrome«* genannt AIDS. AIDS ist die mächtigste Pandemie unseres Zeitalters und trotz millionenschwerer Forschungsetats immer noch nicht besiegt. Wir alle wissen, dass das HI-Virus durch Übertragung des Affenvirus SIV auf den Menschen entstanden ist. Das ist eine Lüge. (Pause) Das AIDS-Virus ist als biologisches Kampfmittel in Fort Detrick, Maryland, USA im dort angesiedelten United States Army Medical Research Institute of Infectious Diseases (USAMRIID) gezüchtet worden. Den Auftrag dazu erteilte das Pentagon mit dem Ziel ...«

Ich hatte mein Referat im Stehen und fast auswendig vorgetragen. Als ich nach exakt 20 Minuten fertig war, gab es Applaus. Das war noch nie passiert. Frau Körner rief mich nach der Stunde zu sich und fragte mich, ob ich bei der Projektwoche eine Arbeitsgruppe zu dem Thema leiten wollte. Das sei ungewöhnlich, aber ich hätte mich so gut eingearbeitet und sie sei der Meinung, dass meine Mitschüler mich als Expertin akzeptieren würden. Mir war das nur folgerichtig vorgekommen. Also stritt ich mich in den nächsten vier Wochen endlos mit meinen Mitschülern, verbrachte Tausende Stunden an der Schreibmaschine, in der Dunkelkammer und mit Telefonaten mit der Druckerei. Dann war die Ausstellung »AIDS – Dichtung und Wahrheit« fertig gewesen.

Es gab Bilder von AIDS-kranken Negerbabys, Filme über die Wirkung des AIDS-Virus, es gab Plakate, auf denen in Schlagworten die offiziellen Erklärungen über den Ursprung des Virus dargestellt und mit roten Kreuzen übermalt waren. Es gab andere Plakate mit den wichtigsten Passagen aus der Artikelserie »AIDS – der Auftraggeber war das Pentagon«, die in der »Roten Fahne« erschienen war, es gab Vorträge über die Arbeit und die Thesen von Jakob Segal, es gab eine Unterschriftenliste, in der das Bundesgesundheitsministerium aufgefordert wurde, die Überlegungen Segals zur AIDS-Therapie nicht länger zu ignorieren, es gab eine kostenlose Broschüre, in der die wichtigsten Punkte zusammengefasst waren und die einige Tippfehler enthielt, und es gab jede Menge Ärger mit der Schulleitung. Sogar die Kreisregierung (seit 30 Jahren CDU-geführt) wurde aufmerksam. Empörung darüber, dass in ihrem städtischen Gymnasium Thesen verbreitet wurden, die sogar dem Zentralkomitee der SED »zu radikal« waren (als Segal seine Thesen 1987 publik machen wollte, erteilte die DDR-Führung ihm im Zeichen der »friedlichen Koexistenz mit den USA« Veröffentlichungs- und Forschungsverbot. Das von Stefan Heym in der »taz« lancierte Interview war die einzige Möglichkeit für Segal, seine Thesen der Öffentlichkeit zu präsentieren), so der Schulrat. Krisensitzungen wurden abgehalten, Frau Körner rannte mit rotem Kopf durch die Gänge, und es gab Gerüchte, dass die Ausstellung geschlossen werden sollte. Dass der Besuch einer Abordnung der amerikanischen Partnerstadt in der Kreisstadt bevorstand, machte die Sache nicht besser.

Für mich war die Aufregung nichts als Rückenwind gewesen. Meine 15 Minuten Ruhm. Das wusste ich natürlich damals noch nicht, vielmehr dachte ich, dass seien die ersten Minuten von 15 000 Jahren Ruhm. Ich gab Interviews. Ich sprach von »seriöser medizinischer Forschung, die ohne ideologischen Maulkorb erfolgen müsse«. Ich hielt eine flammende Rede auf dem Marktplatz, in der ich den Bürgermeister und die Schulleitung der Zensur bezichtigte, eine Vision von einer Weltmacht entwarf, deren wichtigstes Anliegen Liebe und Fürsorge für die Schwachen und Armen war, und allen dankte, die mich unterstützt hatten (allen voran mein geliebter Vater, der mir Inspiration war und mir die Kraft gegeben hat, dieses Projekt zu realisieren). Er hatte die Rede angehört, und während der Applaus aufbrandete, war ich vom Podium gerannt und hatte mich in seine Arme geworfen.

Das war es im Wesentlichen gewesen. Die Stadt und die Schule hatten das einzig Kluge getan: gar nichts. Die Ausstellung lief weiter, fand nur wenig mehr Interesse als die anderen Projekte, und es gab in der konservativen Lokalpresse einen hässlichen Artikel über ihn und mich, in dem einige seiner Ausfälle in städtischen Behörden beschrieben wurden, seine Verdächtigungen und Theorien über lokalen Abfalllobbyismus, über zweckentfremdete Spendengelder und über die Unterwanderung der Bürgerinitiative Krankenhausviertel. Einige der Personen wurden zitiert, die Verleumdungsklagen gegen ihn angestrengt hatten. Der Autor des Artikels wunderte sich, warum sich das Projekt »AIDS – Dichtung und Wahrheit« von Rosalie Leipniz bei einem Etat von 150 DM eine derartig kostspielige Präsentation mit Filmen, Hochglanzplakaten und Vierfarb-Broschüren hätte leisten können, und endete mit der süffisanten Frage, ob das »investigative Wunderkind«, wie ein Lokalsender mich genannt hatte, vielleicht nichts anderes war als ein Sprachrohr ihres zwanghaften, paranoiden Vaters. Im März 1990 war ich noch mit ein paar Getreuen in die nahe Kreisstadt gefahren, um einen Vortrag von Segal zu hören, der von der Ortsgruppe der MLPD und des Jugendverbandes Rebell eingeladen worden war. Die anderen hatten den Ausflug vor allem dazu genutzt, sich mit billigem Bier zu betrinken. Ich war letztendlich allein zu dem Vortrag gegangen und hatte in dem anschließenden Gedränge nicht einmal versucht, dem Mann die Hand zu schütteln, dessen Thesen mich so lange begleitet hatten.

Welche böse Macht hat mich und diesen Aktenordner zusammengeführt? Wahrscheinlich ist diese Begegnung für uns beide gleichermaßen fatal: Er wurde aus seinem gemütlichen Altenteil im Regal meines alten Kinderzimmers entfernt, mit einem feuchten Lappen bearbeitet, sein brüchiger Deckel wurde aufgeschlagen und die Tränen einer erwachsenen Frau sind auf ihn gefallen. Und ich bin zu einem Rendezvous gebeten worden. Einem Rendezvous mit der kleinen Rosalie, der Rosalie, die glaubte, die Welt retten zu können, der Rosalie, die frei von Zynismus war und der es möglich gewesen ist, mehr als fünf Minuten mit ihrem Vater zu sprechen, ohne wütend oder traurig oder beides zu werden. Und die niemals drei Tage lang untätig geblieben wäre, wenn ihr Vater verschwunden wäre.

Tag 4

Wie unendlich angenehm, nach dieser fürchterlichen Nacht in die Behörde zu gehen. Nachdem ich den AIDS-Aktenordner zugeschlagen hatte, habe ich fünf Mal die Mailboxansage meines Vaters abgehört. Seine übertrieben deutliche, stakkatohafte Sprache hatte in mir eine quälende Ungeduld ausgelöst, die ich durch Wadenanspannen und Schreien nicht losgeworden bin. Danach hatte ich seit langer Zeit mal wieder das feuerfarbene Schlaflicht in die Steckdose gesteckt, eine Schlaftablette geschluckt, mich ins Bett gelegt und dem Kampf nachgespürt, den Adrenalin und Schlafmittel in meinem Körper ausfochten. Das Schlafmittel war siegreich gewesen und ich in einem dramaturgisch gut gebauten Horrortraum mit beachtlichen Special Effects gelandet: Ein Riese war als seltene Erscheinung an einer Felsküste aufgetaucht, an der ich mit ein paar Freunden im Urlaub war (irritierenderweise war auch mein Exfreund Ben dabei und offenbar waren wir ein Paar). Bei einem Spaziergang über die Klippen hatten wir den Riesen am Strand entdeckt und einer von uns (Ben) hatte ihn mit der Digitalkamera gefilmt (wahrscheinlich hätte Ben wirklich genau das getan, wenn ein Riese an einer Felsküste aufgetaucht wäre). Der Riese war wütend geworden. Mit einem Klimmzug hatte er sich am Rand der Felsküste hochgezogen, sein viereckiger Kopf hatte sich langsam über den Rand geschoben und uns angefaucht. Wir waren in unser Ferienhaus gerannt. Der Riese hatte offenbar auch chemische Kampfmittel zur Verfügung, denn im Haus war eine schlierige, wabernde, durchsichtige Masse aufgetaucht. Im Traum hatte ich aus irgendeinem Grund gewusst, dass diese Masse giftig war, und ich hatte es gerade eben noch geschafft, sie mit der Wohnzimmertür in den Flur zurückzudrängen. Durch den Türschlitz wabern konnte die Masse nicht, wohl aber sich auf die Suche nach einer anderen offenen Tür machen. Währenddessen rüttelte der Riese an Rollläden, starrte mit einem bordeauxroten Auge durch Fenster und versuchte, seinen Arm durch den Schornstein zu quetschen. Ich hatte inzwischen eine Mistgabel aufgetrieben, die ich unter Protest meiner Freunde in die Hand des Riesen trieb, als diese im offenen Kamin auftauchte. Wie so oft war ich mit einem Zucken aufgewacht, bevor der Showdown zu einem Ende gekommen war.

Schließlich war ich aufgestanden und mit schwerem Kopf auf den Balkon gegangen. Irgendwo hatte jemand gesungen, die Luft hatte nach feuchtem Beton gerochen, ich hatte mich in die Hängematte gelegt, in den grünlichen Himmel gestarrt und mich gefragt, wie Ella diesen Traum deuten würde: der Riese ein Symbol für die bedrohliche väterliche Macht? Die durch die Tür wabernde Masse seine Paranoia, die sich schleichend nähert und gegen die ich mich schützen muss? Birkensämlinge waren auf mich herabgeregnet. Sie hatten sich angefühlt wie abgestorbene Hautschuppen.

Mit dem Gefühl, keine Sekunde geschlafen zu haben, war ich am Morgen aufgestanden, hatte Kaffee gekocht und entdeckt, dass die Milch sauer war. Schimpfend war ich in mein Lieblingscafé gegangen und hatte den Barista mit meiner schlechten Laune erschreckt. Auf dem Weg zur Behörde hatte ich mich gefragt, warum alle auf Computerspielen herumhacken, aber niemand auf Träumen.

Als ich in dem Wohngebiet ankomme, die Geschäfte seltener werden, die Kioske verschwinden und schließlich nur noch 90er-Jahre-Mietshäuser übrig sind, beruhige ich mich. Langsam gehe ich über den Plattenweg auf das eckige Gebäude mit den vielen Fensterreihen zu, schiebe die graue Tür auf, nicke den Wachmeistern zu und gehe durch den mit grauem Teppich ausgelegten Flur. An der Wand hängt ein Plakat mit der Ankündigung für den Juristenball. Ich gehe durch einen vernünftig ausgestatteten Flur in ein vernünftig ausgestattetes Büro und bekomme auf diesem Weg Anregungen für meine Abendgestaltung. In meinem Büro wartet ein Stapel Akten im Zutrag. Ich mag Akten. Ich fasse sie gerne an. Ich stelle mir gern vor, wie eine Akte ihren Weg durch unser System nimmt und einer unfehlbaren Choreografie folgend immer genau auf dem Schreibtisch desjenigen landend, der tätig werden soll. Egal, ob es ein Kostenbeamter ist, der eine Rechnung anweisen soll, oder ein Staatsanwalt, der sich auf ein Verfahren vorbereitet. Jeder bekommt von der Akte eine exakte Anweisung und alle notwendigen Informationen. Sie ist Handlungsanweisung und Dokumentation zugleich. Ich mag es, wenn eine Akte zu mir zurückkommt, um eine Zeugenaussage reicher, die ich bei der ersten Durchsicht vermisst und bei den polizeilichen Ermittlern angefordert hatte.

Inzwischen freue ich mich sogar, wenn eine schon fast vergessene Akte wie ein Bumerang zurückkommt, weil sich jemand über eine Einstellung beschwert hat. Früher habe ich mich in diesen Fällen jedes Mal erschreckt. Ich habe befürchtet, die Beschwerde könnte berechtigt sein, ich könnte etwas übersehen oder falsch eingeschätzt haben oder, am Schlimmsten: Der Sachverhalt könnte sich mir inzwischen anders darstellen. Das ist noch nie passiert. Stets finde ich meine Argumentation nachvollziehbar und logisch. Mittlerweile habe ich diese Angst verloren, und es macht mir Spaß, dem Anzeigeerstatter zu erklären, dass ein Verdacht, möge er auch noch so naheliegend sein, nicht ausreicht, um Anklage zu erheben. Dass Beweismittel nötig sind, die eine reelle Aussicht auf Verurteilung implizieren. (Meinen Referendaren erkläre ich es mit einem Beispiel: Jemand hat fünf Leute zum Essen eingeladen, nach dem Essen ist die Haushaltskasse leer, vier von den fünf kennt er sehr gut, den fünften nur flüchtig. Dass der fünfte das Geld genommen hat, ist ein nachvollziehbarer Verdacht, aber kein Beweis. Diese Beweislage impliziert keine reelle Aussicht auf Verurteilung, also wird das Verfahren eingestellt.)

Diese Beschwerden sind mir auch deswegen angenehm, weil sie eine der wenigen Gelegenheiten sind, bei denen unsere Vorgesetzten unsere Arbeit zu sehen bekommen. Der Behördenleiter muss meine Stellungnahme prüfen und gutheißen. Das tut er immer.

Ich starte den Rechner, das dauerte immer ein Weilchen, unsere Computerausstattung ist ziemlich antiquiert, währenddessen sortiere ich die Akten grob nach der Arbeitszeit, die ich ungefähr werde investieren müssen. Früher habe ich mir zuerst die dicken Akten vorgenommen, die mit den spektakulären Fällen, den vielen Zeugenaussagen, Indizien und psychologischen Gutachten. Mit diesen Akten verbringt man leicht ganze Vormittage, und so war der Stapel Akten im Zutrag oft noch bedrohlich hoch gewesen, wenn ich aus der Mittagspause kam. Deswegen habe ich mein System umgestellt und beginne nun mit den Akten, die sich schnell erledigen lassen.

Ich bin damit beschäftigt, eine Akte fortlaufend durchzunummerieren, als das Telefon klingelt. Als ich hier anfing und mir die Behörde noch umständlich und unbeweglich vorgekommen war, habe ich es gehasst, Seitennummern in Akten einzutragen. Inzwischen entspannt mich diese Arbeit sehr. Meine Nummerierung ist es, die die Akte vor Übergriffen schützt. Niemand kann eine Seite herausnehmen oder hineinschmuggeln. Gerne erweise ich der Akte diesen Liebesdienst. Ich bin entspannt, als ich den Telefonhörer abnehme. Bis ich Lilys ersten Satz höre.

»Wir müssen die Polizei verständigen!«

»Die Polizei schreibt eine vermisste Person nur dann zur Fahndung aus, wenn drei Bedingungen erfüllt sind. Erstens, wenn eine Person ihren gewohnten Lebenskreis verlassen hat …«

»Hat er!«

»Zweitens, wenn ihr derzeitiger Aufenthaltsort unbekannt ist …«

»Ist er!«

»Drittens, wenn Gefahr für Leib oder Leben angenommen werden kann.«

»Ah.«

»Alle drei Bedingungen müssen erfüllt sein, sonst wird keine Fahndung eingeleitet.«

»Aber er ist schon mindestens vier Tage verschwunden!«

»Erwachsene, die im Vollbesitz ihrer geistigen und körperlichen Kräfte sind, haben das Recht, ihren Aufenthaltsort frei zu wählen, auch ohne diesen ihren Angehörigen oder Freunden mitzuteilen.«

»Aber er weiß doch, dass wir uns Sorgen machen.«

»Das wird die Polizei nicht überzeugen.«

»Ich hab so ein komisches Gefühl bei der Sache. Und Brad hat heute Morgen Angelina in den Hals gebissen. Das hat er noch nie getan.« Lilys Angewohnheit, aus dem Verhalten ihrer Strauße Schlussfolgerungen über den Lauf der Welt zu ziehen, nimmt langsam bizarre Ausmaße an. Obwohl ich zugeben muss, dass Brad, ihr Alphastrauß, für seine Gattung ungewöhnlich intelligent zu sein scheint. Keiner der 300 Strauße auf Lilys Hof hatte je etwas anderes getan als gefressen, gepisst oder gescharrt. Aber Brad hatte letztens mit einem gezielten Schnabelgriff einem der Retriever einen roten Ball weggenommen und ihn einer seiner Damen zu Füßen gelegt. Ohne Zweifel ein Charmeur. Aber keine Kristallkugel.

»Und letzten Monat hatte Brad Verstopfung und trotzdem hat bei eurem Gartenfest die Sonne geschienen. Die Pavillons, die Erich aufgebaut hatte, habt ihr überhaupt nicht gebraucht!«

»Das war nicht Brad, das war Jude. Und es hat den ganzen Abend gedonnert.« Lily kann es nicht leiden, wenn man ihre Strauße verwechselt. »Wir müssen etwas unternehmen. Kannst du nicht irgendwas erfinden, damit die Polizei ihn sucht?«

»Wie stellst du dir das denn bitte vor? Soll ich behaupten, wir würden gegen ihn ermitteln? Willst du, dass ich meinen Job riskiere? Wie soll ich das überhaupt machen? Es gibt kein Aktenzeichen. Außerdem würde das sofort auffallen. Wir haben ja sogar denselben Namen!«

»Ist ja gut.« Lilys Stimme klingt kümmerlich. »Aber schließlich …«

»Was?«

»Vielleicht – könnte er sich in Gefahr gebracht haben.« Lily tut sich schwer mit diesem Satz. Ich schweige.

»Er könnte zufällig auf etwas gestoßen sein, das … du weißt schon.«

Ich schreibe eine Zahl auf ein Vernehmungsprotokoll und suche einen Ausweg. Lily macht mir Angst. Sie ist es, die das Maß der Sorge, der Panik vorgibt, ich folge ihr mit einem halben Schritt Abstand, wie früher auf dem Spielplatz. Und ich will nicht dahin, wohin sie unterwegs ist. Nicht dahin, wo all die Ängste eingelagert sind, die uns von Mutter mit dem Haustürschlüssel übergeben worden waren. Ängste, die von einem älteren Herrn erzählen, der von einem Junkie mit einer abgebrochenen Bierflasche abgestochen wird, weil der die Warnung vor einem neuartigen Virus an seiner Spritze übel nimmt. Der in einer Frostnacht in seinem Auto einschläft, während er das Haus eines Verwaltungsbeamten beobachtet. Der Haus und Vermögen auf ein Bankkonto in Nigeria transferiert, um einen Entwicklungshilfeskandal aufzudecken. Der doch noch wegen Verleumdung im Gefängnis landet. Ich will nicht dahin. Von dort ist es nicht mehr weit zu dem Ort, wo die kleine Rosalie wohnt. Die kleine Rosalie, die mich verachtet, weil ich den Kampf aufgegeben habe. Nicht nur den Kampf mit meinem Vater, auch den Kampf um meinen Vater. Die mich verachtet, weil ich nichts dagegen unternehme, dass mein Vater tausend harmlose Menschen heimsucht und dabei immer bitterer und einsamer wird.

»Rosalie, bist du noch dran?«

»Ja, ich … wir könnten einen Privatdetektiv einschalten. Der könnte sich die Geschichten vornehmen, an denen Vater in den letzten Wochen gearbeitet hat, und …«

»Das kann Tobias doch viel besser. Das ist überhaupt die Idee: Wenn einer weiß, wie Papa tickt, dann er. Er hat sogar das Passwort gewusst. Wir sollten ihn um Hilfe bitten.«

»Tobias Ochsenmeyer hat weder die juristische noch die kriminalistische Qualifikation, um diese Fragen zu beurteilen.«

Lily ist still.

»Schon gut, Lily. Ich überprüfe mal, ob an einer seine Thesen etwas dran sein könnte. Ich habe schließlich den entsprechenden Hintergrund und weiß, wie Vater funktioniert.«

Ich überprüfe mal, ob an einer seiner Thesen etwas dran sein könnte. Als ich später mit Richy Mittagessen gehe, schwirrt mir dieses Zugeständnis im Kopf herum und bremst meine Schwingungsfähigkeit. Ich lache ein wenig leiser, als ich hätte lachen sollen, hänge nicht ganz so dicht an seinen Lippen und trage meine Bonmots ein bisschen verhaltener vor. All das hat zur Folge, dass Situation und Gespräch zäh werden. Dass wir in einem ziemlich schäbigen griechischen Imbiss sitzen, macht die Sache nicht besser. Im Gegenteil, es wird sehr deutlich, dass unsere Heiterkeit nicht ausreicht, um diese Umgebung in etwas Besonderes zu verwandeln. Aus dieser Mittagspause wird keine Anekdote werden. Ein wenig ratlos verabschieden wir uns. Auch auf dem Nachhauseweg fällt mir nichts Kluges ein, um die Entspanntheit zurückzugewinnen. Ein Geständnis à la weißt du, mein Vater ist verschwunden wäre zu intim, eine charmante Einladung zu verbindlich, eine weitere Mittagspause im Ergebnis ähnlich, und ihn um einen fachlichen Rat zu fragen, bin ich zu stolz. Immerhin bin ich die erfahrene Staatsanwältin und er der Anfänger.

Ich habe mich kurz erschrocken, als ich ins Wohnzimmer meines verkommenen, verlassenen Elternhauses kam und keinen Computer sah. War der Verfassungsschutz hier gewesen und hatte Vaters Rechner gestohlen? Nein, wohl kaum. Wahrscheinlicher ist, dass Tobias Ochsenmeyer ihn mitgenommen hatte. Also bin ich zum Ochsenmeyer-Haus gegangen und habe kräftig auf die Klingel gedrückt. Wir sind ja ohnehin verabredet, um seinen geheimnisvollen Plan zu besprechen, und Ella wird es sicher gerne hören, dass ich dieses »Date« mit einem großen Anschiss wegen eines entwendeten Rechners beginne.

Ich hatte fast vermutet, dass er Theater machen würde. Womit ich jedoch nicht gerechnet hatte, war, dass er sich rundheraus weigern würde, mir den Computer auszuhändigen.

»Ich bin noch nicht fertig«, sagt er entschieden.

»Womit?«, frage ich kühl.

Er verdreht die Augen, was merkwürdig aussieht, wenn es jemand tut, der einem bis zur Brust reicht, und sagt: »Mit Sichten.«

Ich bin kurz versucht, ihm die Paragrafen über Unterschlagung an den edlen Kopf zu werfen, entscheide mich dann aber für eine empathisch-arrogante Ansprache:

»Tobias, ich weiß dein Engagement zu schätzen. Ich

finde es rührend, wie du dich um meinen Vater sorgst. Aber, sei mir nicht böse, dir fehlt es einfach an Sachverstand, um das Material richtig beurteilen zu können.«

Tobias Ochsenmeyer lächelt erstaunlich gewinnend.

»Möchtest du nicht hereinkommen?« Seine Hand beschreibt den Weg, den ich nehmen soll, und ich folge ihr, schließlich muss ich ja ohnehin den Rechner holen. Tobias Ochsenmeyer führt mich ins Wohnzimmer. Der Grundriss ist noch derselbe, aber der grün-gelb-braune Teppichboden und die beigen Gardinen mit der Goldkante sind verschwunden. Die sparsame Einrichtung gruppiert sich um eine spektakuläre Hängelampe: In einem dunklen Glaszylinder schwebt das Bild einer rätselhaften Glühbirne, nicht die Quelle des Lichtes, eine Spiegelung, ein Hologramm? Ich versuche, meine Überraschung zu verbergen, und gebe im Stillen Ella recht: Es ist möglich, ein 60er-Jahre-Einfamilienhaus so zu renovieren, dass der Mief daraus verschwindet. Erstaunlich, dass es ausgerechnet Tobias Ochsenmeyer gelungen ist.

Ich setze mich auf die nach neuem Leder duftende Couch. Er fährt neben einen hohen Sessel und schwingt sich in einer geübten Bewegung hinein. Jetzt ist er größer als ich. Verdutzt nehme ich zur Kenntnis, dass ich mich vorher wohler gefühlt habe.

»Also«, Tobias verliert keine Zeit, »ich denke, wir sind uns einig, dass Ernst verschwunden ist, um irgendeine Theorie zu überprüfen. Und wir beide haben die Befürchtung, dass er in ein Wespennest sticht oder gestochen haben könnte, sprich, dass das Unwahrscheinliche geschehen ist und er einen Treffer gelandet hat.«

Da ist es. Lily hat es angedeutet. Tobias Ochsenmeyer spricht es aus. Und er hat recht. Es ist nicht sehr wahrscheinlich, aber ausschließen kann man es nicht. Genau genommen ist es gar nicht so unwahrscheinlich. Wie viele Theorien entwickelt Vater wohl jährlich? 40? 60? Rechnet man das auf ein 70-jähriges Leben hoch und geht davon aus, dass er mit 20 angefangen hat – genau weiß ich das nicht, kein Thema, das man beim Schweinebraten anspricht –, dann kommt man auf 2000 bis 3000 Theorien. Die Wahrscheinlichkeit, dass er zumindest einmal ins Schwarze getroffen hat, ist so gesehen sogar ziemlich hoch.

»Solange er hier war«, Tobias Ochsenmeyer zeigt in Richtung des Hauses, »konnte ich die Situation einigermaßen kontrollieren. Er hat sich meist darauf beschränkt, Fakten zu sammeln. Wenn er mal Kontakt zu Dritten aufnehmen wollte, dann konnte ich es ihm immer ausreden. Vielleicht ist er irgendwann misstrauisch geworden –«

Tobias Ochsenmeyer fühlt sich schuldig, weil mein Vater verrückte Dinge tut. Und mir tut es leid, dass Tobias Ochsenmeyer sich schuldig fühlt, weil mein Vater verrückte Dinge tut. Ella hätte uns beiden einiges zu sagen.

»Aber jetzt ist er irgendwo hingegangen, und wir müssen herausfinden, wohin. Ich habe einige Erfahrung mit dieser Art von Persönlichkeitsstörung und kann nicht ausschließen, dass er sich in eine brenzlige Situation bringen könnte. Auf der anderen Seite sagt mir meine Erfahrung, dass er alles sorgfältig notiert und wir sicher in seinem Material einen Hinweis finden werden.«

»Was bist du? Psychologe?«

Er lächelt fein. »Du hast wohl gedacht, ein Krüppel sitzt den ganzen Tag zu Hause und beklagt sein Schicksal. Das hab ich ein paar Jahre gemacht, dann habe ich Psychologie studiert und promoviert. Im Herbst trete ich eine Stelle in der Landesklinik an, sie müssen nur noch die Türen verbreitern und Rampen einbauen.«

Ich bin sprachlos.

»Das war ein Scherz. Das mit den Türen und Rampen. Ich muss warten, bis mein Vorgänger die Stelle frei macht. Er geht Anfang September nach Australien.«

»Okay, was genau ist dein Plan?« Die Frage gerät förmlicher, als sie geworden wäre, wenn ich nicht so überrascht über Tobias Ochsenmeyers Zukunftspläne gewesen wäre.

»Ich würde vorschlagen, wir gehen das Material durch. Ich müsste mich sehr irren, wenn wir nicht irgendwo einen Hinweis fänden, eine Person, die er kontaktieren wollte, eine Spur, der er nachgehen wollte.«

»Bis wir auf etwas stoßen –«, ich sage es so neutral wie möglich, aber offenbar ahnt Tobias Ochsenmeyer, welche Bilder seit einigen Minuten vor meinen Augen flackern.

»Ich mache mir auch Sorgen. Aber du weißt, wie unberechenbar Ernst ist. Dass er sich nicht meldet, muss nichts bedeuten. Vielleicht ist er irgendeinem harmlosen, kleinen Verbrechen auf der Spur und vergisst vor lauter Jagdfieber alles. Oder sein Handyakku ist leer, und er hat kein Ladegerät dabei. Es gibt wirklich keinen Grund, das Schlimmste zu befürchten.«

Mit einem Mal kommt mir die Vorstellung, nicht alleine, sondern mit einem psychologisch geschulten Tobias Ochsenmeyer in Vaters Welt einzudringen, fast angenehm vor.

»Es tut mir leid, aber ich muss los.« Tobias Ochsenmeyer nimmt seine Hand von meinem Knie. Wann hat er die da draufgelegt? Erst jetzt fällt mir auf, dass er ein schwarzes Hemd und eine True Religion trägt.

»Hast du einen Termin?«, frage ich reflexhaft.

»Nein, eine Verabredung. Eine Frau mit einem großen Kofferraum. Hahaha.« Er geht offenbar davon aus, dass ich dieses Mal gemerkt habe, dass das ein Witz sein soll. »Es tut mir leid, dass ich heute nur so wenig Zeit habe. Aber es wäre unhöflich gewesen, meine Verabredung so kurzfristig wieder abzusagen. Wir sind aber ohnehin fürs Erste klar, oder? Lass uns doch einen Termin ausmachen und anfangen, das Material zu checken. Wäre dir morgen recht? Ich kann mir vorstellen, dass du die Sache schnell erledigen willst.«

Da hat er recht. Wir verabreden uns für 17 Uhr. Er soll merken, wie flexibel ich meine Arbeitszeiten handhaben kann. Dann wünsche ich ihm einen schönen Abend und verschwinde.

Aber nicht ganz. Ich steige in den Golf, fahre um zwei Ecken, parke, schleiche mich durch ein paar Gärten und beziehe hinter der Tuja-Hecke Stellung, die unseren Garten vom Ochsenmeyer-Garten trennt. Nach ein paar Minuten taucht tatsächlich ein Auto auf. Eine schlanke, vielleicht 28-jährige Blondine mit gut geschnittenem Pony steigt aus. Tobias Ochsenmeyer öffnet die Tür, bevor die Frau die Klingel drückt (eigentlich finde ich es sympathisch, wenn Männer zugeben, dass sie gewartet haben). Die Frau beugt sich zu ihm herunter und küsst ihn auf beide Wangen (wenn sie nicht so grotesk gewesen wäre, hätte die Szene süß oder sogar sexy sein können). Tobias Ochsenmeyer rollt zu ihrem roten Golf, öffnete die Beifahrertür und schwingt sich auf den Sitz. Die Ponyfrisur klappt den Rollstuhl zusammen und verstaut ihn im Kofferraum. Das macht sie nicht zum ersten Mal.

Tag 5

Tobias Ochsenmeyer ist schon fleißig gewesen, als ich um 17:12 Uhr bei ihm klingele. Alle E-Mails aus den letzten drei Wochen liegen ausgedruckt und nach Stichworten wie »Vorteilsnahme im Amt«, »Still-Kampagne zur Fixierung der Frau im Haus« (das würde Ella interessieren) oder »Verschlusssache Drei-Liter-Motor« sortiert auf einer großen Schreibtischplatte. Die Dokumente aus den zugehörigen Ordnern hat er ebenfalls ausgedruckt. Offenbar ist er dabei gewesen, sie den entsprechenden E-Mails zuzuordnen, als ich klingelte.

Er bietet mir einen Eistee an, den ich akzeptiere. Erstens habe ich Durst, und zweitens bekomme ich so Gelegenheit, mich ein wenig umzuschauen. Das Ochsenmeyer-Haus hat sich nicht nur im Wohnzimmer verändert. Der Teppichboden ist verschwunden, und alle unnötigen Wände sind entfernt worden. Tobias Ochsenmeyers Arbeitszimmer ist aus mindestens zwei kleineren Räumen entstanden, wahrscheinlich aus Kinderzimmer und Gästezimmer. Es ist schlicht und teuer möbliert: Tolomeo-Lampen, Parkett, antiker Bücherschrank, String-Regal, weißer Holzfensterrahmen, Blick in den alten Walnussbaum, um den ich Tobias Ochsenmeyer immer als Kind beneidet habe. Das einzig Unpassende ist eine Klimmzugmaschine, die in einer Ecke steht. Hier kümmert er sich wohl um die Muskeln, um die er sich noch kümmern kann.

»Schade, dass das Baumhaus nicht mehr da ist«, flöte ich, als er mit einem Tablett auf den Knien zurückkommt, und zeige auf den Walnussbaum.

»Ich hab's entfernen lassen«, sagt er knapp.

»Muss komisch sein, wieder in das Haus einzuziehen, in dem man als Kind gelebt hat.«

»Ich glaube, es reicht, wenn wir uns auf die Ermittlungen beschränken, mit denen Ernst in letzter Zeit beschäftigt war«, kommt statt einer Antwort. »Ich habe die Ordner nach dem Datum der letzten Änderung sortiert und würde vorschlagen, wir konzentrieren uns zunächst auf die letzten acht Wochen.«

Gut, wenn er das Thema Kindheit vermeiden will, kann mir das nur recht sein. »Warum so kompliziert?«, frage ich und freue mich auf den Staatsanwältin-entdeckt-Denkfehler-Schlag, den ich jetzt ausführen werde »Er hat doch immer alles in Aktenordnern abgelegt. Wir vergleichen einfach dieses digitale Archiv« – ich zeige auf den Bildschirm mit der gruseligen Ordnerstruktur – »mit Vaters Aktenarchiv und schauen, welcher Aktenordner fehlt. Sollte er zum Beispiel losgezogen sein, um einen Kindergarten der gezielten Lärmbelästigung zwecks Manipulation des Mietspiegels zu überführen, dann hat er den betreffenden Aktenordner mit Sicherheit mitgenommen.«

»Das geht leider nicht. Noch vor einem halben Jahr hätten wir genau so vorgehen können. Ich weiß, dass er seine aktuellen Ermittlungen jahrelang in Aktenordnern abgeheftet und alle zwei Tage aktualisiert hat, aber seit dem Wasserschaden vor einem halben Jahr druckt er sein Material nicht mehr aus. Er sichert hier« – Tobias Ochsenmeyer klopft mit dem Finger leicht gegen den hässlichen grauen Rechner, der auf seinem Schreibtisch steht – »und zusätzlich auf zwei externen Festplatten, die er offenbar mitgenommen hat. Ich befürchte, wir kommen nicht daran vorbei, die Ermittlungen der letzten zwei Monate komplett durchzugehen.«

»Oh Gott. Und wie viele sind das?«

»Es sind 22 Ordner mit Hauptthemen, einige verzweigen sich, ein paar mehrfach.«

Tobias Ochsenmeyer schlägt vor, die Ermittlungen nach Hinweisen auf »außerhäusige« Tätigkeiten zu sortieren. Hiefür hatte er sich die Kategorien »Geplante Zeugenbefragung«, »Geplante Ortsbegehung« und »Kein Hinweis auf geplante außerhäusige Tätigkeiten« ausgedacht.

»Okay, dann müssen wir wohl«, sage ich und nehme einen 9 cm dicken Papierstapel von Tobias Ochsenmeyer an. Wenn einen ein Jurastudium für eines rüstet, dann dafür, sich mit Ausdauer in merkwürdige Systeme einzuarbeiten. Ich richte die Tolomeo-Lampe auf die erste Seite und lese. Die Ermittlung handelt von Vorteilsnahme am Bau und versammelt Materialien über Ausschreibungen, Vergabeinformationen und Zeitungsartikel über Richtfeste sowie Fotos von Baustellen, Bier trinkenden Bauarbeitern und fertigen Gebäuden. *Hat schon einmal eine Baufirma den Zuschlag für ein Großprojekt bekommen, wenn niemand zu einem Segeltörn in die Karibik oder zur Fußball-WM eingeladen wurde oder auf eigene Kosten ein Privathaus umgebaut hat?*, steht in einem Kommentarfeld auf einem öffentlichen Teilnahmewettbewerb für Gerüst-, Erd-, Mauer-, Beton-, Stahlbeton-, Putz-, Stuck-, Fliesen- und Estricharbeiten in einer Kindertagesstätte. Trotz Jurastudium habe ich keine Antwort auf diese Frage. Ich streiche mit dem Zeigefinger über eine Liste mit den Angeboten konkurrierender Firmen und lege das Papierhäuflein auf den Stapel »Kein Hinweis auf geplante außerhäusige Tätigkeiten«.

Tobias Ochsenmeyer ist ein dramatischer Leser. Er legt die Papiere mit Schwung auf die Stapel, beugt sich auf seinem ächzenden Cherner-Stuhl vor, blättert laut, tippt hin und wieder mit seinem Kugelschreiber auf ein Wort und schnalzt leise mit der Zunge. Ich hatte einmal einen Referendar, der so gearbeitet hat. Die Ansprache, in der ich ihm höflich, aber unmissverständlich auseinandergesetzt habe, dass dieser Arbeitsstil eine Zumutung ist, habe ich mit Ella mehrfach geübt, und sie ist mir letztlich ganz gut gelungen. Gegen 20:30 Uhr wird die Gefahr immer größer, dass diese Ansprache mir ganz oder in Teilen über die Lippen springt, also sage ich: »Ich hab Hunger.« Das ist korrekt, aber trotzdem kein guter Satz. Ein Satz, der so klingt, als wolle man zum Abendessen eingeladen werden. Und Tobias Ochsenmeyer nimmt ihn prompt so auf.

»Lass uns was essen.« Er macht eine einladende Handbewegung in Richtung des Aufzugs, sodass ich vor ihm her gehen muss. Er folgt mir sehr dicht, drückt auf die 0, dreht seinen Rollstuhl um die eigene Achse und schaut wie ich zur Aufzugtür.

Seine Küche ist gut ausgestattet: Gaskochfeld mit sechs Flammen, große Arbeitsfläche aus Stahl, alles auf Tobias-Ochsenmeyer-Arbeitsniveau. Es sieht fast so aus, als koche er oft für mehrere Leute.

»Ich hab nichts Besonderes da. Ist ein Risotto mit Shrimps in Ordnung?« Ich kann nicht sagen, ob das »nichts Besonderes« tiefgestapelt ist oder ernst gemeint.

Ich darf nicht helfen und hocke mich auf die Kante der Eckbank, lege die Füße mit Schuhen auf einen Stuhl, um zu testen, ob er sich aufregen würde (er bemerkt es nicht, zumindest tut er formvollendet so) und sehe ihm beim Kochen zu. Ich hasse es, wenn Männer showmäßig kochen, für jeden Handgriff ein neues Gerät benutzen und das Olivenöl aus großer Höhe in den Mörser gießen. Am besten noch so, dass sich ein Sonnenstrahl im Olivenöl bricht. Tobias Ochsenmeyer kocht ohne große Gesten, schwelgerisch, aber zügig und ökonomisch. Es macht Spaß, ihm zuzusehen.

»Hat dein Vater dir oft irgendwelche vermeintlichen

Straftaten zur Anklage angeboten?«, fragt er, als der laute Teil der Risottozubereitung erledigt ist und er die Abzugshaube ausgeschaltet hat.

»Eigentlich nicht. Ich glaube, es war ihm immer lieber, wenn seine genialen Theorien im Bereich der Theorie geblieben sind.«

Tobias Ochsenmeyer nickt. »Das ist typisch für diese Art von Persönlichkeitsstörung. Es geht nicht darum, die Welt zu retten, sondern um das Gefühl, die Welt zu retten.«

So ist es. Das hier ist der Grund, warum es auf Dauer nicht hatte funktionieren können mit der kleinen Rosalie und ihrem Vater, dem Held. Aber anders als Tobias Ochsenmeyer hat die kleine Rosalie das nicht gewusst. Tränen haben die unangenehme Angewohnheit zu bleiben, wenn sie einmal gekommen sind. Die von gestern sind noch da, direkt unter meinen Lidern.

»Ich – eh, muss aufs Klo.« Schnell rutsche ich von der Bank und verlasse die Küche mit gesenktem Blick. Zum Glück ist das Klo links neben der Eingangstür, wie in jedem deutschen Haus. Ich setze mich auf die altrosa Toilette und heule ein bisschen, dann wasche ich mir mit kaltem Wasser das Gesicht. *Seh ich verheult aus?*, frage ich mein Spiegelbild. Es nickt. Kann bitte irgendjemand mal etwas erfinden, das gegen verheulte Augen hilft und in eine Handtasche passt?

Als ich zurückkomme, stehen zwei Teller mit Risotto und zwei Gläser mit grünlich schimmerndem Wein auf dem Tisch. Tobias Ochsenmeyer streut eine Prise Korianderblätter auf beide Teller und beginnt zu essen. Das Risotto ist leicht versalzen.

Tag 6–8

Es dauert nicht lange, bis Tobias Ochsenmeyer und ich so etwas wie eine Routine entwickelt haben. Ich fahre morgens sehr früh in die Behörde, manchmal so früh, dass der Wachtmeister seine Runde noch nicht gemacht hat und ich mir meinen Aktenstapel selbst aus meinem Fach in der Geschäftsstelle holen muss, erledige die nötigsten Arbeiten, stelle das Telefon aufs Handy um und bin gegen 11 Uhr in Trutzhausen. Ich hätte meinem Behördenleiter sagen können, dass ich ein privates Problem habe, ich hätte Urlaub einreichen können, aber ich mag das Gefühl, alle Bälle gleichzeitig in der Luft zu halten. Ella hat natürlich mit mir geschimpft. Sie hat gesagt, ich würde die Heldin spielen, was ich gerne gehört habe, und es sei ein selbstzerstörerischer und sinnloser Reflex, Vater und meinen Beruf so angestrengt voneinander zu trennen, was ich nicht gerne gehört habe. Außerdem sei diese ganze Suche Schwachsinn und Energieverschwendung und zudem zutiefst weiblich. »Seit Jahrhunderten werden Frauen darauf trainiert, wie Hütehunde ihre Familien zusammenzuhalten.« Manchmal muss man Ella ignorieren.

Wenn ich in Trutzhausen ankomme, wartet Tobias Ochsenmeyer mit Frühstück auf mich. Am ersten Tag hat er mir einen »nahrhaften Dattel-Hirse-Brei« angeboten, den er wohl immer zum Frühstück isst. Man konnte sehr gut mit dem Löffel Gräben in diesen Brei drücken. Schon am zweiten Tag war er auf Bagles mit Frischkäse und Lachs, Orangensaft, Milchkaffee und Croissants mit Konfitüre umgeschwenkt. Ich habe aus purer Höflichkeit gefragt, ob seine Mutter die Konfitüre gemacht habe (sie sah selbst gemacht aus), aber Tobias Ochsenmeyer hat an mir vorbeigeschaut und schweigend ein Croissant in seinen Milchkaffee getunkt. Zum Glück hatte er es nicht ausgesaugt, bevor er abgebissen hat.

Wir essen die Bagles und Croissants in Gesellschaft von ausgedruckten E-Mails, Listen und Protokollen meines Vaters in Tobias Ochsenmeyers Küche, die mir sympathischer ist als sein kühles Arbeitszimmer. In der Küche bewegt sich Tobias Ochsenmeyer wie in einem natürlichen Lebensraum. In der Küche muss ich mich nicht fragen, ob ich ihm den Weg und den mühseligen Transport von Gläsern und Flaschen abnehmen soll, wenn einer von uns Durst bekommt.

Schon an einem der ersten Tage habe ich entdeckt, wie genial Tobias Ochsenmeyer beim Telefonieren mit Lily ist: Mein Handy hatte geklingelt. Ich hatte eine Behördennummer gesehen und angenommen, es sei ein Kollege mit einer überflüssigen Frage oder einem Plauderangebot (erst später ist mir eingefallen, dass ich ja umgeleitet hatte und bei jedem Anruf in der Behörde meine eigene Nummer sah). Ich hatte Tobias Ochsenmeyer gebeten, das Gespräch entgegenzunehmen und so zu tun, als sei er ein Referendar, der kurz mein Telefon bewacht. Er reagierte sehr geistesgegenwärtig, als er merkte, dass es Lily war. Geduldig erklärte er ihr, was wir grade taten, was wir vorhatten und wie lange es noch dauern würde. Offenbar erzählte sie ihm etwas von den Prognosen ihrer Strauße, was mir unangenehm war. Ich suchte Blickkontakt mit ihm, rollte die Augen und machte wegwerfende Handbewegungen. Aber er wandte sich ab und kommentierte ohne jeden Sarkasmus die Maßnahmen, die Lily aus dem Verhalten der Strauße abgelesen hatte: Ja, da könnte Joaquin recht haben, wir sollten kontrollieren, ob er Geld abgehoben hat. Eine Wahrsagerin ist wirklich erst das allerletzte Mittel, gut, dass Jude so besonnen ist. Ja, Julia liegt sicher richtig damit, dass es noch zu früh ist, die Medien einzuschalten. So viel Aufhebens würde Ernst sicher verärgern.

»Vielleicht können wir einen der Strauße bestechen, damit er ihr erzählt, unser Vater liegt irgendwo auf einer grünen Alm auf einer Wiese mit einer schönen Sennerin im Arm und merkt vor lauter guter Luft, Busen und Kuhläuten gar nicht, dass er keinen Empfang hat. Und dass er eine Familie hat, hat er auch vergessen«, schlug ich vor, nachdem er aufgelegt hatte.

»Sie macht sich eben Sorgen. Wie wir alle. Und wenn wir ganz ehrlich sind, dann ist das, was wir hier tun, auch nicht so viel sinnvoller als ein Straußenorakel.«

Ich hatte schon Luft geholt, um zu widersprechen – dann atmete ich die Luft ohne ein einziges Wort wieder aus. Er hatte recht. Vater konnte überall sein. Er konnte sich in die Mandschurei abgesetzt haben oder in Kerala Yoga machen. Genauso gut konnte er mit verdrehten Gliedmaßen neben einer illegalen Müllkippe liegen. Oder in einem Fluss voller amerikanischer Taschenkrebse treiben, bleich, grotesk aufgeschwemmt, das Haar in ölig schwarzem Wasser. Dass seine Abwesenheit etwas mit dem Material zu tun hatte, das wir hier so akribisch prüften, war nichts als eine Hypothese. Ich fürchtete, Tobias Ochsenmeyer könnte aufstehen und sagen, das alles habe keinen Sinn und er keine Lust, seine Zeit weiter zu vergeuden. Atemlos fing ich an zu erzählen, welchen Themen Vater sich in den letzten Jahren zugewandt hatte und wohin er gereist war. Ich kannte die Themen im Einzelnen nicht, also musste ich welche erfinden. Auch die Reisen übertrieb ich, und erst später fiel mir wieder ein, dass Tobias Ochsenmeyer ja über all die Jahre mit ihm befreundet gewesen war, ihn beaufsichtigt hatte, seit einiger Zeit sogar neben ihm wohnte. Und ihm genau solche Ermittlungsreisen auszureden versucht hat. Ich hoffte, dass sie ihm nicht aufgefallen waren, fürchtete aber, dass er aus Taktgefühl zu meinen Lügen geschwiegen hatte. Wo ich schon mal dabei war, erzählte ich auch, dass Lily und ich versucht hatten, ihn zu einer Therapie zu überreden, dass er uns nie nach Mutter fragte, und wie ihm einmal rausgerutscht war, wie ähnlich ich ihr sähe, was mich verlegen gemacht hatte. Tobias Ochsenmeyer hörte zu, nickte, kommentierte wenig und diskret. Irgendwann rollte er zu seinem Weinregal und öffnete eine Flasche. Ich trank zwei Gläser und redete noch schneller. Mitten in einem Satz überkam mich ein Anflug von Scham, und ich stellte eine plumpe Frage zu seinem Vater. Erleichtert war ich, als er mir auswich und eine elegante Überleitung zum Vorangegangenen herstellte, die ich begierig aufgriff.

Tobias Ochsenmeyer hat nicht gesagt, dass unser Tun Zeitverschwendung ist. Vielmehr hat er mir, als mir die Worte ausgegangen waren, eine Hand mit den schönen langen Fingern auf den Unterarm gelegt und gesagt, wie froh er sei, dass wir unsere alte Konkurrenz überwunden hätten, und dass das Verschwinden meines Vater so immerhin einen positiven Effekt gehabt habe. Ich war so überrascht, dass ich um ein Haar alles auf den Tisch gelegt und mir umfassende Absolution erbeten hätte. Aber ich habe geahnt, was Ella dazu gesagt hätte: »Vergeben musst du dir schon selbst« oder »der Wunsch nach Absolution führt in eine Freiheit mit Dornenkrone«.

An dem Abend hat er mich zur Tür begleitet, gefragt, ob ich noch fahren kann, und »bis morgen« gesagt. Ich war spät in meine Wohnung gekommen, um ins Bett zu fallen und meine anstrengenden Träume zu träumen. Die Katze hatte mich keines Blickes gewürdigt, der Balkon war verkommen und die Birkensämlinge waren überall.

1983

»Und dann hab ich zu Lisa gesagt: Wenn du jetzt nicht Hintermann wirst, nehme ich meinen Ball und geh rein. Und dann hat Lisa gesagt, dass sie auf keinen Fall Hintermann wird und dass der Ball sowieso, äh, nicht gut für Völkerball ist.« Eigentlich hat Lisa gesagt, dass der Ball scheiße für Völkerball ist, aber Rosalie will nicht petzen. Der Vater kann Lisa nicht leiden, letztens hat er »Ach Gott, ach Gott« gesagt, als Lisa Rosalie vor der Schule abgeholt hat. Rosalie weiß nicht, ob Lisa das gehört hat. Rosalie sammelt ihre ganze Empörung und legt sie in den letzten Satz ihrer Erzählung: »Und dann ist sie reingegangen. Dabei hatte ich doch gesagt, dass ich reingehen will.«

»Genauso machen sie es mit mir in der Firma.«

Rosalie blickt auf ihre Füße.

»Ja, wirklich«, sagt er. »Sie legen mir Steine in den Weg, wo sie können. Grade gestern hat der Zeigner meine Anweisungen einfach ignoriert. Er macht es einfach nicht! Dabei habe ich ihm idiotensicher erklärt, was er tun soll. Wenn man denen sagt, sie sollen einmal in der Stunde einen Tropfen Acetophenon in die Versuchsanordnung pipettieren, kannst du es gleich vergessen. Du musst die benötige Menge Acetophenon in einen Eimer Wasser geben und ihnen sagen, sie sollen einmal in der

Stunde ein Becherglas aus dem Eimer in die Versuchsanordnung geben. Das funktioniert eigentlich ganz gut. Aber der Zeigner ist offenbar selbst dazu zu …«

Das Muster des Teppichs ist eine Straße, Rosalies Blicke sausen hin und her, werden zurückgeworfen, wenn sie in einer Sackgasse landen, und müssen einen neuen Weg finden. Lily und Stefan tauchen im Flur auf, Rosalie sieht sie durch die braun getönte Glasscheibe der Wohnzimmertür. Sie gehen die Treppe hoch. Stefan hat den Vater nicht begrüßt. Ob er das Telespiel dabei hat? Rosalie könnte den beiden versprechen, nicht zu petzen, dass sie sie nicht mitspielen lassen, wenn sie dafür drei Runden mit dem Telespiel spielen darf. Oder besser vier. Wenn sie Glück hat, dauert eine Runde ziemlich lange und sie kann auf Lilys Schaffell sitzen bleiben und zuhören.

»… intrigiert gegen mich. Er hat sogar behauptet, meine Idee zur Steigerung der Effizienz des Doppelkontaktverfahrens sei eigentlich seine.«

Rosalie rutscht unruhig auf dem Sofa hin und her. Die Borsten des grünen Stoffes pieksen in ihre nackten Oberschenkel. Der Vater sieht sie an.

»Interessiert dich das nicht?« Er sieht traurig aus. Rosalie weiß, dass die Mutter diese Geschichten aus der Firma nicht hören will. *Wenn du hier schon der Einzige bist, der arbeiten darf, dann hab bitte wenigstens so viel Takt, mich mit deiner Selbstdarstellung zu verschonen.*

»Dooch. Ich muss aber noch Hausaufgaben machen.«

»Na, dann aber mal fix.«

Rosalie läuft aus dem Wohnzimmer, die Treppe hoch und in Lilys Zimmer. Lily und Stefan sind über Lilys Mineraliensammlung gebeugt. Das Telespiel kann Rosalie nirgendwo entdecken.

»Papa hat mir von der Firma erzählt!«

»Wie schön für dich. Warum erzählst du das nicht jemandem, den es interessiert? Oh, Entschuldigung, das war gemein. Du hast ja niemanden, den es interessiert.« Sie wendet sich an Stefan: »Du musst wissen: Meine kleine Schwester hat leider keine Freunde.«

Stefan lacht.

»Wohl!« Das ist das Einzige, was Rosalie dazu einfällt.

»Ach ja? Wen denn? Erzähl mal.«

»Die Bianca.«

»Ja, richtig, Bianca Strohdowski. Wie wäre es, wenn du zu ihr gehst und ihr erzählst, was dir Papa Tolles anvertraut hat?«

»Du blöde Kuh. Ich lass meine Freunde nicht beleidigen. Immer noch besser als so ein dämlicher Freund, der, der ... nicht mal grüßen kann, wenn er reinkommt.«

Stefan steht auf und stellt sich dicht vor Rosalie.

»Pass auf, was du sagt, du kleine Kröte.«

»Lass sie«, sagt Lily und zieht Stefan weg. »Verzieh dich. Ist besser für dich.«

Rosalie geht in ihr Zimmer, nimmt sich den dicken Hanni-und-Nanni-Band und legt sich aufs Bett, aber nach der ersten Mitternachtsparty hat sie keine Lust mehr und legt das Buch auf den Nachttisch. Vielleicht sollte sie wirklich Hausaufgaben machen. Ein paar Matheaufgaben sind für morgen dran. Sie stellt ihren Ranzen auf den Schreibtisch, öffnet die Schnallen mit den Reflektoren, auf die sie bei ihrem ersten Schultag so stolz gewesen ist, und sucht nach dem Mathebuch. Es hat sich mit der einen Ecke tief in den Apfel eingegraben, den sie nicht gegessen hat. Ein altes Brot findet sie auch noch im Ranzen. Rosalie vergisst oft, die Brote auf dem Nachhauseweg in einen Mülleimer zu werfen. Das Mathebuch ist vom Apfelsaft aufgeweicht und von Fruchtfleisch verschmiert. Sie geht mit dem Buch ins Badezimmer, hält ein Handtuch unter den Wasserhahn und wischt an dem

Buch herum. Sie hat keine Lust, jede Seite sauber zu machen, und hört bald auf. Sie öffnet das Fenster und legt das Buch aufgeschlagen draußen auf die Fensterbank. Wenn sie sich weit rauslehnt, kann sie die Straße sehen. Ist Lisa vielleicht wieder draußen? Rosalie sieht nur den Vater bzw. seine Beine. Sie stecken in einer sehr weiten blauen Hose und ragen unter dem Auto hervor. Neben den Beinen steht Tobias vor Vaters Werkzeugkoffer. Jetzt schiebt er ein Werkzeug unters Auto.

»Nein, nicht den Blechnibbler, Tobias. Den Druckluftschrauber.«

Der Vater rollt auf seinem Rollbrett mit den Rollen, mit dem niemand spielen darf, unter dem Auto hervor und beugt sich mit Tobias über den Werkzeugkasten.

»Die sehen aber auch wirklich sehr ähnlich aus. Das kann selbst dem besten Mechanikerassistenten passieren. Schau mal, der Blechnibbler hat so eine dreieckige Öse.«

»Ich will mal Mechaniker werden, am liebsten Zahnmechaniker.«

Rosalie läuft in ihr Zimmer, holt den Laubsägekasten vom Schrank und sprintet die Treppe runter, zur Tür hinaus, setzt über das schmale Beet und steht neben Tobias.

»Ich habe einen eigenen Werkzeugkasten. Hier ist eine Säge drin und eine Feile und ganz viele Ersatzsägeblätter. Und eine Zwingschraube.«

»Das heißt Schraubzwinge«, sagt Tobias mit seiner rauen Stimme. »Und das ist nur ein blöder Laubsägekasten.«

»Papa, brauchst du eine Zwingschraube?«, flötet Rosalie.

»Das heißt Schraubzwinge«, kommt es gedämpft unter dem Auto hervor. »Nein danke, ich kann im Moment keine gebrauchen. Tobias, möchtest du diese Schraube anziehen?«

Tobias wirft Rosalie einen verächtlichen Blick zu und schiebt sich unter das Auto.

»Das ist Männersache, nicht wahr, Tobias? Sie mal, ich habe eine Unterlegschraube untergelegt, um den Druck zu verteilen. Weißt du, in welche Richtung man die Schraube drehen muss?«

»Seitdem das Deutsche Reich besteht, wird jede Schraube rechts gedreht.« Die Antwort schießt aus Tobias heraus.

»Das ist ein ganz blöder Spruch«, schreit Rosalie, »man weiß nämlich überhaupt nicht, ob man beim Zu- oder beim Aufdrehen nach rechts drehen soll.«

Sie starrt auf Tobias' krumme Jungenbeine mit den blauen Flecken und den weißen Brennnesselbeulen, die neben den Beinen ihres Vaters liegen, und bekommt keine Antwort. Irgendetwas hält Rosalie davon ab, mit unter das Auto zu kriechen. Sie tritt ein paar Mal gegen den Holzbock, auf dem das Auto steht.

»Ernst! Telefon. Es ist das Labor.« Die Mutter steckt den Kopf aus der Tür.

»Au, das ist wichtig. Tobias, du hast die Aufsicht über die Baustelle, solange ich weg bin.« Der Vater rutscht unter dem Auto hervor, legt den Druckluftschrauber in den Werkzeugkasten und hastet ins Haus. Das Rollbrett rollt ein paar Zentimeter über die Steine und bleibt dann stehen. Rosalie stupst es mit der Schuhspitze an.

»Komm, wir spielen: Du bist der Chauffeur und ich schiebe dich.«

Wie erwartet gefällt das Tobias. Er klettert auf das Brett, es hängt bedrohlich in der Mitte durch.

Rosalie schiebt ihn auf die Straße. Sie muss sich weit herunterbeugen, weil sie das Brett und nicht Tobias anfassen will. Ihre Nase ist auf der Höhe seiner Kniekehlen.

»Ich schalte hoch und gebe Gas«, ruft Tobias mit sich

überschlagender Stimme und fuchtelt in der Luft. Rosalie schiebt weiter.

»Du musst schneller schieben, wenn ich Gas gebe.«

Rosalie schiebt ein bisschen schneller, lässt los und gibt dem Brett dann einen kräftigen Schups mit dem Fuß. Tobias verliert das Gleichgewicht, fängt sich aber wieder. Die Straße ist an dieser Stelle sehr eben und glatt, das Brett nimmt Fahrt auf. Es fährt auf den Bürgersteig zu und knallt dagegen. Tobias springt nicht herunter, sondern landet auf seinem Hintern. Das muss ziemlich wehtun, aber er zieht nur einmal scharf die Luft ein und reibt sich den Hintern. Rosalie kommt langsam näher.

»Hast du dir weh…«

»Das Brett!«, ruft Tobias. Rosalie sieht, was er meint: Durch den Aufprall hat sich eine Rolle verdreht. Sie steckt quer in ihrer verbogenen Aufhängung. Rosalie und Tobias zerren beide an der Rolle, sie lässt sich nicht bewegen.

»Ich hatte die Aufsicht«, schluchzt Tobias. Dann lässt er das Rollbrett fallen und sieht Rosalie mit zusammengekniffenen Augen an. »Das ist alles deine Schuld. Das wirst du büßen.« Mit klebrigen Händen packt Tobias Rosalies Handgelenk und dreht ihr den Arm auf den Rücken. Er greift mit der anderen Hand zu und dreht seine Hände in entgegengesetzte Richtungen. »Tausendnadelstiche«, keucht er, »du kannst später niemandem eine Wunde zeigen.« Rosalie boxt mit der freien Hand gegen alles, was sie erreichen kann. Tobias ist ein bisschen kleiner als sie, aber sie trifft ihn nicht richtig, er lacht nur und dreht ihren Arm noch ein bisschen weiter Richtung Schulter. Rosalies Haut brennt wie Feuer, schon steigt ein Wimmern ihre Kehle hoch, will durch ihre zusammengebissenen Lippen, als ihr einfällt, was Lily ihr für Prügeleien geraten hat. Rosalie hebt den Fuß so weit es geht und tritt mit so viel Kraft auf Tobias' Fuß, wie sie aufbringen kann.

Rosalie trägt Clogs.

Augenblicklich lässt Tobias sie los. Rosalie fällt auf die Knie und schluckt die Tränen runter. Ihr schmerzender Arm und die Demütigung werden von einem gigantischen Triumphgefühl weggespült.

»Das hast du jetzt davon«, stößt sie hervor. »Überleg dir beim nächsten Mal vorher, mit wem du dich anlegst!« Das hätte Tarzan von TKKG nicht besser sagen können.

Tobias sitzt auf dem Boden und umklammert seinen Fuß und die Sandale. Zwischen seinen Händen quillt Blut hervor. Rosalie erschrickt.

»Was hast du?«, fragt sie und kniet sich neben ihn.

»Du aufgeplatzte Negerlippe«, presst Tobias hervor. »Du hast mich verkrüppelt.«

»Verkrüppelt ist er nicht, aber zwei Zehen haben massive Traumata und der Mittelfußknochen ist angebrochen. Außerdem mussten wir die Platzwunde mit sechs Stichen nähen.« Der Arzt zeigt auf das Röntgenbild. »Wie hast du das gemacht, Mädchen?«

Rosalie steht neben ihrer Mutter und fühlt sich, als habe ein gigantischer Tobias ihren Brustkorb in der Mangel. *Ich finde es wichtig, das Rosalie hört, was sie getan hat,* hatte die Mutter gesagt und Rosalie in das Zimmer des Arztes geschoben. Lily ist hinterher gekommen. Der Vater versucht immer noch, die Eltern von Tobias vom Münztelefon im Krankenhausflur zu erreichen.

»Er hat ihr den Arm auf den Rücken gedreht«, sagt Lily zu dem Arzt. »Sie hat sich nur gewehrt.«

»Tausendnadelstiche hat er auch gemacht«, murmelt Rosalie und sieht auf ihren Arm. Tobias hat recht behalten, es gibt nichts vorzuzeigen.

»Na ja, das ist nicht meine Aufgabe, aber ich muss schon sagen, so eine Brutalität bei einem Mädchen, das habe ich noch nicht erlebt.«

Rosalie versucht, nicht zu weinen.

»Wir gehen jetzt. Oder brauchen Sie noch irgendetwas von uns?«, fragt die Mutter.

»Nein. Ich nicht, es bleibt den Eltern überlassen, ob sie Anzeige erstatten wollen.«

»Es reicht jetzt«, sagt die Mutter. »Rosalie hat das nicht mit Absicht getan, es war eine Rauferei, die etwas aus der Kontrolle geraten ist. Und warum es weniger schlimm sein soll, wenn Jungen sich gegenseitig die Knochen brechen, müssen Sie mir einmal erklären.«

Der Arzt dreht sich zu seinem Röntgenbild. »Erziehungsfragen sind nicht mein Fachgebiet. Aber der Junge scheint tatsächlich öfter in Schlägereien verwickelt zu sein. Jede Menge blaue Flecken, neue und alte. Und du solltest dich vielleicht mal beim Boxen anmelden, kleine Lady.« Er boxt Rosalie freundschaftlich gegen die Schulter.

»Verdammter Chauvi«, presst die Mutter zwischen den Zähnen hervor, als sie draußen sind. »Und wir beide, meine Liebe«, sagt sie zu Rosalie, »haben ein gewaltiges Hühnchen miteinander zu rupfen. Du kannst dir aussuchen, ob wir das hier machen oder zu Hause.«

»Zu Hause«, flüstert Rosalie.

»Ich versuche weiter, die Ochsenmeyers zu erreichen. Der arme Junge liegt ganz allein im Krankenhaus und hat nicht einmal eine Zahnbürste. Du machst das schon mit Rosalie.« Der Vater gibt der Mutter einen Kuss auf die Stirn und verschwindet sehr schnell durch die Küchentür, ohne jemanden anzuschauen.

»Und du gehst in dein Zimmer«, scheucht die Mutter Lily hinaus, die leise maulend gehorcht.

»Also, Rosalie, was war da los?«

»Wir haben mit Papas Rollbrett gespielt, und dann ist er hingefallen und das Rollbrett war kaputt.«

»Weiter.«

»Er hat Angst gehabt, dass er Ärger bekommt, und hat dann gesagt, das wirst du büßen, und hat meinen Arm so auf den Rücken gedreht und Tausendnadelstiche gemacht.«

Rosalie überlegt, ob sie sagen soll, dass es sehr wehgetan hat, lässt es aber dann.

»Weiter.«

»Da musste ich mich doch wehren.«

»Das ist richtig.«

Rosalie ist überrascht.

»Wenn das so war, dann musstest du dich wehren. Aber nicht so. Ich möchte nicht, dass meine Tochter anderen Kindern die Zehen zerquetscht.«

Die Mutter überlegt.

»Also, wir machen zwei Sachen: Du wirst einen Kurs für Selbstverteidigung besuchen.«

»Wo man lernt, wie man andere umbringt und so? Ohne Waffen?«

»Nein, genau das nicht. Einen Kurs, in dem man lernt, sich gegen andere zu wehren, ohne ihnen den Fuß zu brechen. Und« – sie macht eine Pause – »du wirst gemeinsam mit Tobias in diesen Kurs gehen. Und ihm die ersten zwei Stunden bezahlen. Von deinem Taschengeld. Und jetzt zeig mir mal deinen Arm.«

1984

»Kinder, dieser Herbst, das ist ja ein Geschenk nach diesem, Entschuldigung, beschissenen Sommer.«

Rosalie nickt, betrachtet die ockerfarbenen Eichen, den lila-blauen Himmel, der sich in den flachen Pfützen spiegelt, und versucht, das alles so schön zu finden wie ihre Mutter. Wenn der Fahrradsattel sie nicht so in die Scheide schneiden würde, dann könnte sie sich sicher auch so an der Natur erfreuen. Dann könnte sie genauso leicht und offen durch den Herbstsonntag radeln und die Luft würde durch sie hindurchströmen. Eine Wespe fliegt dicht an Rosalies Gesicht vorbei. Sie duckt sich weg und kommt ein wenig ins Schlingern.

»Ey! Pass doch auf, du … blöde Kuh«, sagt Tobias. Schade, dass er nicht »alte Fotze« oder »dämliche Schlampe« gesagt hat. Der Vater hätte es gehört. Aber vielleicht ist es noch nicht zu spät. Der Vater kommt näher.

»Du brauchst wohl noch Stützräder, was?«, sagt sie zu Tobias und macht einen gefährlichen Schlenker auf ihn zu. Tobias lenkt erschreckt zur Seite.

»Du bist ja gemeingefährlich, du gehirnamputierte Zombienutte.« Das war laut genug. Rosalie unterdrückt ein Grinsen und sieht zu ihrem Vater.

»Tobias, bitte nicht solche Ausdrücke, wenn du mit uns unterwegs bist.«

Immerhin. Tobias wird rot und strampelt schnell weg von Rosalie und ihrem Vater.

»Papa«, flötet Rosalie, »die Dose, die ich dir getöpfert habe, für wie viel würdest du die verkaufen?«

»Keine Ahnung.«

»100 Mark?«

»Nein, die hat ideellen Wert für mich.«

»Ist die wertvoll?«

»Wertvoll bedeutet ›voll Wert‹, also voll universellem Wert. Es gibt aber auch den ideellen Wert und den hat deine Dose für mich.«

»Sollen wir hier picknicken?«, ruft die Mutter ihnen zu. Sie haben den ersten der sieben Fischteiche erreicht. Hier haben sie an Lilys Geburtstag Schokoladenwettessen gemacht. Als Rosalie und der Vater ankommen, haben Lily und die Mutter schon eine Tischdecke über den Tisch gelegt und sind grade dabei, die Tupperdosen mit den Frikadellen, den Mettwürstchen, den kleinen Schnitzeln, den Laugenbrezeln, den Blätterteigtaschen, den geschälten Möhren, dem Nudelsalat, den Waffeln und den Äpfeln auszupacken. Rosalie hört ein Klappern. Sie kennt das Geräusch. Richtig: Zum Schluss zieht die Mutter eine Röhre Smarties aus dem Rucksack. Sie zwinkert Rosalie zu und legt die Smarties an ihr Ende des Tisches. Tobias steht am Rand des Teiches und kickt Sand und Steine ins Wasser. Die Mutter sieht den Vater an.

»Tobias, kommst du? Es gibt was zu essen.«

Tobias kommt angetrottet, wischt sich die Oberlippe mit dem Ärmel ab, nimmt sich eine Frikadelle und setzt sich. Die Mutter hält ihm eine Serviette hin, die er zögernd auf den Tisch legt.

»Letztens hat mein Vater hier einen Riesenfisch geangelt«, sagt er, während er die Frikadelle zerkaut. Rosalie kann die graue Fleischmasse und die blassen Zwiebelstücke auf seiner Zunge sehen. Sie nimmt eine Brezel.

»So groß war der«, Tobias zeigt mit der angebissenen Frikadelle und der anderen Hand einen Fisch, der so groß ist wie die Spannweite seiner Arme.

»Dann war es wohl ein Karpfen?«, fragt Lily zuckersüß.

»Hm«, macht Tobias unbestimmt und nimmt sich noch eine Frikadelle.

»Karpfen schwimmen ganz unten auf dem Grund der Seen, und sie fressen alles, was die anderen Fische übrig lassen. Auch Aas. Sie sind oft uralt und haben Warzen an den Kiemen, und wenn man sie aufschneidet, stinkt man wochenlang nach verwestem Fisch. Es war bestimmt ein Karpfen, den dein Vater gefangen hat.«

»Mein Vater stinkt nicht nach Fisch!«, schreit Tobias und spuckt Teile seiner zweiten Frikadelle auf das Picknick.

»Hilfe«, seufzt die Mutter und tupft mit ihrer Serviette auf den Blätterteigtaschen herum. Rosalie nimmt sich vor, keine Blätterteigtasche zu essen.

»Das hat Lily doch gar nicht damit sagen wollen. Nicht wahr, Lily?«

»Nein, nein. Natürlich nicht.« Nur der Vater kann die Ironie in Lilys Stimme überhören.

»Siehst du, mein Junge«, der Vater klopft Tobias auf die Schulter, »niemand will deine Familie beleidigen.«

Die Mutter stellt die Thermoskanne auf den Tisch und sagt: »Rosalie, wenn du eine Brezel, eine Möhre und einen Apfel gegessen hast, dann bekommst du die Smarties, ja?«

»Alle?« Rosalie ist überrascht.

Die Mutter lacht und faltet ihre Serviette zu einem kleinen Karo. »Na ja, ein paar wirst du uns sicher abgeben, nicht wahr?«

»Warum darf die die Smarties verteilen?«, fragt Lily.

»Wenn du mir welche abgibst, darfst du mit meinem Fahrrad fahren«, bietet Tobias an.

Das Fahrrad ist das schönste, das Rosalie in ihrem Leben gesehen hat. Es ist von Peugeot, hat fünf Gänge und keinen Rücktritt. Tobias hat es seit zwei Wochen. Sein Vater hat es ihm mitgebracht, Tobias hatte nicht Geburtstag und keine gute Note gehabt, er hat es einfach so bekommen. Am Samstag, wenn sein Vater seinen BMW wäscht, sitzt Tobias in der Auffahrt und putzt das Fahrrad. Sogar die Reifen wäscht er und den Blaumetalliclack poliert er mit einem Lammfellhandschuh, bevor er ihn mit Radöl einreibt.

Er war gerade dabei gewesen, das blitzende Wunderwerk zu putzen, als sie aus dem Haus gekommen waren. Lily hatte Mühe gehabt, ihr Fahrrad aus der vollen Garage zu schieben, Rosalies Hinterreifen brauchte Luft, und die Mutter musste die Radtaschen gerecht verteilen und auf den Gepäckträgern festschnallen. Dann hatten noch die Regencapes gefehlt. Als endlich jeder auf einem aufgepumpten Fahrrad saß, eine im Gewicht angemessene Tasche auf dem Gepäckträger und ein Regencape um die Hüfte, hatte Tobias gerufen:

»Kann ich mit?«

Wie eine undurchdringliche Wand stand die Frage zwischen ihnen und den sieben Fischteichen. Alle hatten den Vater angeschaut, und Rosalie hatte stumm gebetet.

»Also …«, hatte der begonnen, um dann schnell fortzufahren: »Warum nicht? Tobias, das ist eine ausgezeichnete Idee. Vorausgesetzt, deine Eltern können dich heute entbehren, schließlich ist der Sonntag ja der Tag der Familie.«

»Die schlafen beide noch. Ich hol nur schnell meinen Schlüssel.«

»Na toll«, hatte Lily gemault. Rosalies Enttäuschung war zu groß und zu wund in ihr gewesen, als dass sie etwas hätte sagen können.

»Kinder, reißt euch bitte etwas zusammen. Der arme Junge hat es weiß Gott schwer genug. Nicht jeder hat ein Elternhaus wie ihr, in dem es harmonisch und gesittet zugeht.« Lily hatte böse geprustet und der Vater böse gefragt und Lily böse geantwortet und die Mutter böse geseufzt. Rosalie war beinah froh, als der freudestrahlende Tobias mit einem klappernden Schlüsselbund auftauchte. Und jetzt bietet er ihr einen Ritt auf seinem Fahrrad an.

»Ehrlich?«, fragt sie ergriffen.

Er zuckt die Schultern. Das Picknick ist ab diesem Moment für Rosalie keine Attraktion mehr. Sie isst lustlos ein kleines Schnitzel und dann ein paar Apfelschnitze und hofft, dass die Mutter damit zufrieden ist. Dann greift sie probeweise nach den Smarties, die Mutter nickt, Rosalie schüttet ein kleines Häufchen in ihre Hand und legt es vor Lily auf den Tisch. Der nächste Schwenk fördert ein etwas größeres Häufchen zutage, das sie Tobias anbietet. Er schüttelt den Kopf, nimmt das Ende der Smartiesröhre in die Hand und drückt es nach oben. Der bunte Reichtum rauscht vor Tobias auf den Tisch, immer leichter wird die Röhre in Rosalies Hand. Als fast die Hälfte des Röhreninhalts vor ihm liegt, ist er zufrieden. Rosalie legt die luftige Röhre auf ihren Teller. Sie gehen zu dem Fahrrad, das allein, abseits von den anderen, am Ufer des Sees steht. Das Vorderrad ist leicht angewinkelt, die Chromfelgen blitzen. Rosalie überlegt, ob er dem Fahrrad einen fiesen Trick beigebracht hat, sodass es jeden abwirft, der nicht Tobias ist.

»Du darfst nicht im Leerlauf schalten. Alles klar?«

Sie nickt, obwohl sie nicht sicher ist, ob sie weiß, was Leerlauf bedeutet.

»Die Bremsen packen sofort. Wenn du nur vorne bremst, fliegst du über den Lenker.« Tobias' Hand überschlägt sich in der Luft. Er klappt den Ständer zurück und macht eine einladende Handbewegung. Rosalie klettert auf den Sattel. Er ist ein bisschen zu hoch, aber es geht. Sie fährt schwankend los und hört Tobias hinter sich kichern. Unsicher fährt sie von der Graszunge in den Sand, der zwischen ihr und dem Weg liegt. Die dünnen Reifen sinken ein, Rosalie stellt sich in die Pedalen, tritt kräftig und versucht, das Fahrrad aus dem unsicheren Untergrund zu bewegen. Ihre Kraft befördert das Vorderrad noch tiefer in den Sand, das Fahrrad kippt zur Seite, und Rosalie muss abspringen.

»Vergiss es, du kannst nicht damit fahren.« Sie ignoriert die höhnische Stimme, schiebt das Fahrrad auf den Weg und steigt auf. Der Weg ist leicht abschüssig, und Rosalie nimmt schnell Fahrt auf. Sie beugt sich vornüber, fasst die gerillten Griffe fester und verengt die Augen zu Schlitzen. Die Luft stellt sich ihr übermütig in den Weg, und die Bäume jubeln ihr zu. Das Fahrrad bäumt sich erregt auf, als sie sich am Lenker in die Pedale zieht, und Rosalie spürt seine Freude, weil es endlich den richtigen Fahrer gefunden hat.

»ROOSALIEEE!« Ertönt ein Ruf hinter ihr.

»ROOSALIEEE, KOMM ZURÜCK!«

Rosalies sausendes Herz kommt ins Stocken, das Tempowesen aus Blut, Sehnen, Eisen und Gummi zerfällt in ein türkisfarbenes Kinderfahrrad und ein Mädchen. Rosalie tritt rückwärts, aber statt langsamer zu werden, bricht das Fahrrad aus. Sie löst die Finger von den Griffen und zieht die Bremse an den Lenker. Jetzt hat das Fahrrad gemerkt, dass nicht Tobias im Sattel sitzt. Es wirft sich zur Seite und Rosalie in den Sand.

Rosalie spürt den Aufprall bis unter die Schädeldecke. Ihre Knie und Hände brennen, und der Schreck füllt jeden Winkel. Sie hört schnelle Schritte hinter sich.

»Rosalie, mein Gott. Hast du dir wehgetan?« Ihre Mutter kniet sich vor sie hin und greift nach ihren Händen, es sind mehrere Risse in den Handballen, aus denen hellrotes Blut nach außen dringt. Der Schreck zieht sich so weit zurück, dass Platz für Tränen ist. Rosalie heult, als die Mutter ihr die Hosenbeine hochzieht. Es tut weh, als der Stoff die Kniescheiben streift. Auf beiden sind große rote Flächen, die auf dem linken ist größer, dafür läuft von der rechten ein dicker Blutfaden in Richtung Socke. Ihre Mutter umarmt sie fest und reibt ihr im Rhythmus ihres Schluchzens über den Rücken.

»Ja, das tut weh. Ich weiß noch genau, wie weh das tut«, murmelt sie. Allmählich streichelt sie langsamer, und auch Rosalies Schluchzen verebbt.

Die Mutter hält sie auf Armlänge vor sich und sagt: »Du warst aber auch wirklich schnell! Nur noch ein blauer Blitz war zu sehen.«

»Na, Rosalie, alles klar?« Der Vater steht groß und steif über ihr, und Rosalie fängt sofort wieder an zu heulen.

»Nein!« Tobias kniet vor seinem Fahrrad wie über einem verletzten Tier. Rosalie schließt die Augen. Der Vater geht zu Tobias, hebt das Fahrrad auf, biegt den Lenker zurück in die richtige Position und sagt:

»Nimm's nicht so schwer, mein Junge. Das meiste ist Dreck, und ein paar Kratzer muss ein ordentliches Fahrrad haben. Außerdem gibt es von Peugeot Lackstifte genau in der Farbe. Damit pinseln wir die Kratzer aus, und schon ist dein Drahtesel wie neu.«

Tobias sieht den Vater aus tränennassen Augen an und flüstert:

»Mein Vater …«

»Dem erklären wir, dass unserer Tour-de-France-Meisterin die Begeisterung über dein Fahrrad zu Kopf gestiegen ist. Mach dir keine Sorgen.«

Er hebt Rosalie auf den Sattel, ignoriert den panischen Blick von Tobias und schiebt sie zurück zum Picknicktisch.

»Heute werden wir wohl die anderen sechs Teiche nicht mehr schaffen. Ich glaube, es ist am besten, wenn ich zurückfahre und das Auto hole. Dann nehme ich Rosalie mit nach Hause, und ihr anderen fahrt hinterher.«

Lily drückt Rosalie die Smartiesrolle in die Hand und sagt:

»Die gelben sind gut gegen Schürfwunden.«

»Irgendwas geht immer schief, wenn der Junge dabei ist.«

»Das war doch nun wirklich nicht seine Schuld.«

»Da bin ich nicht so sicher. Ich glaube, er hat Rosalie herausgefordert.«

»Das ist doch Unsinn. Der Junge ist wirklich zu bedauern. Er hatte furchtbare Angst, seinem Vater das Rad zu zeigen. Er wollte auch nicht, dass ich die Situation erkläre. Er hat es in die Garage geschoben und sich ins Haus geschlichen.«

1985

»Du miese kleine Schnüfflerin, wie bist du hier reingekommen?«

Tobias Ochsenmeyers Vater trägt nur eine beige Hose, sein Bauch ist gebräunt und behaart, er wölbt sich fest über seinem Hosenbund. Er riecht nach Schweiß und noch etwas anderem. Mit einem Ruck zieht er die Terrassentür hinter Rosalie zu. Im Wohnzimmer des Ochsenmeyer-Hauses hängt ein Geruch von Hackbraten und Meister Propper, die dichten, beigen Gardinen mit der Goldkante sperren den Sommertag aus, und die grün-gelb-braunen Karos des Wohnzimmerteppichs haben ein ähnliches Muster wie der Schottenrock, den Rosalie von Tante Adelgunde zum Geburtstag bekommen hat, aber zum Glück noch nie anziehen musste. Rosalie zuckt zusammen, als die große, dunkle Standuhr in der Ecke dreimal schlägt, fast hätte sie sich in die Hose gemacht. Herr Ochsenmeyer starrt sie an, sein Kopf ist viel größer als der von ihrem Vater. Und viel röter.

»Ich hab geklingelt, aber es hat niemand aufgemacht«, stammelt sie, »die Terrassentür war offen ...«

»Und wenn keiner da ist, gehst du einfach in fremde Häuser?«

»Ich ...«

»Warte mal, du bist doch die, von der mein Sohn soviel spricht? Rosalie von nebenan, die mit dem Vater, nicht wahr? Was willst du von Tobias?«

»Ich wollte nur fragen, ob Tobias mit zur Selbstverteidigung kommt.« Der Satz kommt ganz natürlich über Rosalies Lippen. Nicht einmal ihre Mutter hätte gemerkt, dass er nicht nur eine Lüge ist, sondern zugleich eine Bombe. Eine Bombe, an der Rosalie lange gebastelt hat und die sie jetzt ganz spontan zündet. Die Wahrheit ist, dass sie hatte nachschauen wollen, ob es stimmte, was Stefan erzählt hatte: dass bei Ochsenmeyers im Keller Hunderte ausgestopfte Tiere ausgestellt sind. Überfahrene Igel, vergiftete Mäuse und Maulwürfe und angeblich sogar ein von einem Mähdrescher verstümmeltes Rehkitz. Rosalie hatte nächtelang von den Tieren geträumt, sie hatten in Gruppen zusammengesessen, Spielkarten in den erstarrten Pfoten, sie saßen um einen Grill, bewegungslos in Schaukelstühlen, und eine Wühlmaus stand im weißen Kittel über einen Siebenschläfer gebeugt, der seine linke Vorderpfote im Gips trug. Die Tiere hatte sie nicht gefunden, aber als Tobias' Vater plötzlich aufgetaucht war, hatte sie gespürt, dass dies der richtige Moment war, ihre Bombe zu zünden.

»Wozu wolltest du Tobias abholen?«

»Er hat es wohl vergessen. Macht nichts, er kann ja

nächste Woche wieder mitkommen.« Sie dreht sich um, wie um das Haus durch die Terrassentür zu verlassen.

»Moment mal, nicht so schnell.« Rosalie hatte es gewusst: Tobias hatte zu Hause nichts davon erzählt, dass er mit Rosalie Selbstverteidigung trainierte. In der ganzen Zeit war keiner von seinen Eltern zu einem Schaukampf gekommen, obwohl Tobias schon mehrmals den größten Auftritt gehabt hat, um den ihn alle beneideten. Um ihre Theorie zu prüfen, hatte sie letzte Woche ein paar Testhandgranaten über den Gartenzaun geworfen: *Bekommst du ein Geschenk von deinen Eltern, wenn du beim Turnier mitmachen darfst? Unser Videoplayer läuft nur mit Video 2000, sollen wir die VHS-Kassette mit den Techniken mal zusammen bei dir anschauen?* Tobias hatte sich hektisch umgesehen, dann hatte er einen Mittwochnachmittag für das Video mit den Techniken vorgeschlagen. Rosalie weiß: Mittwochnachtmittags ist Tobias' Mutter beim Nähkurs, und sein Vater kommt nie vor 18:00 Uhr nach Hause.

Aber dass Tobias' Vater sich so aufregen würde, damit hatte Rosalie nicht gerechnet.

»Wir gehen seit einem Jahr zusammen dahin, weil … und außerdem ist er ständig bei uns und hilft meinem Vater. Meine Mutter hat letztens schon gesagt, wir müssten eigentlich Kostgeld von Ihnen bekommen.« Die Mutter hat das nur im Scherz gesagt, aber Rosalie weiß genau, dass es ihr auch nicht passt, dass Tobias so oft bei ihnen ist. Also dient die Übertreibung der guten Sache und ist erlaubt. Aber Tobias' Vater interessiert sich kein bisschen für das Kostgeld.

»Er macht Selbstverteidigung? Schon länger?«

»Er ist der Beste im Kurs. Tom will ihn im Herbst auf ein Turnier schicken«, sagt Rosalie im besten Plauderton, von Sportsgeist durchdrungen.

»Dann war dieser aufdringliche Mann, der letztens angerufen hat, gar nicht aus der Schule?«

»Tom hat bei Ihnen angerufen?« Das ist Rosalie neu. Aber Herr Ochsenmeyer hört sie offenbar nicht, er murmelt etwas von *ins Gesicht gelogen* und *Na warte, der kann was erleben, Donnerwetter, Fell über die Ohren.* Rosalie versteift ihre Wangen, um nicht zu grinsen. Lily hätte es gemerkt und *Lach doch!* zu ihr gesagt. Aber Tobias' Vater merkt nichts. Er sieht sie an und sagt freundlich:

»So, dann wünsche ich viel Spaß beim Selbstverteidigungskurs. Bitte hier entlang.«

Er geht durch den Flur und hält Rosalie aufmerksam wie ein Galan die Haustür auf.

»Bekommt er jetzt Stubenarrest?«, fragt Rosalie, aber Tobias' Vater schlägt wortlos die Tür hinter ihr zu. Rosalie findet das ein wenig ungerecht. Sie steht unentschlossen auf der Fußmatte und hört, wie die schweren Schritte sich entfernen. Dann fällt ihr das Fernglas ein, das der Vater ihr zu Ostern geschenkt hat.

Rosalie liegt flach auf dem Dach der Garage, die Kieselsteine drücken in ihren flatternden Magen, ein angenehmes Gefühl. Sie passt auf, dass die Sonne sich nicht in der Linse spiegelt (Anfängerfehler, die Blitze verraten einen), und stellt das Rohr scharf, bis sie Tobias' Kinderzimmer vor sich hat. Sie sieht Tobias' Kopf, wahrscheinlich sitzt er auf seinem dämlichen Teppich mit der aufgedruckten Stadt. Sein Vater steht mitten im Raum und sticht mit dem Finger in die Luft. Könnte sie doch hören, was er sagt! Rosalie denkt darüber nach, ob sie ihm ein Mikrofon hätte unterschieben können, als die Faust von Tobias' Vater niedersaust. Rosalie lässt das Fernglas sinken. Als sie wieder hinschaut, ist Tobias verschwunden. Sein Vater steht groß in dem Zimmer, die Arme in die Seiten gestützt, der Mund schreit. Rosalie sucht die sichtbare Hälfte des Zimmers nach Tobias ab. Findet ihn nicht. Die Kieselsteine bohren sich tiefer in Rosalies Magen. Sie richtet sich auf, die Kiesel stechen in ihre Knie, dann in ihre Fußsohlen. Als sie über das Geländer und durch das Fenster ins Badezimmer klettert, hinterlassen ihre Hände feuchte Abdrücke auf dem rauen Holz. Sie legt sich auf die weiche Matte vor die Badewanne, spürt die kühlen Fliesen in ihrem Rücken und atmet, bis die Steine aus ihrem Magen verschwunden sind. Sie zieht sich am Rand der Badewanne hoch und spült sich am Wasserhahn den Mund aus. Die Kälte ist angenehm. Sie presst Wasser durch die Zwischenräume ihrer Zähne und lässt es in kleinen Fontänen aus dem Mund spritzen. Nach einer Weile steht sie auf und geht über den Flur zum Giebelzimmer. Sie hört Vaters Stimme, die deutlich und eindringlich spricht, aber keine Antwort. Er telefoniert. Sie setzt sich auf den Boden, lehnt sich mit dem Rücken an die kühleWand und wartet. Durch das Fenster am Ende des Flurs könnte sie das Ochsenmeyer-Haus sehen, wenn sie den Kopf nach rechts wenden würde.

Als er den Hörer auf die Gabel legt, schiebt Rosalie sich an der Wand nach oben und geht ins Giebelzimmer. Es ist warm und schläfrig. Der Vater sieht erfreut aus, als er Rosalie entdeckt. Er zieht sie auf seinen Schoß und zeigt ihr einen Katalog mit Büromaterialien. Gemeinsam überlegen sie, ob er eine große Tafel anschaffen soll, auf der er die aktuellen Fälle und anstehenden Ermittlungsschritte notieren könnte. Ob Rosalie die Tafel für ihn pflegen wollte, fragt er. Sie hat doch so eine schöne Schrift. Rosalie spürt den Bauch des Vaters in ihrem Rücken und lehnt sich daran. Es fühlt sich nachgiebig und warm an. Sie kennt dieses Gefühl nicht. Als sie das letzte Mal auf diesem Schoß saß, war der Bauch flach und fest. Der scharfe Schmerz in Rosalies Kehle schmilzt zu einem kleinen Stachel, während sie mit ihrem Vater die Vorteile einer Wiedervorlage im Vergleich zu einem elektronischen Kalender bespricht. Als sie den Bestellschein mit den Artikelnummern für die Tafel und die Wiedervorlage ausgefüllt hat und – »wo wir schon mal dabei sind« – auch noch fünf neue Druckbleistifte, zwei Röhrchen mit Minen zum Nachfüllen und einen kleinen Schwamm, mit dem man Briefmarken und Umschläge befeuchten kann, eingetragen hat, will sie endlich die Worte in den Raum schicken. Die Worte über die pulsierende Ader im Gesicht von Tobias' Vater. Über die fleischige Faust. All die anderen Worte, die sich dann in die warme, schläfrige Luft ergießen werden: über die blauen Flecken und die Beulen und über Tobias' Gesicht, wenn er im Selbstverteidigungskurs einen starken Gegner auf die Matte geschickt hat. Die Worte haben scharfe Kanten und Stacheln, und schon das erste reißt den Schmerz in Rosalies Kehle wieder auf und macht ihren Rücken so hart und zittrig, dass er den Kontakt zum Bauch des Vaters verliert. Sie schluckt das Wort herunter und spürt, wie es in einem See ätzender Magensäure untergeht.

»Rosalie, manchmal bin ich wirklich froh darüber, dass du kein Junge geworden bist. So schön schreiben können einfach nur Mädchen«, sagt der Vater, schiebt Rosalie von seinem Schoß und gibt ihr einen Klaps auf den Po. Und während sich Freude und Stolz mit einem bislang unbekannten Gefühl der Demütigung mischen, schickt Rosalie all die anderen Worte dem ersten Wort hinterher.

Tag 9

Es ist früher Nachmittag, als ich die letzten Ausdrucke auf den Haufen mit »Kein Hinweis auf geplante außerhäusige Tätigkeiten« werfe. Ich habe elf Fälle und mehr als 400 Seiten Text und Bildmaterial durchgearbeitet. Ich habe neben Vater gestanden, als er eine arme, besorgte Mutter mit dem Verdacht konfrontierte, dass ihre Tochter mit Naturdrogen handelte. (*Eibennadelnaufguss, Muskatnusstorte, Fliegenpilzomelette, Trompetenblumentee. Das sind keine illegalen Substanzen, aber in hohen Dosen sehr gefährlich.*) Ich habe mich gefragt, ob ich Lily wegen der Trompetenblumen mal einen Tipp geben sollte. Lea war im letzten Schuljahr mit Gras erwischt worden, und ich meinte mich zu erinnern, dass Erich bei meinem letzten Besuch über die zerfledderten Blüten seiner Trompetenblume geklagt hatte. Ich habe Vaters Schlussfolgerungen gelauscht, mit denen er einen kleinen Lokalpolitiker verdächtigte, heimlich sexueller Abnormitäten zu frönen, und die Schmutzkampagne der BILD gegen ihn inhaliert – offenbar war der Mann nackt, nur mit einer Schweinemaske bekleidet, in einer Damensauna aufgetaucht. Ich habe gemeinsam mit Vater die Logos einer großen Werbeagentur auf den Zeugnissen einer 42-jährigen Grafikdesignerin, die nach sechs Jahren Kinderpause wieder in ihrem Beruf arbeiten wollte, mit dem Firmenbriefpapier verglichen und bin wie er zu dem Schluss gekommen, dass die Bestätigung über eine freie Mitarbeit an einer Kampagne für eine Kosmetik-Linie eine Fälschung sein musste. Und ich habe erstaunt und nicht ohne Beunruhigung entdeckt, dass keine der Ermittlungen in meinem Stapel außerhäusige Tätigkeiten erforderte, die Vorteilsnahme, die am Anfang meiner Lektüre gestanden hatte und die eindeutig abgeschlossen war, einmal ausgenommen. In keinem anderen Fall habe ich einen Hinweis auf ein geplantes Treffen oder eine sonstige Ermittlung vor Ort gefunden. Vater recherchiert im Internet, schreibt E-Mails, selten gibt es Protokolle von Telefonanrufen, noch seltener sucht er Schauplätze mutmaßlicher Verschwörungen auf oder trifft Kontaktpersonen.

Ich schiele auf Tobias Ochsenmeyers Teil des Küchentisches und habe Angst, dass die Stapel mit »Kontaktperson«, »Geplante Zeugenbefragung«, »Geplante Ortsbegehung« bei ihm ebenso spärlich ausgefallen sein könnten. Ich habe Zeit, seinen Arbeitsplatz unauffällig zu checken, denn er geht grade seiner Lieblingsbeschäftigung nach: dem Kaffeekochen. Seit er gemerkt hat, dass ich nicht imstande bin, einen Kaffee abzulehnen, dampft seine italienische Espressomaschine mindestens sechsmal am Tag. Er macht Kaffee mit der Konzentration und Gewissenhaftigkeit eines antiken Alchemisten: Erst gießt er Biovollmilch aus dem Kühlschrank in ein silbernes Kännchen, dreht den Aufschäumer auf und hält ihn in einem bestimmten Neigungswinkel hinein. Nach einigen Sekunden testet er schüttelnd die Festigkeit des Schaums und schäumt weiter, wenn nötig. Sorgfältig klopft er das Pulver vom letzten Mal aus dem Siebträger, pinselt es aus, mahlt Espressobohnen, füllt Pulver in das Sieb, drückt es mit einem Metallstopfer an. Dann klinkt er den Siebträger mit einer gezielten Bewegung in die Maschine, kontrolliert den Druck, wählt die Tasse, lässt den braunen Strahl hineinlaufen und schöpft die Milch hinzu.

Bisher hat mich diese Sorgfalt und Präzision in einen meditationsähnlichen Zustand versetzt. Aber jetzt, wo ich erkannt habe, dass meine Sichtungsarbeit nicht die geringste Spur ergeben hat, und ich einsehen muss, dass ich Tobias Ochsenmeyers Ablagesystem ohne Erklärung nicht verstehe, werde ich ungeduldig.

»Für mich reicht es so, danke!«, unterbreche ich sein Aufschäumkunststück.

Er sieht mich so überrascht an, als hätte ich ihm einen Tritt verpasst.

»Hauptsache die Milch ist heiß, Schaum ist sowieso überbewertet.«

Er nickt und reicht mir kurz darauf wortlos einen warmen, schaumlosen Milchkaffee. Obwohl ich seinen Schaum beleidigt habe, erlöst Tobias Ochsenmeyer mich schnell aus meiner Not und schiebt mir einen säuberlich geschichteten und mit mehreren Post-its versehenen Papierstoß über den Tisch zu.

Fall 2010/1323: Veruntreuung steht in der Kopfzeile, *1. Zusammenfassung mehrerer Gespräche mit Maren Krämer (54, gesch. zwei Kinder (Arno, 26 und Katinka, 24), Namen aus Diskretionsgründen ersetzt)* auf der ersten Seite.

Ich beginne zu lesen.

Diese Zusammenfassung geht auf mehrere Gespräche mit Maren Krämer zurück, die ich zwischen dem 10.2. und dem 19.2.2010 mit ihr in verschiedenen gastronomischen Betrieben in Benitz geführt habe. Die Tonbandprotokolle dieser Gespräche sind unter 2010/1323/Krämer_Maren abgelegt und fortlaufend nummeriert (1–8).

Ich beschränke mich im Folgenden unter Auslassung von Themen wie »Kinder«, »gesellschaftliches Leben«, »Scheidung«, »Biennale«, »Golf« und »Catering« auf die im Fall 2010/1323 relevanten Fakten:

Maren Krämers Mutter, Anneliese Krämer, erkrankte vor 12 Jahren an Alzheimer. Trotz medikamentöser Behandlung war der Krankheitsverlauf rasant, sodass im Herbst 2002 eine häusliche Pflegesituation hergestellt wurde. Offenbar hatte sich Anneliese Krämers soziales Umfeld zurückgezogen, seit sie es zunehmend mit krankheitsbedingten Wahnvorstellungen konfrontierte. Einer langjährigen Freundin unterstellte sie etwa den Diebstahl eines Badeanzuges, eine weitere bezeichnete sie als »Regimentsdrecksau«. Zudem musste das Vermögen von Anneliese Krämer treuhänderisch verwaltet werden, ein nicht unbeträchtliches Bankguthaben, Immobilien, Aktien und Anteile an dem Familienunternehmen. Maren Krämer selbst sah sich den zusehends komplizierter werdenden Verwaltungsaufgaben nicht mehr gewachsen. Im Herbst 2000 bestellte sie den diplomierten Betriebswirt und hauptamtlichen Betreuer Josef N. zum Vermögensverwalter von Anneliese Krämer. Josef N. beaufsichtigt die polnische Krankenpflegerin, offenbar eine anstrengende Tätigkeit, da Anneliese Krämer den ausländischen Pflegekräften misstraut (einmal hat sie eine Pflegerin in einen Abstellraum eingesperrt und mehrfach hat sie die Polizei gerufen, um die fremden Frauen aus ihrem Haus entfernen zu lassen). Josef N. führt die Gespräche mit Anneliese Krämers Ärzten, überwacht ihre Medikamenteneinnahme und verbringt täglich eine Stunde mit ihr. Außerdem regelt Josef N. die Finanzen von Anneliese Krämer.

Ich lese und sehe Vater vor mir, wie er im Benitzer Chichi-Café Mineralwasser trinkt, gekleidet in ein teures, nicht gebügeltes Hemd, unter dem Lacoste-Pullover falsch zugeknöpft, dazu eine maßgeschneiderte Anzughose und schwarze Halbschuhe von Lloyd, leicht verdreckt. Ich habe keine Ahnung, ob er diese Mischung aus Stil und Nachlässigkeit absichtlich herstellt, um frustrierte Mittfünfzigerinnen anzulocken, oder ob sie ungeplant entsteht. Wahrscheinlich empfinden sie seine schlecht gepflegte und nachlässig kombinierte Bonzenkleidung als ironischen Regelbruch. Ein stilbewusster Revolutionär, einer, der die Regeln kennt, die er bricht. Ich sehe ihn vor mir, wie er von einem kleinen runden Marmortisch zum anderen Maren Krämer das Feuilleton der Frankfurter herüberreicht und als Reaktion auf ihren erstaunten Blick eine geistreiche Bemerkung über Frauen und Männer, das Feuilleton und den Finanzteil macht. Ich sehe ihn, wie er später, als ihre Freundinnen aufgetaucht sind, über eine Anekdote lacht, sich entschuldigt, weil er das Gespräch der Damen belauscht hat, er konnte einfach nicht umhin, wie er sich leicht erhebt und seinen Namen inklusive Titel sagt. Ich sehe Maren Krämer, wie sie unter seiner Aufmerksamkeit an Spannkraft gewinnt, wie seine Blicke sie zum Star der Runde machen und wie sie später seine Einladung annimmt, noch einen Kaffee (oder vielleicht einen kleinen Crémant?) zu trinken. Ich höre ihre Stimme, als sie beginnt zu erzählen. Zunächst vorsichtig, tastend, von den Kindern, die zu den schönsten Hoffnungen berechtigen, Arno studiert Volkswirtschaft in St. Gallen, Katinka Tiermedizin in Heidelberg. Tja, irgendwann haben die Kinder ihr eigenes Leben. Immerhin fahren sie bald alle gemeinsam in ihr Haus am Luganer See. Arno geht segeln, und sie freut sich schon darauf, mit Katinka die Museen unsicher zu machen. Maren Krämer ist sicher so eine Frau, die »die Museen unsicher machen« sagt und dabei lacht.

Ich sehe ihn, wie er plötzlich auf sein Handy schaut und sich dann wieder entspannt. Er hat noch ein wenig Zeit, später will er seine Mutter besuchen, sie lebt im Betreuten Wohnen auf dem Berg, eine schwere Entscheidung, aber es ging nicht mehr … Ich sehe Maren Krämer, die den Köder schluckt und dem guten Zuhörer alles erzählt. Alles. Maren Krämer, die eine Ladung Müll nach der anderen auf den kleinen Marmortisch kippt und die keine Ahnung hat, dass in der bohemehaft-abgewetzten Aktentasche dieses guten Zuhörers ein digitales Aufnahmegerät schnurrt.

Laut Maren Krämer hat Anneliese Krämer Zugriff auf ein Girokonto bei der Stadtsparkasse Benitz. Anneliese Krämer besitzt eine EC-Karte, die sie gemeinsam mit der Geheimnummer in ihrer Tasche aufbewahrt (Sicherheitsbelehrungen blieben ohne Wirkung). Anneliese Krämer hebt regelmäßig höhere Summen, oft mehrere tausend Euro, von ihrem Konto ab, von denen sie ca. 70 % wieder auf ihr Konto einzahlt (über das genaue Verhältnis von Aus- und Einzahlung war keine Auskunft zu bekommen). Welche Ausgaben Anneliese Krämer mit den fehlenden 30 % tätigt, weiß Maren Krämer nicht. Sie steht dieser Frage mit einem auffallenden Desinteresse gegenüber und vermutet vage, Anneliese Krämer würde sie für Kaffeehausbesuche, Trinkgelder o. Ä. ausgeben oder in ihrem Haus verstecken.

»Okay.« Ich wende mich Tobias Ochsenmeyer zu, der gewartet hatte, angespannt wie ein Kind, während der Lehrer einen Aufsatz liest. »Er behauptet, der Betreuer, äh, Josef N. würde Geld seines Schützlings veruntreuen. Das kommt in der Tat immer wieder vor. Ob an dem Fall was dran ist, können wir sehr leicht rausfinden: Ich lasse mir einfach die Bänder von den Überwachungskameras schicken. Vater hat bestimmt irgendwo ein Foto von Josef N., also können wir ihn auf den Bändern identifizieren.« Hat ja nicht lange gedauert, bis du bereit bist, deine berufliche Position auszunützen, sagt Staatsanwältin Rosalie. Ich bin gespannt, mit welcher Begründung du die Überwachungsbänder einsehen willst, Bänder von Banken aus einem Ort, der nicht in deinen Zuständigkeitsbereich fällt. Tobias Ochsenmeyer, der nichts von meinen inneren Dialogen ahnt, legt Bedauern in sein schönes Gesicht. Das Bedauern eines Arztes mit schlechten Nachrichten:

»Folgt man Ernsts Argumentation, dann ist der Fall noch um einiges komplizierter.« Er fährt sich mit der Hand durch sein dunkelblondes, schuppenfreies Haar. »Er geht davon aus, dass Josef N. das Geld nicht selbst abhebt. Eben weil er dann ins Visier der Kameras geraten würde. Zunächst nahm er an, dass« – Tobias Ochsenmeyer blättert – »Josef N. eine Apparatur angefertigt hat, mittels derer er einen Bankautomaten unter Einsatz von Karte und Geheimnummer aus der Distanz bedienen kann.«

»Hilfe«, sagt Staatsanwältin Rosalie.

»Er hat ein paar Internetanbieter für Technikspielereien kontaktiert und gefragt, ob sie so was bauen können. Einer hat sich 200€ überweisen lassen und ist dann abgetaucht, die anderen haben sofort abgelehnt, einer hat mit Anzeige gedroht. Also hat Ernst eine andere Idee entwickelt, wie Josef N. Geld abheben kann, ohne selbst an den Automaten zu gehen: Er setzt Obdachlose ein.«

»Aha.« Staatsanwältin Rosalie hebt eine Augenbraue.

»Er gibt den Obdachlosen Karte und Geheimnummer und lässt sie gegen eine kleine Beteiligung Geld abheben. Sollte ein Obdachloser erwischt werden, wird jeder annehmen, er habe die Karte gestohlen. Niemand wird ihm glauben, dass er sie inklusive Nummer von einem rätselhaften Fremden in die Hand gedrückt bekommen hat. Ernst hat Befragungen durchgeführt, schau dir das mal an.« Eifrig schiebt er mir ein paar Seiten hin und eine Millisekunde zuckt der Gedanke an den Rändern meines Bewusstseins, dass Tobias Ochsenmeyer recht viel daran liegt, dass ich mich seinem Urteil über diese Ermittlung anschließe.

Gespräche mit Obdachlosen im »Benitzer Loch« (24.3.– 30.3.2010), lese ich und schlucke.

Die nun folgenden Zusammenfassungen gehen auf Gespräche mit zwei Obdachlosen zurück, die ich am 24.3. und am 27.3. im sogenannten »Benitzer Loch« in der Nähe des Hauptbahnhofes führte. Die Gespräche mit den Obdachlosen erwiesen sich aufgrund ihrer geringen Konzentrationsfähigkeit, niedriger Frustrationsschwelle, Mängeln in der verbalen Ausdrucksfähigkeit sowie eines tief verwurzelten Misstrauens gegen Personen außerhalb ihres Zirkels als schwierig. Ich fasse im Folgenden alle verbalen und nonverbalen Reaktionen zusammen, die mir im Zusammenhang mit Fall 2010/1323 bedeutsam erscheinen.

Staatsanwältin Rosalie ärgert sich über den pseudodokumentarischen Ton und liest weiter.

2a Zusammenfassung Gespräch mit Obdachlosem 1 »Stusi«. Stusi ist zwischen 35 und 50 Jahre alt, alkoholabhängig und lebt nach eigenen Angaben seit acht Jahren auf der Straße. Er konnte keine Angaben darüber machen, wie lange er schon im Benitzer Loch lebt, über den Standort seines Nachtquartiers wollte er keine Auskunft geben. Die Fotografie von Josef N. kam ihm zunächst nicht bekannt vor, nach einigem Insistieren und dem Anbieten verschiedener Stichwörter wie »1000 Euro«, »Geldkarte« erinnerte er sich, dass Josef N. einem Kollegen Geld gegeben hatte. Wie viel Geld das gewesen sei, wusste Stusi nicht (m. E. muss es aber eine Summe von mindestens 30 Euro gewesen sein, andernfalls wäre sie Stusi wohl nicht bemerkenswert erschienen).

2b Zusammenfassung Gespräch mit Obdachlosem 2 (Karl), 27.3.2010 Der Obdachlose 2 (Karl) ist ca. Mitte 30, war zum Zeitpunkt der Befragung sauber gekleidet, nicht alkoholisiert, aber spürbar angespannt. Nach Zahlung eines Entgelts von 30 Euro besah er sich das Foto von Josef N. und behauptete, Josef N. habe ihn einmal in sein Auto eingeladen und sexuelle Handlungen von ihm gefordert. Im Anschluss an meine Frage nach Botengängen im Finanzdienstleistungssektor überlegte Karl lange, bat schließlich um weitere 20 Euro und berichtete dann, es kursiere im Benitzer Loch die Geschichte von einem reichen Mann, der regelmäßig auftauche und einen Obdachlosen um eine Erledigung bäte. Es gehe dabei um ein Konto, von dem der Mann Geld abheben wolle. Der Obdachlose würde stets gut bezahlt und bekäme außerdem eine Flasche Schnaps. Karl habe diesen Geschichten bislang keine Bedeutung beigemessen, offenbar gehören Geschichten von reichen Fremden, die eine kleine, harmlose Erledigung fürstlich bezahlen, in Obdachlosenkreisen zum Legendengut.

Tobias Ochsenmeyer hat still in seinem Rollstuhl gesessen, während ich gelesen habe. Er hat sich nicht hin und her geworfen, nicht das Kreuz durchgebogen oder an den Speichen der Räder Melodien geschlagen. Nur anfangs hat er leise mit den Fingerkuppen auf den Küchentisch getrommelt, das aber nach einem kurzen Blick von mir eingestellt.

»Und?«, fragt er, als ich die Blätter sinken lasse.

»Obdachlose sind für meinen Vater die perfekten Zeugen: je matschiger im Kopf, desto besser. Aber: Ja, es kann sein, dass er sich auf diese Spur gemacht hat.«

Ich bin vage enttäuscht. Hatte ich mir etwas Spektakuläreres erhofft? Ich betrachte Tobias Ochsenmeyers strukturierten Arbeitsplatz. Was soll dieses Getrommel mit deinen perfekt manikürten Fingernägeln, denkt Staatsanwältin Rosalie genervt. Und was ist das für ein dünner Papierstapel, auf den du trommelst?

»Das glaube ich auch. Ernst könnte weitere Obdachlose befragen oder sogar beschatten. Oder er beschattet Josef N. oder bewacht Bankautomaten in Benitz.«

Ist das die Zeichnung einer Glühbirne auf der ersten Seite des Stapels?

»Was ist das da denn für ein Stapel?«

»Das ist die zweite Ermittlung, bei der ich kurz dachte, sie könnte für uns interessant sein. Aber die Geschichte ist ziemlich abstrus und Ernsts Ermittlung ist ziemlich unausgegoren.«

»Worum geht's denn?«

»Um Energiesparlampen. Ernst hat in einer Datei einen ziemlich wüsten Haufen von allen möglichen Materialien zusammengestellt, die dieses EU-Glühbirnen-Verbot in Frage stellen. Stellungnahmen von Lichtmedizinern über Gesundheitsrisiken durch Energiesparlampen, irgendwelche Berichte über den Energieverbrauch von Energiesparlampen, der natürlich in Wahrheit viel höher ist als behauptet. Abstruse Verdachtsmomente gegen die Verantwortlichen in Brüssel. Du kannst es dir ja vorstellen.«

Der dünne Papierstapel mit der Glühbirne liegt vor mir auf dem Tisch, als hätte er schon immer hier liegen sollen. Meine Finger sind feucht, als ich beginne zu lesen.

Das Aus nach 130 Jahren für die herkömmliche Gluehbirne in Europa ist beschlossen. Am Montag, den 8.12.08, einigten sich die EU-Experten in Brüssel, die Glühbirnen aus Gründen des hohen Stromverbrauchs vom Markt zu nehmen.
(www.gluehbirnenverbot.com)

Fragwürdiges EU-Glühbirnen-Verbot

Ab September 2009 werden in Europa keine Glühbirnen mehr produziert. Fortan soll der Verbraucher sogenannte Energiesparlampen verwenden. Der Redaktion dieser Zeitung liegen physikalische Gutachten vor, die diese Entscheidung höchst fragwürdig erscheinen lassen: Experten schätzen den Austausch der bewährten Glühbirne durch Kompaktleuchtstofflampen als unbedeutend für die Energieersparnis ein. Effektiver wäre es, energieeffizientere Haushaltsgeräte zu bezuschussen oder elektronische Geräte, die auf Stand-by-Funktionen verzichten. Erstaunen muss auch, dass Brüssel überhaupt derart um die Energiebilanz des Beleuchtungssegments besorgt ist: Laut Bundesministerium für Wirtschaft und Technologie beansprucht der Verbrauch durch Beleuchtung nicht mehr als 3 % der Primärenergie.

Rhein-Märkische Zeitung vom 8. Mai 2010, S. 12

Achtung, Schlaffalle!

Die »innere Uhr« ist eine vom Tageslicht gesteuerte chronobiologische Funktion. Sie signalisiert dem Körper, wann es Zeit zum Schlafen ist.

Die von der EU eingeführten Energiesparlampen bringen diese innere Uhr durcheinander. Prof. Dr. Herschl vom Kasimir-Kolz-Institut zur Erforschung physiologischer Gesetze: »Natürliche Lichtquellen wie die Sonne weisen tagsüber einen bestimmten Blauanteil auf, am Abend aber einen deutlich höheren Gelbanteil. Dieser fordert den Körper auf zu schlafen. Energiesparlampen aber enthalten einen hohen Blauanteil, der den Körper zur höchsten Aktivität auffordert und am Einschlafen hindert.«

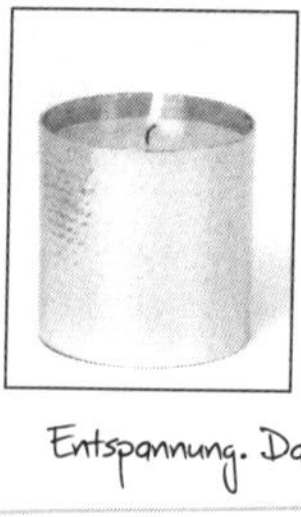

Entspannung. Das Jahresmagazin für Wellness, Juni 2010

Etikettenschwindel bei der Farbtemperatur-Messung künstlicher Lichtquellen

Hersteller von Kompaktleuchtstofflampen werden es nicht müde, ihren Produkten eine natürliche, angenehme Lichttemperatur anzudichten. Völliger Humbug. Bei einer physikalisch korrekten Messung ergeben sich für Kompaktleuchtstofflampen genauso wie übrigens für Neonlampen Farbspektren, die von natürlichen Lichtquellen wie Sonne und Feuer abweichen. Wegen seiner hohen Blauanteile empfinden wir das Licht dieser Leuchtmittel als kalt und unnatürlich.

Informationsbroschüre der Gesellschaft zur Rettung der Glühbirne, Juni 2010, S. 48

Erhöhtes Brustkrebsrisiko durch Kompaktleuchtstofflampenlicht?

Der Einfluss von Kunstlicht auf den menschlichen Organismus ist ein Feld, das die medizinische Forschung bis zum heutigen Tag sträflich vernachlässigt hat.

Und das, obwohl ein Zusammenhang zwischen wahrgenommenem Licht und Melatoninproduktion erwiesen ist: Je heller die Umgebung, desto weniger Melatonin wird ausgeschüttet und desto aktiver wird der Mensch. Es gibt Berichte aus dem 19. Jahrhundert, laut denen Fabrikarbeiter bei Sonnenschein bis zu 10 % produktiver waren als an trüben Tagen. Dieser Effekt verstärkt sich, wenn eine Lichtquelle vom natürlichen Farbspektrum abweicht und hohe Blauanteile aufweist. Noch heute werden Fabriken mit möglichst bläulichem Licht ausgeleuchtet. Ein niedriger Melatoninspiegel aber führt zu einem Anstieg von Östrogen und somit zu einem erhöhten Brustkrebsrisiko.

Lichtmedizinischer Rapport, NFI, Juli 2010, S. 213

Schnell blättere ich den Rest des dünnen Stapels durch, scanne die Überschriften: »Sondererlaubnis zur Verwendung von Quecksilber bei Kompaktleuchtstofflampen. Die silbrige Gefahr ist mitten unter uns!« – »Dunkle Machenschaften mit dem Licht« – »Gesamtenergiebilanz – Schlechte Noten für die Kompaktleuchtstoffröhre« … Mir ist sofort klar, womit ich es hier zu tun habe: Materialstufe. Die Daten unter den Materialfunden beweisen, wie Vater sich festgebissen hat und fiebrig geworden ist. Und zwar im Juli 2010, erst vor wenigen Wochen. Tobias Ochsenmeyer mustert mich schweigend.

»Das ist die Spur, nach der wir gesucht haben«, sage ich entschieden. »Ich bin mir absolut sicher.«

»Das Glühbirnenverbot?«, fragt er leicht verwundert, aber seine Finger zerbröseln aufgeregt den Keks, den es zum Milchkaffee gegeben hat.

»Du weißt das wahrscheinlich nicht, aber der Leuchtmittelmarkt ist so etwas wie ein Evergreen unter Vaters Ermittlungen. So lange ich denken kann, hat er ihn beobachtet und immer wieder über Kartelle und geheime Preisabsprachen recherchiert.«

Er nickt und schiebt mir zwei weitere Dokumente zu. »Exceltabellen, aus demselben Ordner.«

Die erste ist mit »mögliche Informanten« betitelt und enthält Namen, Telefonnummern und E-Mail-Adressen. Die zweite umfasst mehrere Seiten und führt Typen von Glühbirnen und Kompaktleuchtstofflampen auf, die mit Ziffern versehen sind. Zeitangaben?

»Das Protokoll eines Experiments?«, fragt Tobias Ochsenmeyer und zeigt auf die Tabelle mit den Ziffern. Natürlich, denke ich. Das ist es. Und ich weiß auch, wo dieses geheime Labor zu finden sein wird.

Ungern lasse ich Vaters Material unbewacht auf Tobias Ochsenmeyers Tisch zurück.

Haben eigentlich alle über 30-Jährigen noch immer einen Schlüssel zu ihrem Elternhaus? Ich schließe auf und trete in den schlecht gelüfteten Flur. Das Haus befindet sich in einem schläfrigen Dämmerzustand, und Tobias Ochsenmeyer und ich bewegen uns leise, vermeiden knarrende Dielenbretter. Tobias Ochsenmeyer muss im Flur warten, aber seine Blicke folgen mir, als ich die Treppe in den ersten Stock nehme, und gemeinsam ziehen wir die Luft ein, als die Dachbodenluke beim Öffnen ein Kreischen von sich gibt. Hat Vater das Scharnier absichtlich nicht geölt, um es als Alarmanlage zu nutzen? Allein steige ich die steile Leiter hoch, atme die heiße, trockene Dachbodenluft, und niemand außer mir sieht die 323 Kompaktleuchtstofflampen und die 23 Glühbirnen.

Er hat Stromkabel an sämtliche Dachbalken montiert und zusätzlich Bretter und Latten quer durch den Raum geführt. Sie alle sind mit Kompaktleuchtstofflampen oder Glühbirnen bestückt, jede hat einen eigenen Kippschalter und eine DIN-A5-große Papptafel für Notizen. Auch auf dem Holzboden sind Stromkabel verlegt und Lampenfassungen angebracht worden. Ein schmaler Gang mit Quergängen, Kreuzungen und Kreisverkehren ist frei und lädt zum Spazieren durch einen Wald aus Birnen ein. Ich folge dem Pfad, gehe tiefer und tiefer in den Glühbirnenwald und lege hin und wieder einen Kippschalter um. Glühbirnen und Kompaktleuchtstofflampen sind sich uneinig, ob das Holz des Dachstuhls rötlich braun oder fahlblau ist. Auf einigen Birnen liegt Staub, und ich ziehe ein Papiertaschentuch aus der Hosentasche, feuchte es mit der Zunge an und reibe den Staub von den Birnen. Die röhrenförmigen Kompaktleuchtstofflampen sind schwer zu reinigen, und ich zerbreche das Glas einer Megaman Liliput-Plus 15W/827

E14 mit der Farbbezeichnung warmweiß-extra, die Vater am 29. Juli montiert hat. Sie ist bereits 28 Mal von ihm eingeschaltet worden, wobei sie durchschnittlich 3 Minuten brauchte, um 80 % ihrer Leuchtkraft zu erreichen. Insgesamt hat sie bislang 4137 Stunden geleuchtet. Jetzt steckt ein feiner Splitter ihres weißen Glases in meiner Lebenslinie und Quecksilberdampf steigt auf. Ich gehe zurück durch den Birnenwald, lege Schalter um Schalter um. Schließlich brennt nur noch eine matte 60-Watt-Glühbirne von Philips mit einer Lichtausbeute von 710 Lumen, wie die Papptafel behauptet, und schickt ihr mütterliches Licht auf meine Netzhaut und mittels Rezeptorsystem weiter in meine Zirbeldrüse, die einen kleinen Schwung Serotonin ausschüttet. Ich klettere die Leiter rückwärts herunter, wie ich es als Kind gelernt habe, und es ist das erste Mal, dass ich dabei den Blick eines Mannes auf meinem Hintern spüre. Im Erdgeschoss angekommen setze ich mich auf die vorletzte Treppenstufe und halte Tobias Ochsenmeyer meine Hand mit dem Splitter der Megaman Liliput-Plus hin. Wortlos zieht er ihn heraus, entfaltet ein Taschentuch, legt den Splitter hinein und faltet das Taschentuch wieder zusammen.

»Bist du okay?«, fragt er leise.

Ich schüttele den Kopf.

»Das war eine sehr gute Idee von dir, auf dem Speicher nachzuschauen«, sagt er, und meine Zirbeldrüse beschert mir einen weiteren Schwung Serotonin.

Kaklerlakentage

Niemand hat damals verstanden, dass ich Staatsanwältin wurde, nicht einmal Ella. Sie haben nichts gesagt, aber man merkt es, wenn mit einem Mal der Rückenwind für die Lebensplanung fehlt. Taktvoll wird das Thema gewechselt, wenn jemand auf eine erfolgreiche Anwältin zu sprechen kommt. Das Blöde ist: Unausgesprochenes kann man nicht ansprechen. Ich hätte ihnen gerne erklärt, dass sie ein falsches Bild von den Aufgaben einer Staatsanwältin haben. Dass Staatsanwälte objektiv beurteilen müssen und dass es eben nicht ihre Aufgabe ist, ein möglichst hartes Urteil für den Angeklagten zu erwirken. Sogar Wikipedia weiß das.[4] Gerne hätte ich ihnen diesen Link geschickt. Aber sie hätten bloß *Aber natürlich, Rosalie. Es ist großartig, dass du Staatsanwältin geworden bist* gesagt, und gedacht hätten sie: Erst keine Journalistin, dann keine Anwältin, die Arme.

Ich verstehe schon, wie dieser Eindruck entstanden ist. Meine Gründe waren merkwürdig: Ich bin keine Journalistin geworden, weil das Pentagon keinen AIDS-Virus gezüchtet hat. Warum ich keine Anwältin geworden bin, ist ein bisschen schwieriger zu beantworten. Angefangen hat es mit ein paar kleinen, braunen Käfern mit langen Antennen.

»Das Insekt ist braun, gut einen Zentimeter groß, hat lange Fühler und kann fliegen. Besonders lichtscheu kommt es mir eigentlich nicht vor.«

»Tja, da kann ich leider hier so am Telefon nichts zu sagen. Könnte eine junge Amerikanische sein, aber auch irgendetwas anderes. Ich würde Ihnen vorschlagen: Fangen Sie eins, und schicken Sie es in einer Streichholz-

4 »Entgegen einer verbreiteten Meinung ist die Staatsanwaltschaft nicht gezwungen, unter allen Umständen eine Verurteilung des Angeklagten zu erstreben. Sie hat vielmehr auch zugunsten des Beschuldigten bzw. Angeklagten zu ermitteln. Sie ist keine Partei im Strafprozess und arbeitet weder mit dem Gericht zusammen noch gegen den Angeklagten oder seinen Verteidiger.« (Wikipedia, Stichwort: Staatsanwaltschaft Deutschland)

schachtel an uns. Bitte 6 Euro 50 dazu und einen frankierten Rückumschlag. Wir melden uns dann so bald wie möglich.«

»Brauchen Sie das Ding lebendig?«

Das amüsierte ihn.

»Hahaha, ihr habt immer Ideen! Lebendig!«

Er lachte noch immer, als ich auflegte. Sehr lustig. Das Problem war ein doppeltes: 1. graute es mir davor, eins von den Biestern anzufassen, und sei es auch nur mit der Zeitung. 2. musste ich die Sache ignorieren. Je mehr ich darüber nachdachte, je mehr ich googelte, je mehr Bilder ich ausdruckte und mit je mehr Kammerjägern und Parasitologen ich sprach, desto größer wurden sie. Wenn ich jetzt auch noch eins erschlug, in einer Streichholzschachtel beerdigte, in einem Briefumschlag verschickte, dann wären sie endgültig in den vorderen Regionen meines Bewusstseins angekommen.

Letztendlich war es eine Einstellungssache. Bevor Vater aufgetaucht war mit diesem wahnsinnigen Verdacht gegen meine wunderschöne neue Wohnung, hatten mich die Käfer kein bisschen gestört. Schließlich hatte ich eine gigantische Terrasse, die von so etwas wie Wald umstanden war, da durfte doch hin und wieder eine kleine Spinne oder ein Käfer hineinkrabbeln. Ich hatte mich genussvoll in der Wohnung ausgebreitet und mich gar nicht beruhigen können über die stilsicher ausgewählten Möbel, das Parkett, die Sprossenfenster, über die Kassettentüren mit ihren Art-déco-Türklinken. Ich hatte Lampions gekauft und Blumen und Kräuter für die Terrasse sowie Postkarten und alles lässig verteilt. Wo auch immer sie landete: Jede Dekoration wirkte wie bestellt. Aber jetzt scannte ich die weißen Wände ohne jede Freude, betrachtete jeden Fleck voller Misstrauen und die dunkelbraunen Antiquitäten als Sicherheitsrisiko. Heute Morgen hatte ich eine Müslipackung weggeschmissen, weil ich befürchtet hatte, sie hätten vielleicht Eier hineingelegt, und eben hatte ich eine angebrochene Packung Reis im Kühlschrank begraben.

Ich hatte gelesen, dass sie ihre Eier gerne in elektronische Geräte legen. Seitdem telefonierte ich in dem Wahn, eine von ihnen sei in den Hörer gekrabbelt, habe dort ein Eipaket abgelegt, während eines Telefonates würden die Kleinen schlüpfen und in meinen Gehörgang kriechen.

Ich musste zurück in das Paradies, aus dem Vater mich vertrieben hatte. Es gab schließlich keinen absurderen Ort für Ungeziefer als diesen. Ich hatte noch nie ein so gut gepflegtes Haus gesehen. An jedem Fenster war eine graue Gummiwurst befestigt, sodass sie leise schlossen und das Holz keinen Schaden nehmen konnte, wenn das Fenster etwa durch einen Windstoß zugeworfen wurde. Das alte Glas der Scheiben blitzte, der Garten war aufwendig angelegt und ohne jeden Makel. Und dennoch: Wie man lesen konnte, überleben sie überall und lieben alte Gemäuer wegen der vielen Winkel und Ecken. Und schließlich war direkt unter mir die Caféküche. Auch das Café war tadellos in Schuss. Ich hatte noch nie einen der Köche oder Küchenhilfen ohne Mütze gesehen, und die Schürzen der Kellnerinnen waren stets tiefenrein und perfekt gebügelt. Aber dennoch: Großküchen sind ihr Paradies, und auch mit der besten Hygiene ist ihnen nicht beizukommen.

Leider war es völlig unmöglich, den unglaublich netten Menschen, die mich so herzlich empfangen hatten, die mir so großzügig all diese Schönheit überließen, meinen Verdacht mitzuteilen. Zu behaupten, ein Haus, das allen, die mit ihm zu tun hatten, so sehr am Herzen lag, wäre von Kakerlaken bevölkert – das war schlicht eine Unverschämtheit. Und da ich mir alles andere als sicher war, konnte ich das Risiko einer solchen Beleidigung unmöglich eingehen.

Schließlich war es möglich, sogar wahrscheinlich, dass es sich um irgendwelche Waldkäfer handelte, die abends vom Licht hergelockt wurden. Waren es nur irgendwelche Käfer, dann gab es kein Problem. Hin und wieder mal einen zu erschlagen oder an der unerreichbar hohen Decke herumfliegen zu sehen, machte mir nicht das Geringste aus. Waren es aber Kakerlaken, dann waren diejenigen, die ich sah, nur die Außenposten. Dann stand jede, die ich sah, für 1000 andere, die ich nicht sah. Meine Wohnung, der sichtbare Teil, aber vor allem der unsichtbare Teil mit seinen Rohren, Leitungen, Nischen und Ritzen wäre dann der Lebensraum eines im Verborgenen agierenden Organismus. Tausende gingen ganz ungehindert ihren Geschäften nach – schlüpften, fraßen, wuchsen auf, fraßen, fickten, fraßen, legten Eipakete ab, fraßen, starben. All das taten sie mit Vorliebe nachts, wenn ich schlief oder wach in meinem weißen Bettzeug lag und die nachtgrauen Wände anstarrte, auf der Suche nach einer huschenden Bewegung.

In den nächsten Wochen versuchte ich mich zu beruhigen. Tapfer erschlug ich eine mit der F.A.S und sah sie mir so genau an, wie ich es ertragen konnte. Nichts zu sehen von einer verwaschenen rostgelben Binde am Hinterrand des Brustrückens, die »Wilfrieds Schädlingsforum« als charakteristisch für die Amerikanische Schabe angab. Aber wer weiß schon so genau, wo der Hinterrand des Brustrückens einer Kakerlake ist? Und war es nicht komisch, dass sie immer nur abends auftauchten und vorzugsweise im Badezimmer, das direkt über der Caféküche lag? Die einschlägigen Einträge bei Frag-Mutti.de waren voll von Leuten, die einfach nicht wahrhaben wollten, dass es Kakerlaken waren, die sich in ihren Wohnungen rumtrieben. »Kakerlaken sind es nicht!«, beteuerte eine Frau. »Sie rennen immer schnell weg, wenn wir das Licht anmachen, und gestern ist mein Mann auf eine getreten, sie war innen ganz weich.« Bei mir war der Fall nicht so eindeutig. Für Amerikanische Schaben waren sie ein bisschen zu klein, und ich hatte sie noch nie in der Nähe meiner Lebensmittel gesehen. Aber ich hatte ja auch die angebrochenen Lebensmittel weggeschmissen, und alle anderen verwahrte ich im Kühlschrank …

Es gelang mir also nicht, mich davon zu überzeugen, dass nur eine Kolonie von Mistkäfern bei mir Quartier bezogen hatte. Daher versuchte ich, meine Einstellung zur Kakerlake zu ändern. Warum eigentlich dieser extreme Ekel? Kakerlaken tun einem nichts, es sind stille, bescheidene und unauffällige Mitbewohner. Ich sah mir »Joes Appartement« an, las Kakerlaken-Gedichte von Bukowski. Außerdem begann ich erneut zu recherchieren, dieses Mal unter der Maßgabe der Faszination. Was ich erfuhr, machte mich demütig: Ihre Antennen, so heißen die Fühler einer Kakerlake, sind mit Tausenden von Sinneszellen ausgerüstet. Mit diesen Antennen, so las ich, nehmen sie nicht nur den Lufthauch einer sich nähernden Fliegenklatsche wahr, sie spüren schon den Lufthauch, den eine Hand verursacht, die nach einer Fliegenklatsche greift. Das bedeutet, dass diejenigen, die ich bisweilen sah, sich mir mit voller Absicht zeigten. Wahrscheinlich in dem sicheren Glauben, dass ihr Anblick mich so entsetzen würde, dass ich das Feld räumte. Obwohl – eigentlich konnte es ihnen schnurzpiepegal sein, ob ich da war oder nicht. Angst brauchten sie vor mir jedenfalls nicht zu haben: Kakerlaken können tagelang ohne Kopf leben, sie können ausgerissene Glieder nachwachsen lassen, und binnen drei Generationen sind sie immun gegen jedes Gift. Sie haben Eiszeiten, Hitzeperioden und den atomaren Fallout in Tschernobyl überlebt. Und ihr Geschlechtsteil könnte wirklich einen Grund für Penisneid liefern: Excicator heißt es und verströmt ein Aphrodisiakum, mit dessen Hilfe der Kakerlak jede Kakerlakin gewinnen kann. Ist die Dame überzeugt, kettet er sie mithilfe seines Geschlechtsorgans an sich – das Geschlechtsorgan eines Kakerlaken besteht aus Hunderten von Haken, Ösen und korkenzieherähnlichen Stacheln. Der darauf folgende Akt dauert bis zu zwei Stunden und führt in 90 % der Fälle zur Befruchtung. Auf diese Weise kann ein einziger Kakerlak innerhalb eines Jahres bis zu zehn Millionen Nachkommen zeugen.

Diese Informationen bewirken, dass ich im Traum hundertfach vergrößerte Antennen mit leistungsfähigen Sinneszellen sah und in meinem Kopf Tonspuren abliefen mit Texten wie »Die Kakerlake ist von allen Lebewesen auf unserem Erdball am besten zum Überleben ausgerüstet. In ein paar Jahren werden ganze Landstriche von Kakerlaken eingenommen und für Menschen unbewohnbar geworden sein.« Wenn ich aus dürrem Schlaf hochschreckte, fegten meine Hände in einer automatisierten Bewegung die Bettdecke ab. Schließlich konnte es sein, dass ein Kakerlakenpaar sich auf ihr niedergelassen hatte, um sein zweistündiges Liebesspiel zu spielen.

Ich begann, übers Wochenende entfernte Bekannte zu besuchen und wahllos in Kneipen Männer aufzureißen, um mit ihnen in brüchigen Hochbetten und in WGs ohne Klopapier zu schlafen. Irgendwann gab ich auf. Ich nahm meine Postkarten von den Sekretären, hängte die Lampions ab und sagte den Kräutern auf Wiedersehen. Mein neues Appartement lag in einer seelenlosen Anlage, es bestand aus einem Raum mit einer kleinen Küchenzeile, grauem Teppich, einem Bad aus Plastik und einer Feuerleiter statt Balkon.

Nach dem Umzug wurde auch meine Langzeit-Affäre zu Hans-Georg schwieriger. Er kam nur noch zum Vögeln zu mir. Vorbei waren das Zeitungslesen am Küchentisch und das E-Mail-Checken auf dem Sofa. Wie sollte er auch, es gab kein Sofa mehr. Kam mir unsere Affäre mit einem Mal so schäbig vor, weil in der neuen Umgebung stärker auffiel, wie ungleichgewichtig sie war – ich war 25 Jahre jünger, seine Mitarbeiterin, und mein Körper war straff –, oder weil ich bei dem langen, gleichförmigen Gerammel im grünlichen Licht der Straßenlaterne, die durch das Fenster des Appartements glotzte, an das Liebesspiel eines Kakerlaken denken musste?

Trotz alledem sah ich mich außerstande, die Sache zu beenden. Er förderte und forderte mich, er hatte mir eine Chance in seiner Kanzlei gegeben, um die mich meine Kommilitonen beneideten, und ich lernte unglaublich viel von ihm. Ich durfte es Ella gegenüber niemals sagen, aber ich fand, für all diesen Support war ein bisschen Kakerlaken-Gerammel kein allzu hoher Preis.

Natürlich ging die Geschichte trotzdem nicht gut aus. Sogar mir war klar gewesen, dass nur ein kleiner äußerer Anlass nötig wäre, um das fragile Gleichgewicht zu stören. Aber ich hatte immer an einen anderen Mann gedacht. Ich finde es heute noch erstaunlich, wie leicht er mich nach der Sache mit dem Wettsaufen fallen ließ. Klar, er war um seinen guten Ruf besorgt, und ich habe es ihm leicht gemacht, ich fühlte mich schuldig genug, um gerne die Rolle des Buhmanns zu übernehmen. Aber dennoch – erstaunlich, wie schnell ich von der Geliebten und hoffnungsvollen Nachwuchsanwältin mit dem »unheimlich sicheren Instinkt« zur ungeliebten Mitarbeiterin wurde, deren Ambitionen lästig sind.

Es war eine mutige Entscheidung gewesen, diese Verteidigung zu übernehmen. Es war ein Volkszorn-Fall, wie Hans-Georg sagte. Ein Fall, dessen Ausgang klar war. Ein Fall, bei dem es noch Gut und Böse zu geben schien. Bei dem »die Gesellschaft ihre Empörung auf einen Sündenbock projiziert, um sich nicht mit dem eigenen Versagen auseinandersetzen zu müssen. Und bei solchen Fällen« – mir lief eine Gänsehaut den Rücken herunter, als er das sagte –, »Fällen, bei denen sich alle einig sind, werde ich immer misstrauisch.« Solche Fälle, dozierte er, seien eine Herausforderung für unser Justizsystem, das verpflichtet sei zu differenzieren, das moralische Urteil aus der Entscheidung herauszuhalten und ausschließlich die strafrechtliche Relevanz zu prüfen.

Der Fall selbst ist schnell erzählt: Ein Wirt hatte ein Korn-Wetttrinken mit einem 18-jährigen Schüler veranstaltet, 43 Korn hatten sie getrunken, dann war der 18-Jährige mit 4,1 Promille Alkohol im Blut ins Koma gefallen und nicht mehr aufgewacht. Die Anklage lautete auf Körperverletzung mit Todesfolge. Hans-Georgs Verteidigungsstrategie stellte die Körperverletzung infrage. Schließlich ist bei Körperverletzung Fremdeinwirkung konstitutiv, und der Schüler hatte jedes einzelne der 43 Gläser freiwillig an den Mund geführt – laut Hans-Georg ein klassischer Fall von Selbstgefährdung. Diese Argumentation wurde durch die Tatsache gestützt, dass der Wirt dem 18-jährigen den Puls gefühlt und ihn in die stabile Seitenlage gebracht hatte, nachdem der am Tresen zusammengebrochen war, und einen Krankenwagen gerufen hatte.

Mit diesem Prozess wurde Neuland betreten. Noch nie hatte sich ein Wirt zu verantworten gehabt, weil ein Gast sich in seiner Kneipe zu Tode gesoffen hatte. Auch dieser Umstand gab Hans-Georg Stoff für seine Argumentation: Denn, so führte er aus, der Unterschied zwischen Axel K. und den Tausenden von Gastwirten, die jahrelang die Lebezirrhosen ihrer Gäste bedienen, ist allein die zeitliche Komponente. Die Gastwirte mit den fünf Alkoholikern am Tresen seien nach moralischen Gesichtspunkten sogar schärfer zu bewerten als Axel K., denn sie zögen einen ökonomischen Nutzen aus der Situation, während Axel K. sich den Korn für das Wetttrinken nicht hatte bezahlen lassen.

Hans-Georg entwickelte diese Strategie an dem Tag, an dem wir die Verteidigung übernommen hatten, auf und ab gehend in seinem Büro. Ich saß an seinem Schreibtisch und bewunderte ihn, feuerte ihn an und streute eine Ergänzung ein, wenn mir eine einfiel. Außerdem notierte ich Stichworte, damit keiner seiner kostbaren Gedanken verloren ging. Als er sich gegen 22 Uhr verabschiedete, mir einen Kuss auf die Stirn gab und sagte, dass er todmüde sei, blieb ich in der Kanzlei und versuchte, aus meinen Stichworten eine geschlossene Argumentation zu bilden, die ich mit passenden Paragrafen und Kommentaren versah. Ich war jedes Mal unglaublich stolz, wenn ich in den nächsten Wochen eine von meinen Formulierungen in einem seiner Interviews wiedererkannte.

Mit meiner Zusammenfassung hatte ich mich als Ko-Verteidigerin qualifiziert. Viele in der Kanzlei hielten das für ein Ergebnis meiner Ausdauer, mit der ich Hans-Georgs erotische Ausdauer ertrug. Aber ich sagte mir, dass er zu professionell war, um sich eine Ko-Verteidigerin auszuwählen, die keine Hilfe war. Und mit der

Zeit wuchs mein Selbstvertrauen, und ich gewann den Eindruck, ihm tatsächlich nützlich zu sein.

Meine Sternstunde hatte ich, als die zusätzliche Zeugin auftat. Da das Wetttrinken nach dem Ende einer privaten Party stattgefunden hatte, waren keine Gäste mehr im Lokal gewesen, nur ein Kellner, dessen Aussage bereits vorlag, und, wie ich herausfand, eine Kellnerin, die den ermittelnden Beamten entgangen war. Ich hatte es von einer plauderfreudigen alten Dame, die neben der Kneipe wohnte, erfahren: »Der Lärm stört mich nicht, ich schalte dann einfach mein Hörgerät aus. Aber dieses junge Mädchen läuft ja immer halb nackend über die Straße. Ich geh schon gar nicht mehr zu den Mülltonnen, wenn die da ist. Wenn die doch auch mal so ein hübsches Kostüm wie Sie tragen würde.« Die Adresse der Kellnerin herauszufinden war eine Kleinigkeit.

Ich verabredete mich mit ihr und hoffte, ich könnte Hans-Georg mit einer zusätzlichen Zeugin überraschen, die bestätigen würde, dass Axel K. sich nach dem Ende des Wetttrinkens um den Geschädigten gekümmert, ihm den Puls gefühlt, ihn in die stabile Seitenlange gebracht und den Krankenwagen gerufen hatte. Aber das Gespräch lief nicht so rund, wie ich gehofft hatte. Zwar hatte sie schnell zugegeben, dass sie am fraglichen Tag anwesend gewesen war und den Korn eingeschenkt hatte, aber an der entscheidenden Stelle wurde sie bockig, behauptete, sich nicht mehr zu erinnern, und antwortete einsilbig bzw. gar nicht. So geduldig wie möglich setzte ich ihr auseinander, wie wichtig diese Punkte waren, und schmeichelte ihr damit, dass an ihrer Aussage das ganze Verfahren hängen könnte. Irgendwann rückte sie damit raus, dass sie nach dem Wettsaufen Sex mit Axel K. gehabt hatte. »Liebe gemacht«, sage sie und dass sie kein Pokal oder so etwas gewesen sei, sondern schon länger auf den Wirt gestanden habe und dass er nach dem siegreichen Wettkampf in so guter Stimmung gewesen sei, dass er sie in der Küche »vernascht« habe. Den Krankenwagen habe Axel K. nach dem Koitus gerufen. Vorher habe er dem Geschädigten den Puls gefühlt und ihn in die stabile Seitenlage gebracht, so viel bestätigte sie immerhin.

Ich war angeekelt. Während der Junge ins Koma gefallen war, hatte Axel K. nicht die Kneipe aufgeräumt und ein Auge auf ihn gehabt, sondern diese nuttige 22-Jährige gevögelt. Irgendwo in den unteren Schichten meines Bewusstseins war auch Irritation über den Umstand entstanden, dass Axel K. nach 43 Korn noch einen hochbekommen hatte. Aber ich schob den Gedanken weg. Ich fürchtete, dass meine sexuelle Erfahrung nicht ausreichen könnte, um diese Frage zu beurteilen, oder dass die 22-Jährige meine Irritation zum Anlass nehmen könnte, mit ihren erotischen Fähigkeiten zu prahlen.

Nach diesem Gespräch ging ich mit gemischten Gefühlen zu meiner Verabredung mit Hans-Georg. Am liebsten hätte ich stolz meine neue Zeugin präsentiert, aber Axel K. war mir durch diesen schäbigen Kneipenfick schrecklich unsympathisch geworden, und ich hatte immer noch den Mundgeruch der 22-Jährigen in der Nase, eine Mischung aus süßem Kaugummi, Kaffee und Erbrochenem. Hans-Georg hingegen war begeistert. Er nahm sich viel Zeit, mir zu erklären, dass er solche Momente der Irritation kenne, dass es aber unsere Aufgabe sei, das Verhalten unserer Mandanten nicht moralisch, sondern in seiner strafrechtlichen Relevanz zu beurteilen. »Egal was er in der Zwischenzeit getan hat, er hat sich verantwortungsvoll um den Geschädigten gekümmert, und unser Gesetz verbietet es nicht, nach einem Wettsaufen Sex zu haben.« Er sagte es ohne den kleinsten zotigen Zungenschlag. In diesem Moment habe ich ihn, glaube ich, tatsächlich geliebt. Und ich habe unseren Beruf geliebt, in dem man so nüchtern urteilt und niemals aufgrund von Vorurteilen oder nach dem Augenschein. Nach der Funktionsfähigkeit männlicher Geschlechtsorgane bei über drei Promille Blutalkohol habe ich auch Hans-Georg nicht gefragt. Gemeinsam entschieden wir, dem Gericht die Kellnerin als zusätzliche Entlastungszeugin zu präsentieren, und Hans-Georg lobte mich ausgiebig für meine Gründlichkeit.

Der Stolz über dieses Lob war es wohl, der mir in dem Telefonat mit Vater die Sicherheit verlieh. Er hatte ein Interview mit Hans-Georg gesehen und rief an, um mich zu warnen. Ob wir uns der Fakten ganz sicher seien? Bei einem so heiklen Fall dürfte uns nicht der geringste Fehler unterlaufen. In solchen Kreisen werde ja zusammengehalten wie Pech und Schwefel, und wie schnell sei ein Zeuge beeinflusst. Ich erwiderte herablassend, er könne ganz ohne Sorge sein, Hans-Georg sei für seine Gründlichkeit bekannt, und auch ich habe jedes Detail geprüft.

Dann kam das Verfahren. Hans-Georg hatte Axel K. davon überzeugt, eine Erklärung abzugeben, in der er versicherte, er würde das Wetttrinken und den tragischen Ausgang zutiefst bereuen und sich für den Tod des Geschädigten verantwortlich fühlen. Ob er sich strafrechtlich schuldig gemacht habe, müsse nun das Gericht entscheiden. Ich habe diese Erklärung bei der Hauptverhandlung vorgelesen und kam mir ziemlich dämlich dabei vor, diese Plattitüde von der Aufgabe des Gerichts in Hans-Georgs geschliffener Rhetorik vorzulesen. Aber zumindest bei den Zuschauern machte diese ehrlich wirkende Reue Eindruck. Die Atmosphäre änderte sich spürbar.

Axel K. verhielt sich dem Gericht gegenüber zurückhaltend und respektvoll. Er sprach nur, wenn er dazu aufgefordert wurde, und bestätigte den Tathergang so, wie er in der Anklage stand. So weit lief alles nach Plan. Dann wurden die Zeugen verhört, und alles lief aus dem Ruder. Die Kellnerin fing sofort an zu heulen, als Hans-Georg ihr die erste Frage stellte. Es ist normal, dass die Zeugen vor Gericht aufgeregt sind, das wusste sogar ich, und ich dachte gerade, dass sie wirklich außergewöhnlich nervös ist, als sie hysterisch schluchzend schrie, sie habe das nicht gewollt und sie habe auch dem Geschädigten einmal Wasser eingeschenkt. Der Moment nach dieser Erklärung war sehr still, sehr lang und gab mit genügend Zeit, mit vollkommener Klarheit zu sehen, was passiert war und was passieren würde: Axel K. hatte unfair gespielt. Er hatte sich von der Kellnerin Wasser servieren lassen. Er würde verurteilt werden. Hans-Georg würde sich blamieren und mir würde er das nie verzeihen.

Nach diesem Moment brach das Chaos los, Axel K. verlor die Fassung, beschimpfte die Zeugin, der Richter verwarnte, Hans-Georg schwitzte einen Tropfen auf seine Notizen, der Staatsanwalt beantragte, das Verfahren zu unterbrechen, der Richter unterbrach, und ich machte mir in die Hose. Zum Glück nur ein bisschen und die Robe verdeckte es, wie ich später im Toilettenspiegel sah, aber die nasse Unterhose war schuld daran, dass ich in der folgenden Stunde nichts Konstruktives tun oder sagen konnte.

Hans-Georgs Strategie fiel zusammen wie ein Hochhaus nach einem Flugzeugattentat. Dieser neue Umstand änderte alles. Die Körperverletzung war nicht mehr wegzudiskutieren: Durch seine Täuschung hatte Axel K. das Risiko für sich minimiert und für seinen Kontrahenten gesteigert, sodass wir nicht länger eine eigenverantwortliche Selbstbeschädigung behaupten konnten. Da der Geschädigte von einem fairen Kampf ausgegangen war, hatte er zudem das Risiko nicht anhand des Zustandes seines Gegenübers bewerten können. All das legte der Staatsanwalt knapp und sachlich dar und forderte nach § 227 StGB eine vierjährige Haftstrafe. Rhetorische Finessen über die begrenzte Schuld eines Einzelnen, der zum Sündenbock für das Verfehlen einer ganzen Gesellschaft gemacht wurde, traute sich jetzt sogar Hans-Georg nicht mehr zu. Das Gericht folgte der Argumentation des Staatsanwaltes in allen Punkten und machte sich nicht einmal die Mühe, auch nur auf eines von Hans-Georgs hektisch zusammengestrickten Argumenten einzugehen.

Axel K. wurde wegen Körperverletzung mit Todesfolge zu dreieinhalb Jahren verurteilt und ich wegen einer mangelhaften Zeugenbefragung zu einer sechsmonatigen Selbstanklage, die als Strafverschärfung in Einzelhaft stattfinden musste. Niemand aus der Kanzlei war bereit, sich meine Schuldeingeständnisse und Selbstkasteiungen anzuhören, niemand wollte mit mir rekonstruieren, wie der Fehler entstanden war. Hans-Georg war sichtlich niedergeschlagen und ließ keinen Zweifel daran, dass das meine Schuld war.

Vater rief an und war sehr besorgt um meine berufliche Zukunft. Er bot seine Hilfe an, die ich bitter lachend ablehnte. Lily rief an und sagte, dass Vater sich »große Sorgen« um meine berufliche Zukunft machte. Er habe schon bei der Bank nachgefragt, ob er eine Hypothek auf das Haus aufnehmen könne, um mich notfalls zu unterstützen.

Danach bat ich Hans-Georg, mit mir essen zu gehen und über meine berufliche Zukunft zu sprechen. Ich hatte mir dafür extra einen kurzen Rock angezogen. Er hatte abwesend gefragt, worum es gehe. Als ich etwas von »die ganze Sache noch mal besprechen« stotterte, sagte er bedauernd, er habe schrecklich viel zu tun, ich könne es mir gar nicht vorstellen. Er habe leider keine Zeit für ein Essen. Auch nicht mittags.

Noch zwei Wochen ging ich in die Kanzlei, ertrug das Schweigen der Kollegen und die mitleidigen Blicke der Sekretärinnen – dann zählte ich alle Überstunden zusammen, addierte meinen Resturlaub, wobei ich auf die Summe von sechs Wochen kam, und kündigte. Ich hätte gerne noch offiziell mit Hans-Georg Schluss gemacht, aber da ich nicht um einen Termin betteln und auch nicht auf dem Flur der Kanzlei vor halb offenen Türen und braunen Barcelona-Chairs »Es ist aus« schreien wollte, blieb mir nichts anderes übrig, als ohne Schlussstrich zu verschwinden.

Inzwischen habe ich mit Verteidigern fast so etwas wie Mitleid. Der Verteidiger ist schon optisch herabgewürdigt: Er ist der Einzige, dessen Robe mit Seide abgesetzt ist, wir anderen tragen Roben mit Besatz aus Samt. Gerade wenn die Angeklagten geständig sind, ist ihre Rolle nahezu beschämend: Sie sind die Einzigen, die nicht nüchtern entscheiden und argumentieren dürfen. Ein Verteidiger ist per Definition parteiisch. Er muss verteidigen, komme was wolle. Der Verteidiger muss die schönen, klaren Gesetze aufweichen, muss Emotionen beschwören und Emphase versprühen. Und er muss beeindrucken, mindestens seinen Mandanten und im schlimmsten Fall, wenn er auf Pflichtverteidigungen angewiesen ist, sogar den Richter.

All das muss ich nicht. Ich muss nicht lavieren, ich muss niemanden beeindrucken, ich bin unparteiisch. Eine Staatsanwältin ist niemandem verpflichtet außer dem Gesetz.

Tag 10

Als ich Ella von den neuesten Entwicklungen mit den Glühbirnen erzähle, fällt sie mir in den Rücken. Sie glaubt nicht, dass hinter der sinnlosen Glühbirnen-Verordnung der EU irgendetwas anderes als die übliche Unfähigkeit steckt. Sie wirft mir vor, ich würde meine ureigensten Prinzipien verraten und mich mit einfachen Erklärungen, ja mit Ideologien anfreunden, aus Überforderung gegenüber der Unberechenbarkeit der Welt im Allgemeinen und meines Vaters im Besonderen. Vor allem aber glaubt sie nicht an Tobias Ochsenmeyer.

»Hast du dich mal gefragt, warum er das alles tut?« Ellas Stimme ist sogar in meiner Wohnung so laut, dass die Katze empört meinen Schoß verlässt. »Niemand setzt sich aus purer Menschenfreundlichkeit tagelang vor einen Stapel langweiliger Papiere! Er nutzt deine Schwäche aus, um sich an dich ranzumachen, mein Gott!«

Natürlich liegt Ella meilenweit daneben. In ihrem Emanzenwahn merkt sie nicht, dass mal wieder ich die Profiteurin dieser Beziehung bin. Tobias hat 400 Seiten Ermittlungen meines Vaters gelesen, Tobias hatte gewusst, dass es den Birnenwald geben muss. Und das Kostbarste: Tobias teilte meine Sorge und hielt sie gleichzeitig in Schach. Nach der Entdeckung des Birnenwaldes hatte er mich gelobt. Ich würde denken wie Vater, hatte er gesagt, und in dem Moment war ich ganz sicher gewesen, dass Vater irgendwo sitzt und über dieselben Fragen grübelt wie ich. Und selbst wenn Tobias sich tausendmal an mich heranmachen will, für diese Gewissheit ist seine Nähe kein zu hoher Preis.

Ich glaube, ich bin ein bisschen grob geworden. Ich habe knallhart gekontert, dass selbstlose Männer einfach nicht in Ellas Weltbild passen, mir fortan jedwede Einmischung in meine Vater-Suche verbeten, Tobias gegen Unterstellungen verteidigt, seinen Altruismus gelobt, seine Souveränität im Umgang mit Lily.

Tag 11

Ich gehe zur Inspiration in Vaters Birnenwald spazieren. Ich betrachte die Lichtfarbe einer 3 Rohr Standard 24 Watt E27 Isotronic 10114 (trotz behaupteter Farbtemperatur von 2700 Kelvin recht bläulich, mein Östrogenspiegel steigt).

Okay, was haben wir: Ohne logischen Grund und trotz stichhaltiger Gegenargumente verbietet die EU die Produktion von Glühbirnen. Warum tut sie das? Und an was ermittelt Vater gerade? Ich versuche, durch Einschalten mehrerer Flair R7s 24W (kaltweiß, 4000 Kelvin, in den Augen schmerzend) einen Geistesblitz herbeizuführen, dann mir mithilfe einer Wetelux 60W/230V/E27 ein Lichtlein aufgehen zu lassen. Vergeblich. Ich verlasse den Birnenwald und streife ziellos durch das leere Haus. In Mutters ehemaligem Bügelzimmer riecht es noch immer nach heißer Baumwolle. Eigensinnig konserviert das Zimmer den Geruch, als hätte es nie akzeptiert, dass hier seit Jahrzehnten nicht mehr gebügelt wird. Mein Zimmer hingegen hat sich verändert. Abgesehen von dem ausgeblichenen grünen Fleck im Teppich, wo mir damals die Stofffarbe umgekippt war, mit der ich ein Grönemeyer-T-Shirt gebastelt habe, erinnert nicht mehr viel an mich. Der Schaukelstuhl ist hinter dem gigantischen Tresor verschwunden, die Schallplatten und wenigen bunten Suhrkamp-Taschenbücher sind genauso abgewandert wie die Pferde- und Karl-May-Bücher. Aktenordner haben ihren Platz in den Kiefernregalen eingenommen. *Rosalie/1989* fehlt, aber *Ausschreibung Estricharbeiten/Musikhochschule I, Ausschreibung Estricharbeiten/Musikhochschule II, Illegaler Holzschlag I, Postenschiebung Jury Jugendbuchpreis I, Postenschiebung Jury Jugendbuchpreis II, Phöbus I, Phöbus II, Phöbus III, Phöbus IV, Phöbus V, Phöbus VI* sind da.

Ich setze mich auf den Teppich und lehne mich an das durchgesessene Sofa. In diesen Ordnern befinden sich die Märchen und Geschichten meiner Kindheit. Sie sind Zeugen einer Vergangenheit, in der Märchen wahr waren und Fantastisches glaubhaft. Als es noch Böse gab und Gut. Eine schöne Zeit. Ich setze mich bequemer hin, schlage die brüchigen Seiten von Phöbus VI auf und muss erfahren, dass die Wahrheit, die der kleinen Rosalie erzählt wurde, eine Kindergeschichte war. Eine Schnittfassung, eine zensierte Version der Wirklichkeit, bereinigt um die gruseligen Details. Dass damals alles darangesetzt wurde, die kleine Rosalie in dem Glauben zu lassen, dass das Gute am Ende triumphiert.

Phöbus VI erzählt von einer anderen Wirklichkeit, einer Wirklichkeit, in der die Guten gegen übermächtige Gegner antreten müssen und gegen ihre raffinierten und skrupellosen Machenschaften kaum eine Chance haben: Betroffen lese ich, wie Phöbus in den 1930er-Jahren kleine Leuchtmittelfirmen mit absurden Patentprozessen überzog, die unmöglich zu gewinnen waren, aber problemlos aus der Portokasse der Kartellmitglieder bezahlt werden konnten, wie eine unabhängige Leuchtmittelfirma nach der anderen unter der Zermürbungstaktik des Kartells zerbricht. Aber dann kommt der »Fall Binninger«, der Vater offenbar besonders fasziniert hat. Wir sind Mitte der 70er-Jahre, als ein tapferer, einsamer Streiter den Kampf gegen Phöbus aufnimmt. Dieter Binninger entwickelt eine Glühbirne, die nicht 1000, sondern 150000 Stunden leuchtet. Sofort hagelt es Einsprüche gegen seine Patentanmeldung, aber Dieter Binninger setzt sich durch. Als Osram von seinem Verfahren zur Verlängerung der Glühbirnenlebensdauer nichts wissen will – schließlich will man weiterhin Jahr für Jahr 400 Millionen Glühbirnen alleine in Deutschland verkaufen –, entschließt er sich, seine Ewigkeitsglühbirne selbst zu bauen. Aber neue Schwierigkeiten stellen sich ihm in den Weg: Niemand will Binninger Wolfram und Getterpaste verkaufen, auch die Zulieferer sind längst von Phöbus unterwandert. Doch Binninger gelingt es, durch die Maschen des Netzes zu schlüpfen, das das Phöbus-Kartell gespannt hat, und die nötigen Maschinen und Materialien aufzutreiben. Ich muss an David und Goliath denken. Fortan scheinen die Zeiten leichter zu werden für Dieter Binninger: Es spricht sich herum, wie gut seine Glühbirnen sind, 1986 darf er erstmalig den Quaderborner Flughafen mit Glühbirnen für Signallampen beliefern, und auch das BEWAG-Lichtlabor benutzt Binninger-Birnen. Aber wie ich es bereits geahnt hatte, ist das nur dic Ruhe vor dem Sturm. Phöbus schlägt mit voller Härte zurück: Eines Morgens liegt eine 25-Millionen-Mark-Klage auf Dieter Binningers Schreibtisch. Osram klagt gegen Binnigers Warenzeichen »Vilux«, behauptet Verwechslungsgefahr mit der Osram-Tochter »Bilux«. Klugerweise lässt sich Binninger auf diesen Kampf nicht ein, opfert zähneknirschend die eingeführte Marke Vilux und ändert Briefköpfe, Visitenkarten und Werbemittel. Aber dann meint es das Schicksal gut mit Dieter Binninger: Die Weltgeschichte ist auf seiner Seite. Die Berliner Mauer fällt und die DDR-Leuchtmittelfirma NARVA ist vakant. Maschinen, Materialien und gut ausgebildetes Fachpersonal, das sich nach einer Zukunft sehnt, sind in greifbarer Nähe ... Ich spüre den nahen Triumph von Dieter Binninger und freue mich darauf, Phöbus IV zuschlagen zu dürfen und zu wissen, dass man auch gegen mächtige Gegner eine Chance haben kann. Es sind nur noch wenige Seiten.

Am 1. März 1991 reicht Binninger bei der Treuhand ein Übernahmeangebot für die Ostberliner Leuchtmittelfirma Narva ein.

Vier Tage später, am 5. März 1991, ist er tot – verunglückt bei einem Flugzeugabsturz.

In den neuen Bundesländern werden heute keine Glühbirnen mehr hergestellt.

Die Glühbirnen der westlichen Welt haben nach wie vor eine Lebensdauer von 1000 Stunden.

Ich sitze noch eine Weile an das Sofa gelehnt und streiche über den Deckel von *Phöbus VI.* Dann stehe ich auf, der Himmel hat sich zugezogen, es ist dunkel geworden. *Phöbus VI* ist leicht, aber *Phöbus I* bis *V* sind schwer. Man sollte zweimal gehen. Es ist schwer, die Aktenordner mit dem Kinn festzuhalten, blind die Treppe runterzutasten. Die Türklinke mit einer Ecke des Aktenordnerturms herunterzudrücken, die Tür mit dem Fuß auf- und wieder zuzuschieben. Mit einer Aktenordner-Ecke auf die Ochsenmeyer-Klingel zu drücken und den Turm auf einer Zierkante der Tür abzulegen. Schwer, das

Aufschwingen der Tür mitzugehen. Schwer, die schwankenden Aktenordner nicht auf Tobias fallen zu lassen, einfacher auf den Boden und auf den Zeh in der Sandale. Schwer, das Gleichgewicht zu halten. Einfacher aufzugeben, zu fallen, den Aktenordnern hinterher, heftig mit der Stirn auf eine Aktenordnerkante zu schlagen, zuckende weiße Blitze vor den Augen. Aufzustehen, einen Aktenordner zu treten. Den Schmerz in den Zeh schießen zu spüren, spitz und schnell. Den Zeh zu umklammern, mit dem Zeh in der Hand auf die Schwelle zu sinken, Blut unter dem Zehennagel hervorquellen zu lassen, Schweiß aus den Poren zu pressen und zu heulen.

Ich hätte nicht gedacht, dass man mit einem Rollstuhl über Aktenordner fahren kann. Tobias kann. Er fährt sehr dicht an mich heran, legt mir den Arm um die Schulter und zieht mich an sich. Ich lasse meinen Fuß los und meinen Kopf an Tobias' Seite sinken. Meine Brust stößt an seine nutzlosen Oberschenkel und mein Bauch an das Rad seines Rollstuhls. Ich weine und blute weiter. Ich schließe auch Tobias in mein Weinen ein und weine, weil sich seine Brust so gut anfühlt und seine Oberschenkel so tot. Irgendwann nimmt er meinen rechten Arm und legt ihn um seinen Oberkörper. Er hält mich sehr fest und zieht mich immer dichter an sich heran. Ich verliere den Bodenkontakt, hänge zwischen Aktenordnern und Rollstuhl, komme näher, enger, bis kein bisschen Luft mehr zwischen uns ist. Nur zwischen unseren Lippen. Und zwischen unseren Zungen. Meine Brustwarzen stoßen an seine Brust, und er zieht mir das Shirt über den Kopf. Seine Hände sind hart und schwielig. Ein Leben lang haben sich meine Brüste nach solchen Händen gesehnt und sind immer sehr enttäuscht gewesen, wenn sie von gepflegten Akademikerhänden berührt worden waren.

Ella kann es nicht gut ertragen, wenn wir zerstritten sind. Es ist 23:24 Uhr, als sie anruft, ich war mit dem Versuch beschäftigt, gleichzeitig den Zeh hochzulegen und die Katze zu versöhnen. So spät ruft eigentlich nur Ella an, also hinke ich Richtung Klingeln, aber zu langsam. Der Anrufbeantworter springt an und Ella beginnt, sich ausführlich bei ihm zu entschuldigen und ihm mitzuteilen, dass sie verstanden hätte, dass ich momentan Unterstützung und keinen Druck bräuchte und dass sie ein Moleskine-Heft gekauft habe, in das sie alle Kommentare über mich, meine Psyche, meine Männergeschichten und meinen Vater hineinschreiben und es mir erst geben würde, wenn mein Vater wieder aufgetaucht sei. In diesem Moment finde ich das Telefon unter einem Spiegel von vorletzter Woche und gehe dran. Es ist mir egal, dass Ella glauben muss, ich hätte die ganze Zeit vor dem AB gestanden und mir angehört, wie sie zu Kreuze kroch.

Um ihr Moleskine-Vorhaben auf die Probe zu stellen, erzähle ich ihr von Tobias. Sie hält erstaunlich lange durch:

»Okay«, sagt sie schließlich. »Wenn es dir guttut.«

»Ich glaub schon.«

»Wie ist es denn so mit einem im Rollstuhl?«

»Na ja, eigentlich ganz normal.«

»Ich meine, die Beine sind ja auch eigentlich nicht so wichtig. Gut, die Stellungen sind ein bisschen eingeschränkt, aber so oft macht ihr es ja vielleicht auch nicht, dass das entscheidend wäre …«

»Es war ein guter Fick.« Ella hat eine schreckliche Schwäche bei versauten Wörtern. Hin und wieder versucht sie es und klingt dann jedes Mal wie eine Klosterschülerin, die zum ersten Mal »Schwanz« sagt. Es macht großen Spaß, ihr anzudrohen, diese schlechten Versuche aufzuzeichnen und mit dem Vermerk »Feministin kann nicht ›Ich will ficken‹ sagen« an Radioredaktionen zu schicken. Mir kam der »Fick« vielleicht auch deswegen so leicht über die Lippen, weil es das passende Wort für das war, was Tobias und ich gemacht hatten. Durch die Rollstuhlsituation hatte es kein unmotiviertes Hin- und Herwälzen, kein Streicheln an kitzeligen Hautpartien und kein stundenlanges Gelecke an Brustwarzen oder Schamlippen gegeben. Alle Körperteile waren an den Orten, an die sie gehörten: Lippen an Lippen, Hände an Brüsten, Penis in Vagina. Vielleicht reduziert sich das Risiko mit den Spielräumen, vielleicht ist Tobias gut im Bett. Jedenfalls hatte ich keine Sekunde eine andere Berührung, eine andere Intensität oder einen anderen Rhythmus gewünscht. Und er hatte verdammt gut gerochen.

»Dann ist Übung offenbar doch nicht so wichtig. Oder er ist ein Naturtalent«, sagt Ella.

»Woher willst du wissen, dass er keine Übung hat? Letztens erst hat ihn eine sehr hübsche blonde Ponyfrisur abgeholt.« Ach ja, was ist eigentlich mit der? Nicht, dass es mich stören würde, wenn er die Ponyfrisur trifft.

»Hattest du keine Angst, dass er vielleicht auch da gelähmt ist?«

»Du meinst, dass sein *Schwanz* gelähmt sein könnte?«

»Ja, genau. Sein – Schwanz. Hätte ja sein können. Stell dir mal vor, wie peinlich das gewesen wäre. Du versuchst, ihn zu verführen, und er muss dir gestehen, dass das vergebene Liebesmühe ist.«

Darüber hatte ich keine Sekunde nachgedacht. Warum eigentlich nicht? Es hätte ja in der Tat sein können.

»Ich dachte, er wird schon wissen, was er tut.«

»Soll das heißen, die Initiative ist von ihm ausgegangen?«

»Ja, schon eher von ihm. Wie das eben so ist.« Ich erzähle Ella von dem Zeh, meinen Weinanfall verharmlose ich ein wenig.

»Du hast mit ihm geschlafen, obwohl dein Zeh angebrochen ist?«

»Ich glaube, dass er angebrochen ist. Vielleicht ist er auch nur geprellt. Er ist dick und wird langsam blau und tut ziemlich weh. Allerdings tut er nicht sehr weh, und auf wer-weiss-was.de sagen sie, ein gebrochener großer Zeh tut sehr weh. Auf gutefrage.net sagen sie, es können Knochensplitter in die Blutbahn geraten, wenn er gebrochen ist …«

Ella unterbricht mich: »Findest du es nicht komisch, dass du mit einem Behinderten, nein, vergiss den Behinderten, dass du mit einem Mann schläfst, ohne das geplant zu haben, und zwar obwohl du dir grade einen Zeh angebrochen hast?«

»Nö, ist einfach so passiert. Kennst du doch.«

»Es kam dir unhöflich vor, ihm einen Korb zu geben, stimmt's?«

»Ich kam mir nicht unhöflich vor, ich hatte einfach Lust, mit ihm zu schlafen.«

Ella fegt mit einer derartigen Wucht über diesen Einwand hinweg, dass ich mich kurz frage, ob ich ihn überhaupt ausgesprochen habe. *Schuldkomplex, Manipulation, ausgenutzte Notlage, Projektion* und sogar *Mitleidsfick* sind die Schlüsselworte. Ich werfe in regelmäßigen Abständen und kontinuierlich lauter werdend *Moleskine* in diesen reißenden Fluss aus Worten, aber Ella stoppt erst, als ich den Anrufbeantworter einschalte und ihr ihren Moleskine-Schwur vorspiele. Ich bin sicher, sie hätte bedenkenlos alle Moleskine-Hefte der Welt auf dem Scheiterhaufen verbrannt, wenn sie im Gegenzug diesen Schwur hätte zurücknehmen können. Inklusive der Tagebücher von Hitler. Der richtigen.

»Ich bin kaputt wie ein Jagdhund«, sage ich nach dem Gespräch mit Ella zu der Katze, obwohl die keine Hunde-Redewendungen mag, und lege mich ins Bett, ohne die Zähne zu putzen.

Tag 12, morgens

Blöderweise haben die Reden von Ella die Angewohnheit, nachhaltig zu wirken. Obwohl die Katze neben meinem Kissen in einem Sonnenstreifen liegt und schnurrt, wache ich am nächsten Morgen mit einem miesen Gefühl auf. Es ist ein enger Verwandter des miesen Gefühls, das ich zwischen 14 und 22 oft gehabt habe, wenn ich nach Partys mit einem Schädel und dem dringenden Eindruck aufgewacht bin, ich sei am Vortag zu betrunken, zu laut, zu auffällig, zu siegessicher, zu selbstdarstellerisch und überhaupt zu gewesen. Als ich die Augen öffne, legt mir die Katze mit einer gezierten Bewegung die Pfote aufs Auge. Ich mag diese Mutter-Kind-Spiele der Katze nicht, und sie weiß es. Genauso sicher aber weiß sie, dass ich sie nicht wieder verärgern würde. Ich tue also so, als würde ich noch mal einschlafen, und versuche unter den Wimpern hindurch nach dem Wecker zu schielen. Die Katze hasst den Wecker. Wenn er klingelte, wird sie ihr Spiel beenden, und ich kann nicht verantwortlich gemacht werden. Leider kann ich nichts erkennen, die LCD-Anzeige ist nur ein verschwommener Balken. Es wird unangenehm im Bett: Mein Zeh pocht, ich liege auf mindestens fünf Birkensämlingen, und das fiese Gefühl wird immer größer (fiese Gefühle können sich im Liegen besser ausbreiten). Das Gefühl, zu irgendwas (zu bedürftig? zu verführbar?) gewesen zu sein, wird so groß, dass ich beschließe, Tobias gleich heute zu sagen, dass der Sex eine einmalige Sache bleiben muss. Wenn Ella recht behielte, wäre es dann mit seiner Hilfsbereitschaft vorbei. Das Panikgefühl, das sich bei der Vorstellung einstellt, dass ich mich alleine um Phöbus und meinen verschwundenen Vater kümmern muss, versuche ich mit dem Gedanken zu besänftigen, dass es Spaß machen würde, Vater zu erzählen, dass sein guter Freund Tobias Ochsenmeyer die Suche nach ihm sofort eingestellt hat, als seine Tochter sich weigerte, mit ihm zu schlafen. Was totaler Schwachsinn ist, denn auf gar keinen Fall kann ich mit meinem Vater darüber sprechen, dass irgendjemand mit irgendjemandem schläft. Zum Glück nimmt die Katze jetzt endlich ihre Pfote von meinem Lid, und ich darf aufstehen.

Als ich bei Tobias vorfahre, steht der rote Golf der Ponyfrisur vor der Tür. Am liebsten hätte ich sofort umgedreht, aber ich bin mit ihm verabredet und außerdem kann ich bei unserem nächsten Treffen ja schlecht erzählen, dass ich das Auto von seinem Date erkannt habe und nicht stören wollte. Also klingele ich. Die Ponyfrisur öffnet. Sie hat offenbar kein Problem damit, Tobias Gänge im Haus abzunehmen. Entweder unsensibel oder sehr vertraut mit ihm.

»Hallo, ich bin Sandy. Du musst Rosalie sein, komm doch herein.« Professionell, nicht die leiseste Distanz liegt in ihrer Stimme. Ihre Figur ist gut, dünn, aber nicht mager, mit kleinen spitzen Brüsten, die sie ohne BH trägt, auch ihr Hintern hat keinen Arsch-BH nötig. Ihr Gesicht wäre in den 80ern modern gewesen: kleine, klar modellierte Nase, Sommersprossen, feine Haut, grüne Augen und kurze dichte Wimpern. Es ärgert mich, dass ich mich ärgere, weil meine schlecht gebügelten Shorts neben ihrer mittelblauen, sehr weiten Jeans wie ein hässliches junges Entlein neben einem Schwan aussehen und ich Trekkingsandalen trage.

»Wir sind grade beim Frühstück, trink doch einen Kaffee mit, wenn du einen Moment Zeit hast.« Einen Moment Zeit?

Sie führt mich in die Küche und geht zur Espressomaschine.

»Milchkaffee?«, fragt sie, und ich brauche einen Moment für die Antwort: Tobias hat das Material weggeräumt. Er sitzt an seinem Platz am Küchentisch, eine Zeitung vor sich. Als er mich sieht, rollt er einen Meter auf mich zu und gibt mir die Hand.

»Hallo, Rosalie«, sagt er, und einzig das etwas länger als nötig gedehnte a in »Hallo« kann man mit viel gutem Willen als einen Hinweis darauf interpretieren, dass es etwas Besonderes für ihn ist, mich wiederzusehen. Er zieht mich zu sich herab und küsst mich links und rechts auf die Wange, was mir seltsam vorkommt. Wir haben kein Begrüßungsritual, und dieses kommt mir unter allen möglichen am unpassendsten vor.

»Hallo. Ich will nicht stören.«

»Kein Problem«, sagt Tobias und zuckt nicht einmal, als Sandy den Siebträger grob in die Espressomaschine rammt.

»Sandy hat mich mit Frühstück überrascht und will mich zu einem Ausflug an den See überreden.« *Überrascht,* klar. Und du hast noch Zeit gefunden, die Papiere und Aktenordner mit deinem Rollstuhl in dein Arbeitszimmer zu transportieren.

»Das klingt nach einem guten Plan.«

»Hast du Lust, mitzukommen?« Ach du Scheiße. Der meint's aber ernst mit der Unauffälligkeit.

»Nein!« Das war ein bisschen heftig ausgefallen. »Ich

kann nicht. Mein Fuß«, ich zeige auf meinen bandagierten Zeh.

»Oh ja, wie geht's dem Zeh? Warst du beim Arzt? Ist er gebrochen?« Tobias klingt besorgt.

»Nein, nein, der ist sicher nur geprellt. Tut auch fast nicht mehr weh. Aber seetauglich ist er noch nicht.«

»Meine Cousine hatte sich mal den Zeh gebrochen.« Sandy stellt eine Tasse mit schlecht geschäumtem Milchkaffee auf den Tisch. »Das hat ewig gedauert, bis der verheilt war, und wenn sie laufen geht, tut es immer noch weh. Nach zwei Jahren.«

»Sehr ermutigend«, sage ich und puste in den Kaffee.

»Du hast doch gesagt, er ist nur geprellt?«, sagt Sandy.

In diesem Moment springt eine wunderschöne goldgetigerte Katze auf den Tisch. Von wo auch immer sie gekommen ist, sie ist mir hoch willkommen. Tobias hebt sie vom Tisch und setzt sie auf seinen Schoß. Mit einem seiner eleganten Finger streichelt er die Katze an der Wange, sie schnurrt und windet sich schamlos.

»Ich wusste gar nicht, dass du eine Katze hast.« Wo hat er die in den letzten Tagen versteckt?

»Sie ist ein bisschen scheu und verschwindet normalerweise, wenn Fremde im Haus sind. Sandy hatte anfangs auch ihre Schwierigkeiten mit ihr, was, Sandy?«

»Das Biest ist komplett verrückt«, sagt Sandy und betrachtet die Katze aus verengten Augen.

Ich erzähle von meiner Unversöhnlichen und strecke der Schönheit einen Finger zum Schnuppern hin, Tobias ruft »Vorsicht!«, ich streichele der Schönheit ganz zart die Stirn, ohne ihr die Augen mit der Hand zu verdecken. Sie reckt die Stirn gegen meine Hand.

»Unglaublich. Sandy, schau dir das an!«

»Sie ist rollig, da benimmt sie sich manchmal komisch.«

Tobias sieht fasziniert zu, wie die Katze ihren Kopf gegen meine Hand reckt. Sein Lächeln fühlt sich warm und weich an, wie das Fell der schönen Katze.

»Wenn wir noch zum See wollen, müssen wir bald los.«

Tobias sieht mich an.

»Kein Problem, ich wollte eh nur ein paar Papiere abholen.« Das kann ich ihm nicht ersparen.

»Klar, ich hol sie schnell.« Tobias schiebt die schöne Katze langsam von seinem Schoß und rollt aus dem Zimmer. Sandy setzt sich im Schneidersitz auf den Boden und greift nach der Schönen. Die dreht sich blitzschnell um, hebt eine Pfote und faucht böse. Sandy zuckt zurück und lacht.

»Da siehst du, wie verrückt sie ist«, sagt sie zu mir und »Spinnst du?« zu der Schönen. Die lässt langsam die Pfote sinken.

»Lass sie lieber in Ruhe, sie sieht beleidigt aus.« Das tut die Schöne in der Tat, aber mir ist klar, dass ich weder ihr noch Sandy mit dieser Bemerkung einen Gefallen tue.

»Ach was.«

Sandy wuschelt der Schönheit über den Kopf und wird dafür heftigst angefaucht. Sie springt erschreckt auf, lacht und streicht sich den Pony aus der Stirn. Dann kniet sie sich vor die Katze, streckt ihr mit einer schnellen Bewegungen den erhobenen Zeigefinger ins Gesicht, als sei der eine Peitsche und die Schönheit ein Zirkuspferd. »Mach das nie wieder!«, sagt sie streng.

Das nimmt die Schönheit übel. Mit einem langen Fauchen und ausgefahrenen Krallen stürzt sie sich auf Sandys Hand, umarmt sie mit den Vorderpfoten und tritt mit den Hinterpfoten gegen Sandys Unterarm, ebenfalls mit ausgefahrenen Krallen. Sandy schreit auf und schüttelt die Schöne ab. Diese springt auf die Fensterbank und putzt sich ein paar Mal fahrig über die Flanke. Auf Sandys Handrücken und an der Seite ihres Unterarms sind blutige Kratzer.

»Ich sag's ja, die ist vollkommen bekloppt.« Ein leichtes Zittern liegt in Sandys Stimme, Schreck oder Ärger. Sie wirft mir einen Blick zu, als Tobias hereinkommt, und versteckt ihren Arm hinter dem Rücken. Tobias gibt mir Vaters Materialsammlung und die Exceltabelle mit den Telefonnummern, ich lehne sein Angebot ab, mich zum Auto zu begleiten, wünsche einen schönen Tag am See und verabschiede mich, ohne mit Tobias einen neuen Termin ausgemacht zu haben. Ich gehe davon aus, dass er sich am Abend per SMS melden wird, und behalte recht.

Tag 12, mittags

Natürlich ist es schön, eine Mutter zu haben, die glücklich ist. Es ist toll, dass sie zur Biennale fährt und zu den Filmfestspielen nach Locarno und zum Wandern ins Wallis, dass sie Antiquitäten kauft und dass Peter seine Praxis offenbar mit viel Gewinn verkauft hat und meiner Mutter jeden Wunsch erfüllt. Aber für mich wäre es völlig ausreichend, zu *wissen,* dass es ihr gut geht. Ich muss es nicht ständig *sehen* und *hören.* Es irritiert mich, Filmaufnahmen von den beiden zu sehen, wie sie im Regen im Dresdner Zwinger Tango tanzen. Es irritiert mich, wie er ihr tief in die Augen und in den Ausschnitt schaut. Mich irritieren die ewigen Handküsse und die unsubtilen Sex-Anspielungen (»gibt es nachher noch ein Dèssert, oder?«). Und es irritiert mich, dass meine Mutter kichert, statt die Augenbrauen hochzuziehen, wie sie es tat, wenn wir uns vor dem Essen nicht die Hände gewaschen hatten.

Da Tobias mich versetzt hatte, habe ich Lily angerufen, und wir haben beschlossen, den Gang zu unserer Mutter zu machen. Wie zwei Gretels vor dem Knusperhäuschen stehen wir vor der Villa, dann drückt Lily kräftig auf den Klingelknopf.

Peter macht uns die Tür auf, mit einer Schürze bekleidet. »Willkommen, willkommen! Kommt herein. Ich hoffe, ihr habt Hunger, oder?« Wieder einmal bin ich nicht vorbereitet auf die drei Wangenküsse und wende mich schon nach dem zweiten ab, woraufhin eine kurze Irritation den dritten, noch ausstehenden Kuss betreffend entsteht, in deren Verlauf ich meinen Zeh belaste. Während ich scharf die Luft einsauge, küsst Lily vorbildlich und gibt Peter ein Päckchen mit Straußenschinken (»Das ist aber nett, oder?«). Sie gehen, ich hinke auf die Terrasse. Mama sitzt im Schatten des Blauregens in einem Liegestuhl, in der Hand einen Band Hermann Hesse. Ihr grauer Pagenkopf sitzt perfekt und ihre Beine sind glatt und gebräunt. Peter bringt Bellini, kitzelt Mama mit dem Blauregen am Ohr und verschwindet in der Küche.

»Nett, dass er kocht.«

»Hast du abgenommen?«, fragt sie.

»Meinst du?«, antworte ich erfreut und ziehe am Bund meiner Hose.

»Mama, Papa ist verschwunden.« Lily hält sich nicht mit langen Vorreden auf.

Mutter zupft ein Haar von der Tischdecke, lässt es in ein Margeritenbäumchen fallen, wo es zwischen gelbweißen Blüten hängen bleibt.

»Macht euch keine Sorgen. Er wird schon wiederkommen«, sagt sie dann.

»Wir machen uns aber Sorgen. Er ist seit fast zwei Wochen weg und hat sich bei niemandem gemeldet«, antwortet Lily. Ich bin ihr dankbar, dass sie ihre Strauße unerwähnt lässt.

»Er ist immer wiedergekommen«, sagt Mama, es klingt nach dem letzten Satz einer langen Geschichte. Mir ist heiß und schwindelig. Ich murmele etwas von Klo, stehe auf und hinke in die Küche.

»Kann ich was helfen?«, frage ich wenig ambitioniert und schenke mir ein Glas Wasser ein.

»Es ist fast alles fertig, kümmre dich ruhig um deine reizende Mutter.« Kein oder? – erstaunlich. Als ich zurück auf die Terrasse hinken will, höre ich, dass Lily über mich spricht, *setzt ihr zu, macht sich Vorwürfe.* Ich will ihr Zeit geben, das Thema zu beenden, und biege ins Wohnzimmer ab. Der Rollladen ist halb heruntergelassen, im Halbdunkel wirkt der Raum noch gediegener und aus der Zeit gefallener als bei Tageslicht. Staubkörner hängen wie winzige goldene Planeten in der Luft, an der rückwärtigen Wand schweben Peters Familienfotos. Ich trete näher und betrachte die alten Fotos in ihren Bleirahmen. Eines zeigt eine Gruppe von Menschen vor einem hohen Holzzaun, teils sitzend, teils stehend. Sie wirken arrangiert und starren angestrengt in die Kamera, ohne jede Interaktion. Wenn mich jemand gefragt hätte, wer in welcher Beziehung zu wem steht, ich hätte raten müssen. Bei einem anderen Foto ist es leichter. Es zeigt einen vielleicht siebenjährigen Jungen und ein etwa dreijähriges Mädchen. Der Junge lächelt verlegen, das Mädchen herzlich und auf unschuldige Art kokett. Sie müssen Geschwister sein, denn sie halten sich selbstverständlich an den Händen. Unter den Bildern gibt es nur ein einziges Portrait. Es zeigt eine junge Frau. Ihr Haar ist unter einem Tuch oder einer Haube verborgen und sie trägt ein hochgeschlossenes Kleid. Das Foto ist so stark unterbelichtet, dass Tuch und Kleid vollständig mit dem dunklen Hintergrund verschwimmen, ihr blasses Gesicht schwebt in seinem Rahmen wie in Formaldehyd. Unmöglich, sich vorzustellen, dass diese Frau einmal geschwitzt, geblutet, gelacht oder getanzt haben sollte. Neben dem einsamen Mädchen hängt das Bild einer Familie, Vater und Mutter sitzen auf einer Bank, fünf Kinder stehen um sie herum, alle in feiner Kleidung und sehr aufrecht. Der Fotograf muss gekniet haben, sie sind von unten aufgenommen. Der Vater hat den Arm um ein kleines Mädchen gelegt und es an sich gezogen. Das Mädchen ist der Bewegung mit dem Oberkörper gefolgt, seine rechte Schulter lehnt an der Taille des Vaters, und eine kleine Faust liegt auf seinem Oberschenkel. Aber ihre Füße hat das Mädchen nicht bewegt, ihre Pantöffelchen stehen weit weg von den großen Halbschuhen des Vaters, und die kurzen Beine ragen schräg aus dem Rock hervor. Seit Ewigkeiten stehe ich im Halbdunkel und spüre dem dumpfen Schrecken nach, den das Foto in mir auslöst. Endlich holt das Pochen in meinem Zeh mich zurück, und ich bin sehr erleichtert, als ich mich umdrehe und die helle Terrasse sehe, wo meine Mutter mich erwartet.

Tag 13

Mein Zeh ist tatsächlich nur geprellt. Ich hatte auf eine Krankmeldung gehofft und bin enttäuscht. Schnell entschlossen nehme ich mir zehn Tage frei. So kann ich behaupten, ich sei krankgeschrieben, und darf trotzdem auf Mitleid hoffen. Dann fahre ich zu Tobias, wobei ich mit dem Fußballen Gas gebe und bremse. Geht ganz gut.

Der vorgeblich schwer verletzte Zeh wäre natürlich eine wunderbare Ausrede gewesen, die Affäre zu beenden. Eine verletzte Frau kann man auf gar keinen Fall mit einem verschwundenen Vater allein lassen, selbst wenn sie einen abgewiesen hat. Aber ich will die Affäre nicht beenden, wenn man das überhaupt Affäre nennen kann. Ich will Sex mit Tobias. Und warum auch nicht. Schließlich beweist diese Sandygeschichte, dass Tobias sexuell nicht so bedürftig ist, wie Ella angenommen hat. Wenn er aber nicht bedürftig ist, dann hat er keinen Grund, meine Vater-Notlage manipulativ auszunutzen, ich bin nicht auf eine Manipulation hereingefallen, er hilft mir aus reiner Nächstenliebe, und unser Sex war kein Ausdruck eines Schuld-, Vater- oder sonstigen Komplexes. Also darf ich so oft mit ihm schlafen, wie ich will.

Den ganzen Morgen warte ich darauf, dass Tobias die schöne Unterwäsche entdeckt, die ich angezogen habe. Ich warte darauf, als ich ihm an der Tür die Hand hinstrecke, um ihn zu begrüßen. Ich warte, als ich frage, wie es am See gewesen ist, und erfahren muss, dass Sandy eine hervorragende Frisbee-Werferin ist. Ich warte, als ich leicht gereizt bekenne, dass ich am Vorabend über Leuchtmittel und das Glühbirnenverbot recherchiert habe, aber bis auf eine eklatante Unterlegenheit der Europäer gegenüber den Asiaten bei der Entwicklung von LED-Leuchten nichts entdeckt habe. Ich warte, als ich erzähle, dass ich die Telefonnummern von der Exceltabelle durchtelefoniert und herausgefunden habe, dass Vater neben dem Glühbirnenwald ein weiteres Experiment durchgeführt hat: Er hat den Stromverbrauch zweier vierköpfiger Familien verglichen, die Wohnung der einen komplett mit Kompaktleuchtstofflampen ausgestattet, die der anderen mit Glühbirnen. Es war leicht gewesen, die Kompaktleuchtstofflampen-Frau zum

Reden zu bringen. Voller Empörung hatte sie mir von ihren Bartagamen berichtet, die sich nicht ein einziges Mal unter der Kompaktleuchtstofflampe gesonnt, sondern ausgekühlt und inaktiv in einer dunklen Ecke gesessen hätten. Nur Vater zuliebe habe sie das Experiment überhaupt vier Wochen durchgehalten, zum Glück seien ihre Reptilien jetzt, unter der 80-Watt-Glühbirne von Osram, wieder so aktiv wie früher. Leider hatte sie seit Abschluss des Experiments keinen Kontakt mehr zu Vater gehabt.

Unterwäsche!, denke ich, als ich Tobias gestehe, dass ich von den anderen Kontaktpersonen auf der Exceltabelle niemanden erreicht habe, und direkt hinterherschicke, dass ich aber hoffe, dass sie zurückrufen werden. Immerhin habe ich Vaters besten Trick angewendet: Ich habe ihnen geheimnisvoll auf die Mailboxen gequatscht und mich als Journalistin ausgegeben. In die Zeitung wollen alle gern, und eine Journalistin darf alle Fragen dieser Welt stellen.

Tobias lobt mich für meine Strategie und will nichts davon hören, dass ich immer noch keine Ahnung habe, warum dieses unsinnige Gesetz erlassen worden ist, und auch nicht, wo Vater sein könnte. Im Gegenteil: Tobias findet die verwirrende Faktenlage beruhigend. Schließlich sei es problemlos vorstellbar, dass Vater sich mit so einer komplizierten Ermittlung zwei Wochen und länger beschäftigt. Beunruhigen müsste uns eher, wenn der Fall sofort klar und eindeutig vor uns läge, denn das würde bedeuten, dass Vater vielleicht doch eine andere Spur verfolgt oder irgendwo aufgehalten wird.

Ich schaue auf seinen Mund, der Worte spricht, die meine monströsen Gedanken auf beruhigende Normalgröße schrumpfen lassen: Seine Oberlippe ist ein bisschen schmaler als die Unterlippe, das Kinn eckig. Gräulich blaue Schatten liegen um seine Augen und lassen seine Iris meergrün aufleuchten. Hatte er diese Augenfarbe schon als Junge oder trägt er Kontaktlinsen? Seine Augenbrauen sind dunkel und kräftig, aber nicht buschig. Ab der Mitte werden sie lichter und zeigen in Richtung Schläfe. Zwischen ihnen ist eine leichte Kerbe, nur eine einzige. Tobias ist unrasiert. Sein Bart wächst an den hinteren Partien der Wangen, an der unteren Hälfte seines eckigen Kinns und auf einem schmalen Streifen über der Oberlippe. Er hätte sich einen Schnurrbart wachsen lassen können, ohne fürchten zu müssen, seine Nasenhaare könnten sich mit Barthaaren vermischen.

Noch nie habe ich ein so schönes Gesicht geküsst.

»Möchtest du deinen Fuß hochlegen?«

Er legt ein Kissen an den Rand der Küchenbank, doch statt auf die Bank lege ich den Fuß in seinen Schoß. Tobias streichelt ihn und flüstert ihm tröstende Worte und kleine Komplimente zu. Obwohl es ihm wehtut, legt sich der Fuß in seinen Schritt und freut sich über die prompte Reaktion.

Tag 14

Ich starre auf eine Satellitenaufnahme der Erde bei Nacht. Niemals ist die Lage der Welt so offensichtlich wie nachts: hell erleuchtet die erste, dunkel die dritte Welt. Könnte es sein, dass die Beleuchtungsmittelindustrie unsere alte Angst vor der Dunkelheit absichtlich schürt? Zur Profitsteigerung? Angenommen, die ganze Welt wäre auf Kompaktleuchtstofflampen umgestiegen, würde man das auf einem Satellitenbild sehen? Ich stelle mir eine bläulich ins All leuchtende Erde vor. Empfinden Außerirdische feuerähnliches Licht genau wie wir als angenehm, würde also ein bläulich strahlender Planet weniger einladend auf feindlich gesonnene Aliens wirken? Ist das vielleicht der wahre Hintergrund des unsinnigen EU-Dekrets? Alienabwehr? Hat die EU Kenntnis von einer drohenden Alien-Invasion und will Europa durch unwirtliches Licht schützen? Mir fällt ein, dass in wenigen Jahren LEDs die Kompaktleuchtstofflampen ablösen werden, und ich lasse diesen Gedanken fallen, worauf mir in einer angenehmen Farbtemperatur von 6000 Kelvin ein sonnenhelles Licht aufgeht. Ich hinke zu Tobias, der in der Küche Fischstäbchen frittiert, gönne mir ein »Ich habs!« und trage vor:

»Im Moment sind LED-Lampen noch zu teuer, aber in wenigen Jahren ist die LED-Technologie so weit fortgeschritten, dass sie in Haushalten einsetzbar sind. Die Energieersparnis ist die gleiche wie bei Kompaktleuchtstofflampen, aber LEDs haben eine bis zu 15 000 Stunden längere Brenndauer, sie lassen sich dimmen, können in jeder Lichttemperatur produziert werden, enthalten kein Quecksilber und sind einfacher zu entsorgen. Warum wartet die EU nicht so lange und zwingt uns, LEDs zu verwenden? Hier ist die Antwort: Europa ist nicht führend im LED-Segment. Marktführer ist die japanische Nichia, mit großem Abstand folgen Osram, dahinter Philips, Billiganbieter aus Korea und Taiwan verschärfen die Konkurrenzsituation. Zudem sind die europäischen Leuchtmittelhersteller schlecht gerüstet für den globalen Preiswettbewerb: Osram hatte im Geschäftsjahr 2008/2009 infolge der starken Konkurrenz einen Umsatzrückgang von mehr als 10 Prozent zu verzeichnen. Das ist die Situation, in der die EU ein scheinbar sinnloses Dekret erlässt, das Kompaktleuchtstofflampen einen gigantischen Absatz bescheren wird. Und hier haben wir die logische Erklärung für all den Wahnsinn: Phöbus, das Glühbirnenkartell. Früher hat es die Brenndauer von Glühbirnen festgelegt, Außenseiter verdrängt und die Märkte unter seinen Mitgliedern aufgeteilt, heute riegelt es seinen Markt nach außen ab. Phöbus hat dieses EU-Dekret erwirkt, wahrscheinlich durch Bestechung. Genau zum richtigen Zeitpunkt: Es verschafft seinen Mitgliedern Zeit, bei der LED-Entwicklung aufzuholen und bis dahin noch mal schnell ihre beknackten Quecksilberdampflampen abzusetzen, auf die sie dämlicherweise gesetzt haben. Ich würde mich nicht wundern, wenn Phöbus auch eine Preisvereinbarung laufen hätte. Und das ist das wirklich Empörende an der Sache: das alles unter dem Deckmantel des Umweltschutzes. Die Gesamtenergiebilanz bei Kompaktleuchtstofflampen ist umstritten und die Entsorgung ein Desaster, aber diese von Phöbus gekauften EU-Saftsäcke nennen sich Umweltschützer! Ich bin ganz sicher, dass Vater diese Spur verfolgt. Es ist genau so, wie du gesagt hast. Wir haben es mit einem komplizierten Fall zu tun, der Vater problemlos wochenlang beschäftigen kann. Und es ist auch klar, dass er irgendwann anfangen musste, außer Haus zu ermitteln, Leute zu treffen oder zu beobachten. Wir müssen jetzt eigentlich nur versuchen, seine Schritte nachzuvollziehen, Ideen zu haben, die er gehabt hat, Leute zu kontaktieren, die er kontaktiert hat. So kommen wir ihm Schritt für Schritt näher, und am Ende finden wir nicht nur meinen Vater, sondern auch den Schurken, der in der EU für diesen Glühbirnenschwachsinn verantwortlich ist.«

Als ich das sage, erwischt mich eine gigantische Welle reinen Glücks. Sie überrollt mich von hinten und wärmt mich bis in die Ohrläppchen und Fingerspitzen. Ella würde dieses Glück verdächtig finden, weil es so rein und allumfassend ist. Sie würde wissen wollen, welchen Mangel dieses Glück kompensiert. Aber ich will gerade keine Ella-Kommentare hören und bin glücklich.

Tobias ist begeistert. So begeistert, dass er hätte aufspringen und mit mir durch den Raum tanzen müssen. Ich will nicht, dass seine Begeisterung beschädigt wird, nur weil Tobias nicht aufspringen und durch den Raum tanzen kann. Also übernehme ich seine Begeisterung und falle ihm um den Hals. Es gibt nicht so viele Möglichkeiten, einem sitzenden Mann um den Hals zu fallen, und die meisten sind unelegant und peinlich: Fällt man ihm von vorne um den Hals, muss man entweder einen Buckel machen, den Hintern obszön in die Luft strecken oder vor ihm auf die Knie fallen. Bei der ersten Variante hat man auch noch ein Balanceproblem, weil der Schwerpunkt so weit vorne liegt, dass man die umarmte Person erdrückt. Bei beiden lehnt man mit dem Oberkörper an der umarmten Person, was dazu führt, dass die Köpfe sehr nah beieinander sind und der Busen unschön nach unten gedrückt wird. Ich wähle eine Variante, die stürmisch, romantisch und sexy ist und für beide Seiten kein bisschen beschämend: Ich umarme ihn von der Seite, nur die Schultern, nicht die Rückenlehne seines Rollstuhls, und lasse mich dann auf seinen Schoß sinken. Der Nachteil dieser Variante ist, dass sie kein bisschen unschuldig ist. Aber das scheint mir in dieser Situation von allen Einbußen noch die am ehesten vertretbare zu sein.

Wir umarmen uns lange. Vielleicht würden wir uns sogar noch länger umarmen, wenn nicht mein Handy klingelte. Ich habe keine Lust, dranzugehen, aber Tobias nimmt seine Aufgaben als Assistent sehr ernst und rollt mit mir auf dem Schoß zu der blau lackierten Weichholzvitrine, auf der das Handy liegt. Es wird keine Nummer angezeigt. Er schaut mich fragend an, ich nicke und er nimm das Gespräch an.

»Journalistenbüro Leipniz & Ochsenmeyer«, sagt er, und sofort setzt ein stetiges Murmeln ein. Ich lehne still an seiner Schulter und muss den Rücken nur ein wenig krümmen. Wäre der Rollstuhl nicht gewesen, hätte Tobias wahrscheinlich die perfekte Größe gehabt. Ich achte nicht weiter auf das Gespräch, bis ich spüre, wie sich seine Bauchmuskeln verhärten und er den Atem in seinem Brustkorb einsperrt. Meine Panik ist heiß, grell und schnell. Tobias macht eine beschwichtigende Geste in meine Richtung, die den Schreck zu sirrender Nervosität eindampft. Die Stimme am anderen Ende ist undeutlich, aus Tobias kryptischen Entgegnungen kann ich nichts folgern. Ich muss warten, bis Tobias das Handy mit abgewandtem Blick auf die Vitrine gelegt und mich auf die Bank geschoben hat.

»Wer war das?«

»Ein gewisser Sir Peter. Du hast ihm auf die Mailbox gesprochen.«

Sir Peter ist einer der Kontakte aus der Exceltabelle. Vater hatte ihn nicht mit dem kleinsten Stichwort versehen, sodass ich ihm ziemlich planlos meine Journalistengeschichte auf die Mailbox gestottert hatte.

»Na los, lass dir nicht jedes Wort aus der Nase ziehen! Was hat er gesagt?«

»Ach, eigentlich nichts Wichtiges.«

»Darf ich erfahren, was dieses Nicht-Wichtige ist?«

»Ach, er scheint ein bisschen verrückt zu sein. Nennt sich Sir Peter und hat eine Abneigung gegen Energiesparlampen.«

Ich verzichte auf den Hinweis, dass Energiesparlampe ein Propagandabegriff ist, sondern lausche dem, was Tobias seltsam zögernd von seinem Telefonat mit

Sir Peter, dem »Hüter der Glühbirne«, erzählt. Jedes Wort bestätigt mich in meiner Überzeugung, auf der richtigen Fährte zu sein: Sir Peter, Elektronikhändler in dritter Generation, hat zum Stichtag 1. September 2009 die Wasserwagen, Steckdosen und Akkuschrauber aus seinem Ladenlokal verbannt und ist auf Leuchtmittel umgestiegen. Inzwischen lagern über 13 000 verschiedene Typen in seinem Laden und einer eigens angemieteten Halle. Auch Kompaktleuchtstofflampen und LEDs sind darunter, hauptsächlich aber kümmert sich Sir Peter um die, »hinter denen die aus Brüssel her sind«, so zitiert ihn Tobias. Er hat alle klaren 100-Watt-Birnen und alle mattierten Glühbirnen gekauft, derer er bis zum 1. September 2009 habhaft werden konnte. Momentan füllt er sein Lager mit 75-Watt-Birnen, die ab dem 1. September 2010 nicht mehr produziert werden dürfen.

»Und da sagst du, der Mann ist nicht wichtig? Wir müssen ihn sofort treffen, das könnte einer von Vaters Kronzeugen gegen Phöbus sein!«

»Rosalie.« Warum trägt Tobias sein Arzt-verkündet-schlechte-Nachrichten-Gesicht? »Ich glaube, jetzt übertreibst du ein wenig. Vergiss bitte nicht, dass die EU-Verstrickung bislang nur eine Theorie ist.«

Ich konnte schon immer sehr schnell zornig werden.

»Sei versichert: In meinem Beruf gewöhnt man es sich an, eine Situation aufgrund von jeder zusätzlichen Information neu zu bewerten«, sage ich kühl. »Mir ist daher sehr wohl bewusst, dass die Theorie noch nicht stichhaltig bewiesen ist. Aber solange uns keiner das Gegenteil bewiesen hat, werde ich mich so verhalten, als sei Phöbus, übrigens eine Organisation, die seit Jahrzehnten äußerst skrupellos agiert, noch aktiv, hätte die EU bestochen, Millionen von Verbrauchern verarscht, und als seien Vater und ich dahintergekommen. Wenn du irgendein Argument vorbringen kannst, das gegen dieses Vorgehen spricht, dann tu das bitte jetzt, ansonsten fände ich es gut, wenn du mich nicht boykottieren würdest, indem du mein Vorgehen ohne Angabe von Gründen infrage stellst oder Informanten aussortierst.«

»Schon gut – natürlich hast du recht. Ich möchte nur nicht, dass du dich allzu sehr auf die Sache versteifst. Es ist nur eine Möglichkeit.«

»Das ist richtig. Eine Möglichkeit und eine beunruhigende dazu. Zugleich die einzige Spur meines Vaters, die wir derzeit haben. Ich würde sie gerne verfolgen, bis ich ihn gefunden habe oder sich herausgestellt hat, dass es sich um eine Sackgasse handelt, okay?«

Der Laden von Sir Peter liegt neben einem Kindermoden-Secondhandgeschäft in einer angenehmen Geschäftsstraße in einem Viertel von Kriehl, das in den 80ern als Szenetreff gegolten hat, jetzt aber hauptsächlich von gealterten Ex-Szenegrößen und Familien bewohnt wird (Tobias hat mir auf der gut zweistündigen Fahrt aus einem Reiseführer vorgelesen). Als wir den Laden betreten, werden wir Zeuge eines Glühbirnen-Hamsterkaufs einer weißblonden Endfünfzigerin im Burberry-Mantel. Sie kauft 50 matte 20-Watt-Kerzenbirnen. (»Alles andere sieht in meinem Zehnarmigen scheußlich aus! Es ist eine Zumutung, bitte sorgen Sie dafür, dass Ihnen der Nachschub nicht ausgeht.«)

Ich erzähle noch mal die Journalistingeschichte, Tobias stelle ich als Fotograf vor (nur kurze Irritation wegen der fehlenden Ausrüstung, ein Rollstuhlfahrer kann schließlich keine Kameratasche und Stative mit sich herumschleppen), schon ist Sir Peter gesprächsbereit und führt uns in sein Allerheiligstes. Es besteht aus vier Nischen, die mit Trennwänden voneinander abgegrenzt sind und die ein Wohnzimmer, ein Esszimmer, ein Arbeitszimmer und einen Hauswirtschaftsraum imitieren. Die Wohnzimmernische ist mit einer Textiltapete, einem abstrakten Ölgemälde, einem Eichenbord mit Zinnkrügen und Trockensträußen und einem flämischen Kronleuchter sowie einer passenden Wandleuchte ausgestattet. Die Esszimmerecke hat ein Stuckimitat als Abschluss einer naturweiß gestrichenen Raufasertapete und ist mit einem ovalen Kirschholztisch und sechs beige gepolsterten Stühlen sowie einer Tiffany-Lampe möbliert. Die Arbeitszimmerecke besteht aus einer Einbau-Tisch-Regal-Kombination in Buchefurnier, auf der ein 13-Zoll-Bildschirm, eine Tastatur, Locher, Stifthalter und ein silbern gerahmtes ovales Bild, das zwei Kinder in einem Fotostudio zeigt, Platz gefunden haben. Dazu gibt es einen variablen Klemmspot. Die Hauswirtschaftsraumecke besteht aus unverputzten, weiß gestrichenen Betonwerksteinen, einem Wäschekorb, einem Bügelbrett und einem Drahtseil-Leuchtsystem.

Wie Sir Peter uns erklärt, handelt es sich bei »Wohnen«, »Essen«, »Arbeiten-Mann« und »Arbeiten-Frau« um die vier Haupteinsatzbereiche für Leuchtmittel im Haus. Diese vier Arrangements dienen dem Zweck, dem Kunden die Entscheidung für das richtige Leuchtmittel zu erleichtern. »Bei mir kann sich die Hausfrau richtig ans Bügelbrett stellen und sich das Leuchtmittel aussuchen, wo sie, ich sag mal, die kleinste Falte am Kragen erkennt.« Zum Beweis zieht Sir Peter ein ungebügeltes blaues Hemd aus dem Wäschekorb, legt es auf das Bügelbrett und knipst das Leuchtsystem an. Helles Neonlicht liegt über dem Bügelbrett und verwandelt die Hemdfalten in tiefe Canyons. »Und jetzt hier, nur damit Sie mal sehen, zum Vergleich …« Gewandt reckt sich Sir Peter zum Leuchtsystem und schaltet den Neonspot aus und eine matte 75-Watt-Glühbirne ein. Die Falten und Knicke verschwimmen zu einer unruhigen Oberfläche, schwach bewegt wie ein Bergsee an einem sonnigen Tag.

»Matte sind beim Arbeiten natürlich Blödsinn, da kann sich hier jeder von überzeugen. Aber wenn Sie jetzt zum Beispiel mal an so'n gemütliches Essen mit Freunden denken, da ist die matte Glühbirne allererste Wahl. Leider wird die ja schon gar nicht mehr produziert. Ich hab zwar noch, ich sag mal, ungefähr 15 000 auf Lager, aber ewig hält das nicht.«

»Warum wurden denn sofort alle matten verboten?«, will ich wissen.

»Weil die Bürohengste in Brüssel selbst zum Kacken zu blöd sind, Entschuldigung. Die denken, die Mattierung schluckt das Licht. Das ist vollkommener Mumpiz. Ein Freund von mir hat so eine Ulbrichtkugel, wissen Sie, zum Messen, und hat das mal nachgemessen: klare 60-Watt-Glühbirne: 710 Lumen, matte 60-Watt-Glühbirne: 710 Lumen. Ist exakt dasselbe Ergebnis.«

Einmal bei der Dummheit der Beamten in Brüssel angekommen, ist Sir Peter nicht mehr zu stoppen. Die Entsorgungsproblematik und die lichtmedizinischen Einwände gegen die Kompaktleuchtstofflampe referiert er noch mit der verhaltenen Emphase einer Pflichtübung. In Rage gerät er, als er über den Etikettenschwindel bei der Brenndauer spricht. »Die Brenndauerangaben auf den Verpackungen sind erstunken und erlogen! Ich schätze, dass ein Drittel der Angaben erreicht wird. Ein Freund von mir hat ein kleines Hotel hier in der Gegend, hübsches Haus, wenn Sie mal eine Unterkunft suchen –, jedenfalls: Der hat mal aufgeschrieben, wie oft er die

Lampen austauschen muss. Ein Jahr hat er Glühbirnen benutzt, ein Jahr Kompaktleuchtstoffröhren, ich hab ihm hier gute Preise gemacht, ist ja auch wichtig zu wissen für mich. Und jetzt raten Sie mal, was dabei rausgekommen ist: Er hat exakt die gleiche Menge an Lampen benötigt. Nicht eine einzige Glühbirne mehr.«

Ich nicke wissend. Erstaunlich kurze Brenn- und Lebensdauer, das ist auch ein Ergebnis von Vaters Experimenten im Birnenwald gewesen.

Kaum beruhigen kann Sir Peter sich darüber, dass man Kompaktleuchtstofflampen nicht dimmen kann. Er führt uns in seine Esszimmerecke, schraubt eine Kompaktleuchtstofflampe in die Tiffany-Lampe und legt uns Fotos von Speisen vor. Das Schnitzel hat einen Grünstich, die Buttercremetorte einen weiß-gräulichen Ton. Anschließend dreht er eine klare 100-Watt-Birne von Philips in die Fassung und lässt uns die appetitlich braune, körnige Panade des Schnitzels bewundern. Für die Buttercreme dimmt er das Licht ein wenig, und schon wird der satte Butterton noch intensiver.

»Kein Dinner ohne Dimmer! Das ist, sag ich mal, so was wie ein Credo von mir. Wenn Sie mich fragen, gehen sowieso 80 Prozent von den Kompaktleuchtstofflampen sofort kaputt, weil die meisten Leute keine Ahnung haben, dass sie die nicht dimmen dürfen. Und dann die ganzen Entsorgungskosten von den Dimmern, da hat auch keine Sau, Entschuldigung, dran gedacht. Müssen ja alle durch Kippschalter ersetzt werden.«

Wehmütig wird Sir Peter, als er über den Verlust von Globusbirnen in 60 Watt, Kryptonbirnen in 40 Watt, opalisierten Kerzenbirnen in 25 Watt und silizierten Lampen spricht. Alle mit ureigenen Leuchteigenschaften. Immer schwerer werde es in Zukunft sein, das 100 Prozent auf den Geschmack des Kunden abgestimmte Leuchtmittel zu finden. Dabei sei das für das Wohlbefinden in den eigenen vier Wänden unerlässlich. »Ich hab schon Leute hier im Laden gehabt, Leute, die kreuzunglücklich gewesen sind. Hatten sich ne schöne Villa hingestellt, und, kennt man ja, das Budget reicht ja nie. Da dachte sich der Hausherr: Bin ich mal ganz clever, rüste ich das ganze Haus mit Kompaktleuchtstofflampen aus. Kann man ja was sparen. Tja, was soll ich sagen: Dauert keine vier Wochen, da stehen die hier im Laden. Sir Peter, Sie sind unsere letzte Hoffnung, meine Frau ist ständig schlecht gelaunt, richtige Depressionen hatte die, und ich hab so Kopfschmerzen, und die Augen brennen, nicht zum Aushalten ist das. Ich also mit in das Haus gegangen, schönes Haus, Laminatboden, Rauputz an den Wänden, alles vom Feinsten, und denen erst mal ne komplette Lichtberatung gemacht. Kompaktleuchtstofflampen raus, Dimmer in die Wohn- und Esszimmer, Halogenspots zum Arbeiten und an den Schminkspiegel und überall sonst die guten alten Glühbirnen. Die Kompaktleuchtstofflampen hab ich nur im Flur drin gelassen, wo es nicht so auf die Gemütlichkeit ankommt und die auch nicht so oft ein- und ausgeschaltet werden. Weiß auch kein Mensch: Das ständige Ein- und Ausschalten, wie sie das zum Beispiel im Badezimmer haben, das vertragen die nicht. 80 Mal ein- und ausgeschaltet, Peng!, kaputt ist das Ding. Die müssen Sie mindestens 45 Minuten brennen lassen, sonst lohnt sich die Anschaffung überhaupt nicht.« Wieder nicke ich. Die Ergebnisse aus Vaters Birnenwaldexperimenten stimmen mit den Erfahrungen von Sir Peter überein.

»Und jetzt zeig ich Ihnen noch was ganz Feines.« Sir Peter verlässt den Leuchtmittel-Showroom und geht mit uns durch einen langen Flur in einen mit schweren Samtvorhängen abgedunkelten Raum. Als Sir Peter beginnt, sich im hinteren Teil des Raumes zu betätigen, trete ich dicht neben Tobias. Ein rötlich gelbes Licht glimmt langsam auf und erleuchtet schwach den Raum. Das Licht stammt von einer Birne, dicker und größer als gewöhnliche Glühbirnen. Wir schauen durch die leicht unregelmäßige Glaswand direkt in ihre geschwungene, leuchtende Seele aus Gold. Unsere Augen schmerzen und blinzeln nicht, unsere Zirbeldrüsen schicken Serotonin auf die Reise, und Erinnerungen an Abende im Kerzenlicht mit Plätzchen und friedlichen Radiostimmen ploppen in dicken Blasen aus meiner Erinnerung hoch.

»Das hier«, sagt Sir Peter leise, »ist eine Kohlefadenlampe von ca. 1900. Sie hat den gleichen Glühfaden aus gepresster Kohle wie die erste wirtschaftlich erfolgreiche Glühbirne, die Thomas Alva Edison im Oktober 1879 produziert hat. Die Glühtemperatur des Kohlefadens ist niedriger als bei gewendeltem Wolframdraht, der seit zirka 1910 verwendet wird. Glühender Kohlefaden blendet nicht, er hat eine angenehme Wellenlänge und die Lichtfarbe einer Kerze. Es waren Lampen wie diese, die im Mai 1880 die Jungfernfahrt des Dampfschiffes ›Columbia‹ von New York nach San Francisco illuminierten. Natürlich ist die Lichtausbeute vergleichsweise gering, aber in manchen Momenten kommt es auch auf die Glücksausbeute an, nicht wahr?«

Stumm und glücklich blicken wir auf die unsterbliche glühende Seele in ihrer über 100 Jahre alten Glashülle. Gerne hätte ich die Birne auf einer Zeitreise zurück durch ihr Leben begleitet und das 20. Jahrhundert in ihrem Licht gesehen, selbst wenn das bedeutet hätte, dass ich die ersten acht Jahre in diesem Zimmer hätte verbringen müssen. So lange besaß Sir Peter sein seliges Licht, wie er es verschämt nennt, schon.

»Kennen Sie das Hundertjährige Licht aus der Feuerwache in Livermore? Es glüht ebenfalls mit einem Kohlefaden«, sagt er noch, dann schaltet er das Leuchten aus, und es wird dunkel.

Auf dem Weg nach draußen besinne ich mich und fasele etwas von einem großen investigativen Artikel über den »Wahnsinn aus Brüssel«, das gefällt Sir Peter sehr wohl, und so nennt er auf die Frage nach möglichen Interviewpartnern bereitwillig eine Dokumentarfilmerin, die schon Anfang der 90er-Jahre eine Studie veröffentlich hat, in der sie Kompaktleuchtstofflampen als »Verschwendungslampen« brandmarkte, und – nach einigem Zögern – einen »sehr engagierten Privatmann, der sich der Sache, ich sag mal, aus Bürgerpflicht angenommen hat: Ernst Leipniz«.

Zwar hatte Sir Peter seit einigen Wochen nichts von Vater gehört und befürchtet, dass sein Interesse an der Glühbirnensache erlahmt sei. Aber das irritiert mich nicht im Mindesten, im Gegenteil: Wahrscheinlich hat Vater den Kreis seiner Vertrauten enger gezogen, je heißer die Ermittlung wurde.

Später spreche ich mit der Dokumentarfilmerin, die mich darauf hinweist, dass die Abwärme einer Glühbirne zumindest im Winter und zumindest in Häusern keinesfalls verschwendet ist und diese Tatsache von Glühbirnengegnern konsequent ignoriert wird. Der Name Ernst Leipniz sagt ihr jedoch nichts. Wahrscheinlich hat er nicht unter seinem Klarnamen, sondern unter Angabe eines Pseudonyms mit ihr Kontakt aufgenommen. Sie gibt mir den Tipp, mit einem Bürgermeister Kontakt aufzunehmen, der, von Osram gesponsert, ein ganzes Dorf glühbirnenfrei machen will, Strafen für Glühbirnenmissbrauch verhängt und Glühbirnen öffentlich verbrannt hat. Aber auch er will noch nie von

Vater gehört haben. Ich glaube ihm nicht. Sicher hat Vater dem Glühbirnenverfolger gehörig Druck gemacht, ihn vielleicht sogar mit seinen Ergebnissen aus dem Birnenwald konfrontiert und mit seiner Tochter, der Staatsanwältin gedroht. Möglicherweise ist der Glühbirnengegner handgreiflich geworden, und Vater sitzt gerade gefesselt in seinem Heizungskeller, im Licht von Kompaktleuchtstofflampen, mit schmerzenden Augen.

Tobias hält das für übertrieben, aber ich bin mir sicher, dass der Bürgermeister leicht gezögert hat, als ich den Namen Leipniz erwähnte.

Tag 15 bis Tag 21

Die beste Jahreszeit für eine neue Liebe ist der Frühling. Alles ist maigrün, dezent, zurückhaltend. Die Luft duftet, und die Sonnenstrahlen sind neu und erstaunlich. Die Nächte sind dunkel, aber nicht mehr feindselig wie im Winter. Sie sind freundliche, zurückhaltende Einladungen zum Auf-dem-Heimweg-an-der-Ecke-stehen-bleiben-und-noch-ein-paar-Zigaretten-rauchen. Zum Nachschauen, ob der Große Wagen den Winter gut überstanden hat. Tut man das, ist die Frühlingsnacht zufrieden. Bescheiden geht sie in einen vernebelten Morgen über, ein paar Vögel singen leise, und der Sonnenaufgang ist alles andere als geprotzt. Eine Sommernacht hingegen hüpft aufgedreht vor einem auf und ab, schlägt Mondscheinpicknicks und Sternenlichtbäder vor, will Open-Air-Tangotanzen, Feuer machen, Durchfeiern und asiatische Lampions in den Himmel schicken. Und dann, wenn man sich auf all das eingelassen hat, verabschiedet sich die Sommernacht mit einem fetten, roten Sonnenaufgang und ist verschwunden. Und man sitzt ohne Sonnenbrille mit zusammengekniffenen Augen im heißen Sonnenlicht, hat eine Fahne, das Deo hat versagt, die Vögel haben die ganze Nacht Kraft getankt für diesen Augenblick und man bekommt Angst. Vor dem Tag, an dem die Sonne aufgeht, so verschwenderisch, so stoisch, so lebendig, und man ihr dabei nicht mehr zuschauen wird. Nach der Angst kommt das schlechte Gewissen. Man ist in dieser Nacht nicht in ein Schwimmbad eingebrochen, schon Jahre, Jahrzehnte hat man das nicht mehr getan, man hat kein Mondscheinpicknick gemacht, nicht einmal Tango hat man getanzt. Man kann gar nicht Tango tanzen, und den Sonnenaufgang hat man nicht genossen, weil die Sonnenbrille fehlte und die Augen tränten.

Der Sommer stresst. Am schlimmsten sind wechselhafte Sommer mit unbeständigem Wetter und versagenden Meteorologen und am allerschlimmsten sind sie für Menschen wie mich, die Pläne brauchen und Zeit, sich vorzubereiten. Ich gehe gerne in den Biergarten, aber nicht, wenn ich eigentlich ins Kino wollte. Ich liebe Fahrradausflüge, aber wenn ich mir vorgenommen habe, die Steuererklärung zu machen, verdirbt mein schlechtes Gewissen mir alles.

Auch deswegen ist der Frühling die perfekte Zeit für eine neue Liebe. Ganz in Ruhe können sich Aktivitäten und Rituale einpendeln, und wenn man an eine Couch-Potato geraten ist, die sonntags am liebsten stundenlang dem NNNIIIUUU von Rennwagen zuhört, dann hat man noch genug Zeit, sich zu trennen, bevor es ernst wird.

Tobias und ich haben unsere merkwürdige Geschichte mitten im Sommer angefangen, ich hatte frei, er hatte Zeit. Das Freizeitproblem hätte uns voll erwischen müssen, zumal einige Open-Air-Aktivitäten mit ihm schwierig sind und ich mich scheue, ihn Ella vorzustellen (Stellt man zwei Leute einander vor, die sich 20 Jahre nicht gesehen haben? Sagt man »ihr kennt euch ja«?), oder mit ihm zu Lily auf den Hof zu fahren. Aber es gibt diese Probleme nicht. Die Tage sind angenehm gefüllt.

Den Stichen in meinem Zeh zum Trotz habe ich mir angewöhnt, den Tag mit einem Waldlauf zu beginnen. Schließlich sind es nur noch wenige Wochen bis zum Sommerhochzeitsfest meiner schönen Freunde, auf dem ich eine gute Figur machen muss. Also atme ich jeden Morgen duftende Luft, zähle Grüntöne, spüre, wie mir Schweißtropfen den Nacken herunterlaufen, und fühle mich gesund und lebendig. Ab dem Moment, in dem ich geduscht in die Küche komme und mich an den gedeckten Tisch setze, verbringen Tobias und ich den Tag zusammen. Tobias bringt mir kleine Snacks und frische Fruchtsäfte, während ich weitere Hinweise zusammenstelle und mit Zeugen spreche. Oft versucht er mich ein wenig abzulenken, verführt mich zu einem Eiskaffee im Garten oder Nachmittagssex, und oft genug lasse ich mich verführen. Seit wir die Glühbirnenspur verfolgen, bin ich sehr zuversichtlich und genieße die Tage mit Tobias. Sie sind angefüllt – intensiv, aber nicht manisch. Wir reden. Nie über die kleine Rosalie und den Jungen auf dem türkisfarbenen Fahrrad, selten über Glühbirnen, häufig über alles andere. Helles und Dunkles. Im Bett, auf der Terrasse des Ochsenmeyer-Hauses, in einem Kinderplantschbecken im Garten, auf dem Dachboden, den Tobias mit Sitzsäcken und Hängematten ausgestattet hat, sodass man durch die Dachluken in den Himmel schauen kann. Es gibt auch ein Teleskop. Ich kenne nur den Großen Wagen, und das reicht mir. Ich finde es beunruhigend genug, den Himmel nach ihm abzusuchen und ihn nicht jedes Mal sofort zu finden.

Trotzdem verbringen wir viele Stunden vor diesem Teleskop, und Tobias erklärt mir, mit der Schönheit auf dem Schoß, die Sterne: das Sternbild der Thermoskanne, des Korkenziehers, des Mehrfachsteckers. Ich gebe es schnell auf, all diese Sternbilder sehen zu wollen, sondern lehne mich lieber auf einem Sitzsack zurück und frage nach den klimatischen Bedingungen der Planeten, die das Sternbild der Thermoskanne bilden. Tobias erklärt mir, dass Säugetiere dort nicht existieren können. Auf Thermonella, so heißt der größte Planet im Sternbild der Thermoskanne, gibt es eine jahrtausendalte Zivilisation von Pflanzen. Obwohl sie weit verstreut leben und fest verwurzelt sind, haben sie gelernt zu kommunizieren, auf eine zugleich beschränkte wie effektive Art: Jede Pflanze kennt nur solche Begriffe, die ihre eigene Lebensphase betreffen. Mehr noch, sie kommuniziert in einem Frequenzbereich, den nur die Pflanzen hören können, die in der gleichen Lebensphase stecken wie sie. Tritt die Pflanze in eine andere Lebensphase ein, ändern sich Frequenzbereich und Begriffe. In der Phase des Wachstums beschränkt sich der Symbolschatz der Pflanze auf Begriffe wie Raum, Luft, Nahrung, Kraft, Größe. In der Phase der Fortpflanzung kennt sie nur Entsprechungen für Schönheit, Fortbestand, Lust, Lachen, Nähe, Liebe. Erst am Ende ihres Lebens beschäftigt sich die Pflanze mit metaphysischen Fragen und diskutiert über Sinn und Leben, über Vergänglichkeit, Moral, Tod und Zukunft. Thermonella ist so eingerichtet, dass niemand sich missverstehen kann, niemand kann belogen werden und niemand kann einen anderen betrügen. Denn für all das ist Voraussetzung, dass Wissen und Kenntnisse unterschiedlich verteilt sind, und das ist auf Thermonella nicht möglich.

Ich beginne »Sex«, »Ficken«, »Schwanz«, »Fellatio«,

»Lippen« und »Schwellkörper« zu flüstern. Anders als die Pflanzen auf Thermonella kann ich mich bewegen, und ich flüstere direkt in Tobias' Ohr.

Eines Tages gehen Tobias und ich gemeinsam zu einem Abendessen bei Freunden aus seiner Studentenzeit. Statt eines Blumenstraußes trage ich bei der Begrüßung die Nachbildung einer Kohlefadenlampe aus dem 19. Jahrhundert in der Hand und erkläre den Gastgebern an ihrem Beispiel die Uterusform der Glühbirne, wegen der die Kulturwissenschaftlerin Gerburg Treusch-Dieter die Glühbirne in den 80er-Jahren als weiblich erkannt hat. Als wir Flusskrebsschwänze in Trüffelmajonäse essen, spreche ich vom 21. Oktober 1931, an dem Edison beerdigt wurde und Millionen von Amerikanern zu seinen Ehren das Licht ausschalteten. Zu den gefüllten Kalbsinvoltinis serviere ich eine Anekdote über die größte Glühbirne der Welt, die 1954, zum 75. Jahrestag von Edisons Erfindung, gebaut worden war, und zur Feigen-Mascarpone-Torte zitiere ich den Technikbuch-Autor Artur Fürst, für den die Glühbirne das »vollkommenste Produkt der Menschheit« gewesen ist, sowie den italienischen Futuristen Marinetti (»Ich bete jede Nacht zu meiner Glühbirne«). Als die Gastgeberin Barbara taktvoll über die Möglichkeit intensiver Liebe zu unbeseelten Objekten sinniert, sehe ich sie ernst an und widerspreche: »Eine Glühbirne ist kein unbeseeltes Objekt.« Schweigen kommt auf, und bevor Barbara beherzt einen Espresso anbieten kann, beendet Tobias die ratlose Gesprächspause, indem er den Lampenschirm und die Kompaktleuchtstofflampe von der kleinen Tischlampe entfernt und meine Kohlefadenlampe hineinschraubt. Ihr zauberhaftes Licht legt sich auf begreifende Gesichter, und mir wird zugenickt und -gelächelt.

Tobias Geschenke sind ausgesucht und geschmackvoll (ich denke an eine Lampe mit dem wundervollen Namen Lucellino: zwei weiße Flügel, die eine matte Glühbirne rahmen. Ein leuchtend gefiedertes Klagelied über das Glühbirnenverbot), seine Manieren tadellos: er leckt nicht den Marmeladenlöffel ab, er liest nicht unaufgefordert Witze aus der Zeitung vor, er kehrt keine Krümel auf dem Tischtuch zu kleinen Häufchen, er stößt nicht beim Essen mit dem Löffel an seine Zähne, er kratzt sich weder an der Kopfhaut noch stochert er sich im Ohr herum, und noch nie habe ich irgendwo seine abgeschnittenen Finger- oder Fußnägel entdeckt.

Tobias' angenehmes Wesen scheint sich auf sein Haus übertragen zu haben: Wie schwerelos schweben wir im gläsernen Aufzug zwischen Erdgeschoss, erster Etage und Dachboden. Manchmal, wenn ich ein Zimmer betrete und das Licht entsprechend fällt, aktiviert mein Gehirn die alten Bilder vom Ochsenmeyer-Haus: das schmiedeeiserne Treppengeländer, den ovalen Kirschholztisch mit den sechs gepolsterten Stühlen, auf denen nie jemand gesessen hat, die Wandregale mit den Kupferutensilien und den Porzellanenten. Kann eine Kupferpfanne spurlos aus einem Haus verschwinden? Muss nicht allein die Tatsache, dass sie einmal hier war, etwas mit der Atmosphäre machen? Mit der Luft? Müssen die harten Worte und Hände eines Mannes und die gesenkten Blicke seiner Ehefrau sich nicht materialisieren? In den Wänden? Den Böden? Nichts von alledem. Tobias' Haus ist im Reinen mit sich, gastlich, geordnet, aber nicht steril. Wenn ein Haus seine Vergangenheit so vollkommen hinter sich lassen, sich so vollständig wandeln kann, dann ist absolut alles möglich.

Einmal, als wir Aufzug fuhren, fielen mir die ausgestopften Tiere ein, von denen ich als Kind so oft geträumt hatte und die damals den Keller des Ochsenmeyer-Hauses bevölkert haben sollen. Tobias wird sie doch nicht gemeinsam mit der Standuhr und all dem anderen Kram auf den Sperrmüll geworfen haben? Vermutlich hat er ein bizarres Kunstprojekt mit ihnen gestaltet, sie zu Alltagsszenen gruppiert, und lässt nun Mäuse mit Handkoffern in einer Märklin-Eisenbahn verreisen, Hase und Igel Streitigkeiten über rauszubringenden Müll austragen, und schickt eine Schar junger Enten mit Stock und Hut auf Wanderung ins Mittelgebirge. Ich will sofort in den Keller fahren und die Tiere sehen, aber Tobias weigert sich. Fast grob schiebt er meine Hand weg vom K und zwingt sie auf die 1. Dann zieht er mich auf seinen Schoß und flüstert mir ins Ohr, eine Sonnenpflanze wie ich gehöre nicht in einen dunklen Keller, legt seine Hand auf meine Brust, und während mir eine Gänsehaut vom Nacken bis zu den Kniekehlen läuft, vergesse ich die ausgestopften Tiere.

Dass Tobias alles gelingen kann, weiß ich seit jener Nacht, als wir aus gewesen waren. Ich fuhr auf Vaters orangerotem Klapprad, Tobias auf seinem Aktiv Meyra XR. Auf dem Rückweg von dem Trutzhausener Ecklokal bekam ich einen Anfall von Temposehnsucht. Freihändig und so schnell es mit Vaters ächzendem Klapprad ging, bin ich durch die stillen Straßen gefahren, habe kein einziges Mal gebremst und jede Einbahnstraße und die wenigen Ampeln ignoriert. Schon immer hatte ich mir für solche nächtlichen Wahnsinnsritte einen Begleiter gewünscht. Bis zu dieser Nacht hat kein Mann mehr als drei rote Ampeln durchgehalten, irgendwann sind sie langsamer geworden und haben mich ängstlich zurückgerufen. Ich habe ihnen keine Sorgen bereiten wollen, mich vom Fahrtwind verabschiedet, die Hände an den Lenker gelegt und die Bremse gezogen. Tobias fiel in dieser Nacht keinen Meter zurück. Mit leichter Hand trieb er seinen Meyra voran, und als wir auf die stark befahrene Hauptstraße zurasten, übertraf er mich sogar an Kühnheit, überholte mich und fuhr ohne nach rechts und links zu schauen hinüber. Unsterblich sind wir gewesen in dieser Nacht. Den Unfall, der irgendwo zwischen uns gelauert hatte, hatten wir abgehängt. Seit dieser Nacht kommt mir der Meyra nicht länger bizarr vor, wenn er neben unserem Bett steht. Ich finde ihn elegant und zweckmäßig zugleich.

All das erfüllt mich mit Stolz. Hier ist der Beweis, dass ich nicht oberflächlich bin, dass ich den ganzen Menschen sehe und nicht nur Äußerlichkeiten. Ich zeige mich gerne mit Tobias in der Öffentlichkeit – zumindest wenn diese Öffentlichkeit uns nicht schon seit 30 Jahren kennt. Höchst unangenehm war es, als wir eine alte Nachbarin im Supermarkt trafen. Wir hatten Wein, Garnelen, Pasta und einiges andere fürs Wochenende im Einkaufswagen und waren grade mitten in einer Diskussion darüber, welche Colorado-Tüte das beste Mischverhältnis versprach, als wir ihr hohes »Aach!« hörten. Ein Blick auf uns und in den Einkaufswagen und sie hatte die Situation erfasst. Vielleicht muss man ihr das anrechnen, immerhin dachte sie nicht, ich sei auf einem sozialen Trip oder so. So großzügig war ich nicht. Sie nahm mich zur Seite und sagte, wie sehr sie sich freue, dass Tobias endlich eine Frau gefunden hatte. »Er ist so ein feiner Mensch!« Als ob sie das beurteilen könnte! Ich hätte ihr gerne den Stock auf die beige bestrumpften Beine geschlagen, die sie seit 70 Jahren trugen. Tobias stand währenddessen mit gesenktem Blick an der Gemüseauslage und stach in eine Avocado. In diesem Moment glitt die Erinnerung an den kleinen Jungen, der über seinem gestützten Fahrrad kniet, über das Bild von dem schönen, stolzen Mann, und ich wurde noch wütender. Später habe ich mir etwa zehn Varianten dieser Szene ausgemalt, in denen ich Dinge sage wie »Ach wissen Sie, er ist einfach gut im Bett« oder »Ich hab eben einen seltsamen Fetisch«.

Aber außerhalb von Trutzhausen zeige ich mich gerne mit Tobias. Ich stelle mir vor, dass wir die anderen beschämen. Beschämen, weil sie angenommen haben, dass eine Nichtbehinderte und ein Behinderter nicht so verliebt sein können.

Ich selbst habe mich nur zweimal für Tobias geschämt.

Das erste Mal auf der Kirmes. Es roch nach Zuckerwatte und gebrannten Mandeln, Lichter in schönen Spektralfarben steckten an den Buden und taten meinen schmerzenden Augen gut. Wir hatten den Kirmesbesuch gründlich geplant und ein System entwickelt: Jeder dufte sich fünf Sachen wünschen, die wurden auf Zettel geschrieben und nach und nach gezogen, und der andere durfte kein Veto einlegen. Tobias musste das Plüsch-Teletubbi annehmen, dass ich für ihn geschossen hatte, nach der Wilden Maus bat Tobias mich, ein paar Schritte hinter ihm zu bleiben, weil ich so laut gekreischt hatte, und beim Autoscooter wollte uns der Schausteller keine vierte Runde fahren lassen, weil fünf Kinder wegen meines Fahrstils heulend bei ihren Müttern Schutz gesucht hatten. Tobias hatte grade angefangen, jeden greifbaren Fahrbudenbesitzer höflich, aber hartnäckig zu fragen, wo denn die Coneheads seien und die dicke Frau, als ich Sonja sah. Sonja ist die Frau, mit der ich gerne befreundet gewesen wäre und sie nicht mit mir. Ich hab das irgendwann begriffen, und es war eher demütigend als schmerzhaft, aber fatalerweise haben wir uns an verschiedenen Stellen unseres Lebens immer wiedergesehen, und jedes Mal habe ich wieder gehofft. Einmal zum Beispiel auf einer Party. Dort erfuhr ich, dass Sonja nie betrunken wird. Nie. Bevor sie auch nur zu lallen anfängt, würde sie wahrscheinlich blind an einer Leberzirrhose verenden. Natürlich hab ich Hunderte von Schnäpsen angeschleppt und mir eingebildet, ich könnte sie betrunken machen, und natürlich bin ich irgendwann total voll von dannen gezogen, Sonjas kühle, distanzierte Blicke auf meiner schwankenden Gestalt. Dann habe ich sie in der letzten Phase meiner Promotion wiedergesehen. Sie hatte im Dekanat gearbeitet, was ihr gut gefiel. Alles, was ihr fehlte, um den Job für immer machen zu können, war ein Doktortitel. Mein akademischer Stoizismus hatte mir einen Vorteil verschafft, und ich bildete mir ein, dass ich als Freundin attraktiver geworden war. Bis zum Tag meiner Disputation, an dem Vater zum Gratulieren kam. Sonja war zufällig im Dekanat und stellte sich vor. Vater nahm an, sie sei eine Kommilitonin, die ebenfalls Sonja hieß und mit der ich tatsächlich befreundet war. Er schüttelte Sonja lange die Hand und sagte: »Von Ihnen habe ich schon viel gehört, wie schön, dass wir uns einmal kennenlernen.« Was reizend ist, wenn man es zu einer Person sagt, mit der die Tochter tatsächlich befreundet ist. Sonja aber sah mich erschüttert an und pendelte wohl zwischen der Vorstellung, ich würde sie stalken, und der, ich sei trotz Doktortitel erbärmlich genug, Fantasiefreundschaften zu erfinden.

Und diese Sonja ging über die Kirmes, gerade als Tobias mit einem lebensgroßen Teletubbi auf dem Schoß mit einer rotgesichtigen Zuckerwatteverkäuferin über Coneheads parlierte. Ich sah Sonjas Blick, und das Bild kippte. Die gut aussehende souveräne Frau, die tiefgründig genug war, mit einem Behinderten eine Beziehung einzugehen, und verspielt genug, auf einer schäbigen Kirmes jede Menge Spaß zu haben, wurde zu einer schrillen Verzweifelten, die zu viel trank, sich Freundinnen ausdachte und einen Behinderten missbrauchte, um ihr rostiges Selbstbewusstsein aufzupolieren.

Das zweite Mal schämte ich mich am Abend des 21. Tages im Grünen Glas. Wir hatten gefeiert, wie dicht wir Vater inzwischen auf den Fersen waren: Drei oder vier Tage zuvor hatte er unter falschem Namen mit einem Lichtmediziner Kontakt aufgenommen, der über den Zusammenhang zwischen blauem Licht und Makuladegeneration forscht, und vor einem Tag hatte ich seine Syntax in einem Forum von Kompaktleuchtstofflampengegnern wiedererkannt, wo er unter dem Namen »Butterkeks« (er hatte nie besonders originell chiffriert) nach jemandem fahndet, der »Erfahrungen mit dem Einfluss von Kompaktleuchtstofflampenlicht auf die Libido« hat. Ich hatte ihm unter dem Namen Lightqueen vorgeschlagen, den Einfluss von Kompaktleuchtstofflampen auf die Libido in einer Testreihe zu erforschen, aber das war ihm wohl zu direkt gewesen. Der Rüffel eines anderen Forumsbesuchers, »das hier ist kein Eheanbahnungsinstitut«, war bislang die einzige Reaktion. Tobias hatte sein rauchiges Lachen gelacht, weil ich wegen sexueller Belästigung meines eigenen Vaters gerügt worden war, und uns einen Tisch reserviert.

Das Grüne Glas ist ein Geheimtipp und es war ziemlich schick, dass Tobias vom Koch mit Handschlag und Namen begrüßt wurde und wir den besten Tisch bekamen, den neben der Küche. Die Tische standen ein bisschen eng, Tobias musste sich mit seinem Meyra zwischen den noch spärlich besetzten Stühlen durchschlängeln. Mir wurde klar, warum er darauf bestanden hatte, so früh essen zu gehen. Ich war gerührt, weil er mir unbedingt den besten Tisch hatte präsentieren wollen, und beschämt, weil er mir die Problematik nicht erklärt hatte. Gerne hätte ich ihm die Schweißtropfen von der Stirn geküsst, als wir am Tisch saßen.

Das Grüne Glas ist elegant, aber nicht steif. Das Porzellan ist edel und weiß, aber jeder Teller ist aus einem anderen Service. Es gibt keine Tischdecken, und die Tischplatten sind rissig und voller Kerben. Das Essen ist schlicht perfekt: ausgesucht, aber bodenständig, genauso wie der Wein. Ich glaube, ich habe ein bisschen zu viel getrunken. Tobias auch. Ich finde jedoch, dass wir entschuldigt sind: Es ist schwer, nicht zu viel zu trinken, wenn fünf Gänge serviert werden und zu jedem ein Glas absolut perfekter Wein. Wir hatten sogar damit angefangen, heimlich aus dem Glas des anderen zu trinken, wenn der auf der Toilette war. Natürlich so, dass der andere es merkte. Ein Spiel.

Und dann stand Richy vor unserem Tisch. Mein leicht angetrunkenes Gehirn konnte die Bereiche nicht so schnell zusammenbringen. Es kam mir etwa so vor, als stünde ein Schauspieler vor mir, eher noch eine Figur aus einem Film. Das plus zirka sieben Gläser Wein führten zu einer Übersprungshandlung, bei der ich aufstand und Richy viel zu herzlich begrüßte. Erst nach einer langen Umarmung und was-machst-du-denn-hier-so-ein-Zufall und ja-ja-ich-genieße-meinen-Urlaub-ha-ha-ha stellte ich Tobias vor. Richy sah zwischen uns hin und her, offensichtlich unsicher über die Art unserer Beziehung. Tobias konnte nicht aufstehen, er drehte sich zu Richy, gab ihm die Hand und zog ihn ein Stück nach links, um einer Kellnerin den Weg frei zu machen. Magischerweise kam mitten in Richys Blick auf Tobias'

Oberschenkel Tonio und brachte »seinem Lieblingsgast und der schönen Frau« einen Grappa aufs Haus. Tobias fragte Richy, ob Richy sich setzen und einen Grappa mit uns trinken wolle, und vertrieb ihn damit. Ich schaute Tobias über das Grappaglas tief in die Augen, und dann tat ich es: Ich brachte das Gespräch auf die Hochzeit meiner schönen Freunde und die anschließende Festwoche mit Grillen, Wandern und Segeln, die bald stattfinden würde, die sicher unvergesslich sein würde und für die ich noch keine Begleitung hatte. Tobias nickte und wartete. Ich nahm einen Schluck Wein und einen tiefen Atemzug der mit Düften durchsetzten Luft, aber es gelang mir nicht, die Frage zu stellen, auf die Tobias wartete. Stattdessen streichelte ich unter dem Tisch ein wenig den Hosenstoff über seinem Schwanz und flüsterte ihm zu, dass Richy eifersüchtig auf ihn gewesen sei. Das ist eine Vier-Sterne-Bemerkung, denn sie ist in vierfacher Weise wirksam:

Erstens deutet sie an, dass man zum Angesprochenen eine Beziehung hat, die Grund für Eifersucht gibt, ist also eine Annäherung.

Zweitens deutet sie an, dass man von anderen Männern begehrt wird, ist also eine Aufwertung.

Drittens deutet sie an, dass man den anderen Mann immerhin so gut kennt, dass man merkt, dass er eifersüchtig ist, ist also eine Selbstdarstellung.

Viertens deutet sie an, dass der Angesprochene über den anderen Mann triumphiert, ist also ein Kompliment.

Tobias reagierte verhaltener, als ich erwartet hatte. Er nickte und fragte, ob ich noch etwas trinken wollte. Ich wollte nicht darüber nachdenken, ob er als Psychologe die Vier-Sterne-Bemerkung durchschaut hatte oder ob er es übertrieben fand, dass unsere Beziehung jemanden eifersüchtig machen sollte. Ich wollte mich nicht feige fühlen, weil ich die Frage nicht gestellt hatte, und schlug übermütig vor, noch ein Bier an der Theke zu nehmen. Tobias warf mir einen verschleierten Blick aus meergrünen Augen zu, drehte sich um und fuhr zur Theke. Es waren drei Stühle nebeneinander frei, Tobias schob den überflüssigen weg, rollte an die Theke und zog sich mit einem Klimmzug hoch, streckte die Arme durch und ließ sich auf den Barhocker rechts von sich sinken. Gerne hätte ich applaudiert, ging aber möglichst gleichgültig durch das Lokal und setzte mich neben ihn, schlug die Beine übereinander und bestellte Bier und Wodka. Das war der Moment, in dem noch alles hätte gut werden können. Wenn ich nicht diese Gleichgewichtsprobleme hätte, wenn ich betrunken bin. Ich kann mich im Grunde sehr gut auf den Beinen halten, auch betrunken. Aber wenn ich mal aus dem Gleichgewicht gerate, dann richtig. Dann kann mich kein Stapel Bierkästen, keine Zimmerpflanze und kein Mensch mehr aufhalten, dann falle ich, bis eine Wand kommt oder der Boden. Im Grünen Glas bin ich nicht bis auf den Boden gefallen. Aber Tobias. Ich wollte mein Nasenspray aus der Tasche ziehen, ohne vom Barhocker aufzustehen. Dabei habe ich das Gleichgewicht verloren. Tobias hat versucht, mich festzuhalten, aber vergeblich, ich bin gegen ihn gestürzt, lachend, betrunken, mit dem Nasenspray in der Hand, und er ist vom Barhocker gerutscht. Man macht sich gar nicht klar, wie viel Balance man beim Sitzen auf einem Barhocker mit den Beinen herstellt.

Es ist schlimm genug, in einem schicken Restaurant vom Barhocker zu fallen. Aber noch schlimmer ist es, nicht wieder aufstehen zu können. Tobias hätte sich an seinem Rollstuhl oder einem Stuhl hochziehen müssen, es waren aber nur wackelige Barhocker und glatte

Säulen in der Nähe. Ich saß wie versteinert auf meinem Barhocker, so lange, bis Tonio auftauchte, um Tobias in seinen Rollstuhl zu hieven. Aber da hatte Tobias schon angefangen zu weinen. Und ich hatte angefangen, mich zu schämen.

1986

Das Badewasser ist zu kalt. Rosalie dreht den Hahn für das kalte Wasser ab und den für das heiße Wasser auf. Dann setzt sie sich wieder aufs Klo, stellt die Beine auf den Wäschekorb, damit die Klobrille nicht in ihre Oberschenkel schneidet, und schlägt »Gretchen hat Hänschen-Kummer« auf. Die anderen Bücher von Christine Nöstlinger mag sie auch, aber die Gretchen-Reihe gefällt ihr am besten. Sie hatte oft in den Spiegel gestarrt und sich gefragt, ob ihre Augen vielleicht auch ein Muster wie aufgeschnittene Radieschen haben. Und sie hatte im Deutschunterricht »Wunschloses Unglück« von Peter Handke als Lieblingsbuch angegeben. Weil Gretchen es gelesen hatte und weil sie den Titel toll findet. Zum Glück kannte die Deutschlehrerin das Buch nicht und konnte nur beeindruckt nicken.

Rosalie hatte alle Bände der Gretchen-Reihe und noch einige andere Bücher bei Büchermausi's Kuschelecke geklaut. Eins haben sie Bianca Strohdowski heute zum Geburtstag geschenkt. Zusammen mit einem Parfüm von Steffi Graf und einem Gesichtspuder von First Beauty. Bianca war rot geworden, als sie die Geschenke ausgepackt hatte, und ihre Stimme war beim »Danke« gekippt. Das Buch hatte den Titel »Küssen, Kuscheln, Knutschen«, es waren Geschichten von unterschiedlichen Autoren, Christine Nöstlinger war auch dabei. Sie hatten um den Wohnzimmertisch gesessen und abwechselnd daraus vorgelesen. Später hatten sie noch »Star-Raten« gespielt. Jede musste einen Star aufschreiben, und dann mussten alle raten, welcher Star von wem kam. Rosalie hasst dieses Spiel. Sie war sehr froh, dass ihr Heino eingefallen war. Beim Raten hatte sie nur dann einen Namen geschrien, wenn ihn schon eine der anderen gesagt hatte. Wegen der Aussprache. Auf einem Zettel hatte »Mona Token« gestanden. Der Zettel war übrig geblieben, niemand hatte diese Mona gekannt. Also hatte der Zettel gewonnen. Er war von Bianca.

»Wer is' denn das?«, hatte Verena gefragt.

»Ach, mein Bruder steht voll auf die«, hatte Bianca gesagt und wäre wohl damit durchgekommen, wenn Verena sich nicht so geärgert hätte, dass Ella erraten hatte, dass Prince von ihr gewesen war. So starrte Verena auf den Zettel und rief nach ein paar Sekunden:

»Modern Talking!«

Alle hatten aufgeheult, »Mona Token« geschrien und sich gegen die Stirn geschlagen. Bianca hatte schwach gegrinst, mit den Schultern gezuckt und gemurmelt »Wir haben eben kein Fernsehen.«

»Aber ein Radio werdet ihr doch haben, oder?«, hatte Rosalie gerufen.

Jetzt ist das Wasser heiß genug, Rosalie steigt in die Wanne und lässt sich langsam hineinsinken. Das Wasser steigt ihr über den Bauch, die Brust, über die Schultern und den Hals. Sie taucht den Kopf unter, bis zum Haaransatz. Die Stimmen müssen schon die ganze Zeit da gewesen sein, die Stimmen, stampfende Fußtritte und knallende Türen. Sie hebt ihren Kopf aus dem Wasser – alles ruhig, friedlich und dampfig. Sie taucht wieder unter – die Stimmen sind wieder da. Verstehen kann Rosalie nichts.

Sie steigt aus der Badewanne, hört das Wasser gegen den hinteren Rand schlagen und über den Rand schwappen, spürt den kalten Lufthauch und die rutschigen Kacheln unter ihren Füßen. Nackt geht sie in den Flur, stellt sich an das Geländer, bereit zu verschwinden, wenn jemand die Treppe hochkommt.

»Was war denn mit der Geschichte mit Steinauer und seinem Hund? Ich weiß genau, dass du mich für verrückt erklärt hast, aber das Ordnungsamt ist sofort tätig geworden, aufgrund meines Hinweises.«

Die Mutter murmelt etwas.

»Was hast du gesagt?«, schreit der Vater.

»Ich habe gesagt: Ein blindes Huhn findet auch mal ein Korn.«

»WAS MEINST DU DAMIT?«

»Ich meine, dass dein Plan in die Hose gegangen ist. Frau Steinauer grüßt immer noch nicht, und ich kann es ihr nicht einmal verübeln. Wenn du so weitermachst, sind wir bald in der ganzen Gegend verhasst und du hast wenigstens einen Grund für deine Paranoia.«

»Es ist mir SCHEISSEGAL, ob diese Spießer grüßen oder nicht. Steinauer hat seinen Hund geschlagen und möglicherweise sogar mit Elektroschocks traktiert.«

»Der eine Nachbar quält in seinem Keller Tiere, der andere kneift nachts heimlich das Zündkabel deines Autos durch, der nächste heizt illegal …«

»ER HAT ILLEGALE BRENNSTOFFE BENUTZT!« Der Vater kann Sätze so sagen, dass jedes Wort klingt, als wäre es eine Leuchtreklame.

»Das war altes Holz.«

»Rede nicht über Sachen, von denen du nichts verstehst. Das war kein ›altes Holz‹.« Der Vater kann die Mutter so nachäffen, dass sie klingt wie die Mutter von Bianca Strohdowski. »Es waren EINWEGPALETTEN.

Und Schlimmeres. Im Umkreis von 100 Metern lagen riesige Rußflocken im Schnee, die nach geschmolzenem Plastik gerochen haben.«

…

»Du glaubst mir nicht? Soll ich dir die Fotos zeigen? Ich habe auch eine Probe genommen.«

»Herrgott noch mal! Verstehst du denn nicht, dass du nicht in der Gegend rumrennen und die Nachbarn beim Ordnungsamt anschwärzen kannst?«

»Und DU verstehst offenbar nicht, dass ich als Familienvater Verantwortung habe. Dass ich auf Recht und Ordnung achten muss?«

»Verantwortung! Das ist es. Und Verantwortung bedeutet, dafür zu sorgen, dass uns niemand Hundescheiße in den Briefkasten wirft und Lily und Rosalie nicht in der Schule geschnitten werden, weil ihr Vater irgendwelche Verrücktheiten ausbrütet.«

»Rosalie hat vor Freude geweint, als das Ordnungsamt den armen Struppi von seinem brutalen Herrchen erlöst hat.«

Rosalie krümmt sich am Geländer zusammen.

»Rosalie hat auch geweint, als du ihr verboten hast, Lisa von den Brock zu ihrem Geburtstag einzuladen, weil ihr Vater Einwegpaletten in seinem Kamin verbrennt. Und außerdem stand Struppi zwei Tage später wieder vor der Tür. Offenbar hat es ihm bei seinem prügelnden Herrchen besser gefallen als im Tierheim.«

Der Vater geht mit lauten Schritten in die Küche und schließt das Fenster mit einem Knall.

Die Mutter lacht laut und böse.

»Das ist wirklich lustig. Du willst nicht, dass die Nachbarn unseren Streit hören, aber machst uns mit deinen wahnsinnigen Verdächtigungen in der ganzen Stadt unmöglich. Ich traue mich schon gar nicht mehr zum Friseur, aus Angst vor den neuesten Geschichten über dich.«

»Dann gehst du eben nicht zum Friseur! Es gibt wirklich Wichtigeres als deine Frisur. Oder traust du dich nicht in die Praxis dieses Schweizer HNO-Geldsacks, wenn deine Locken nicht richtig liegen?«

»Was bitte hat Peter mit dieser Sache zu tun?«

»Oh, wir sind schon beim du! Das wird ja immer interessanter! Dein Peter hat sehr wohl etwas mit der Sache zu tun. Eine Frau, die hinter ihrem Mann steht, geht nicht arbeiten. Ich verdiene ausreichend, um dir alles zu kaufen, was du brauchst. Oder sind fünf Wochen Familienurlaub etwa nicht genug?«

»Niemand hat sich über Urlaubsreisen beschwert.«

»Du hast noch nie zu mir gestanden. Noch nie! Immer hast du mir mit deinem Misstrauen und deiner Kritik das Leben zur Hölle gemacht. Sogar deine Mutter …«

»Lass meine Mutter aus dem Spiel! Die hat keine Ahnung, was du hier abziehst.«

»Jedenfalls weiß sie, dass eine Frau ihren Mann unterstützen muss. Manchmal frage ich mich wirklich, ob ich mich nicht besser –«

Der Satz pausiert, als habe er Angst vor der Ungeheuerlichkeit, die an seinem Ende steht. Er breitet sich im Haus aus wie Wasser auf einer glatten Fliese, das nicht in die Ritze fließt (*die Oberflächenspannung,* hat der Vater erklärt). Rosalie umklammert das Geländer. So nah war das Wort noch nie gewesen.

Ihre Mutter klingt anders, als sie antwortet. Als hätte jemand die Luft aus ihrem Zorn gelassen.

»Glaub mir, Ernst, das habe ich mich auch schon.«

Die Mutter kommt die Treppe hoch. Rosalie rennt in Richtung Badezimmer, ihr Busen tut beim Rennen weh, aber das ist ihr egal. Sie stürzt sich in die Badewanne und nimmt ihr Buch von der Heizung.

»Warum ist es hier so nass?«, fragt die Mutter, als sie im oberen Flur ankommt, und geht direkt ins Badezimmer.

»Warum ist es im Flur so nass?«

»Keine Ahnung«, sagt Rosalie gelangweilt, räkelt sich in der lauwarmen Badewanne, streckt ein Bein aus dem Wasser und legt einen Fuß auf den Hahn. Die Mutter wendet den Blick ab, als hätte sie einen Kampf verloren.

»Und was ist das bitte hier für eine Überschwemmung? Meine ganze Badematte ist nass!«

»*Deine* Badematte.«

»Wie bitte?«

»Das ist nicht DEINE Badematte. Das ist UNSERE Badematte.«

»Rosalie, lass diese lächerlichen Spitzfindigkeiten. Wenn du so mit deinen Lehrern redest, wundert mich gar nichts mehr. Ich habe keine Lust, neben all der Hausarbeit und meiner Arbeit in der Praxis auch noch den ganzen Tag hinter euch her zu räumen. In einer halben Stunde komme ich wieder, und dann ist hier alles picobello, verstanden?« Die Mutter geht.

Es tut gut, als sie hinter ihr her schreit: »Niemand zwingt dich zu arbeiten. Und es gibt Wichtigeres auf der Welt als eine dämliche Badematte!«

Im kühlen Badewasser wäscht Rosalie sich die Haare, verteilt Spülung, nutzt die Einwirkzeit für ein Peeling, spült Spülung aus, rasiert sich die Beine mit einem orangenen Einwegrasierer. Es ist kalt, als sie aus der Badewanne steigt. Sie wickelt sich ein Handtuch um den Körper, presst eine große Ladung Conditioner auf ihren Scheitel und massiert ihn bis in die Spitzen ein, wickelt ein Handtuch als Turban um ihren Kopf, legt die tropfende Badematte ins offene Fenster und wirft ein drittes Handtuch in den See vor der Badewanne. Als das Handtuch vollgesogen ist, lässt sie es in die Wanne für die Wäsche fallen.

Danach zieht sie das Badetuch enger um die Brust, schlüpft in die Lammfellschlappen ihrer Mutter und geht ins Giebelzimmer. Die Luft ist abgestanden und der Teppich unter dem Schreibtischstuhl dünn vom Hin- und Herfahren. Fasziniert starrt Rosalie auf den Haufen mit Geldscheinen verschiedener Währungen, die nachlässig mit gelben Klebezetteln, Büroklammern, Textmarkern und Broschüren in einer Wanne liegen.

»Bekomme ich einen von denen, wenn ich sie für dich sortiere?«

Der Vater sieht langsam von einem Stapel Papiere auf, die er in verschiedene Aktenordner verteilt.

»Das ist lieb, dass du mir helfen willst. Aber die Ablage ist wichtiger. Ich bin in den letzten Tagen völlig in Verzug geraten. Wenn du mir die Papiere anreichst, geht es schneller.«

Rosalie seufzt unhörbar und macht einen großen Schritt über die aufgestapelten Aktenordner in Richtung Schreibtisch. Ihr Handtuch rutscht und sie zieht es mit einer Hand über den noch leicht feuchten Busen.

»Wenn du mir nur immer das Schlagwort vorlesen würdest, das ich hier oben links notiert habe.«

»Papa, ich habe dir schon so oft geholfen.« Rosalie wirft einen verlegenen Blick auf die Tafel, in der nur ganz wenige verblasste Einträge in ihrer Schrift stehen. Die meisten Daten, Stichworte und Ermittlungsschritte sind in der kleinen, leserlichen Schrift ihres Vaters verfasst.

»Ja, natürlich. Du bist ein kluges Mädchen. Wenn du später einmal Journalistin bist, wird es dir helfen, dass du eine ordentliche Ablage beherrschst.«

»Phöbus«, sagt Rosalie und hält dem Vater ein kleines Bündel Papier mit verschiedenen Zeitungsausschnitten hin.

»Ach ja. Die geben auch nie Ruhe. Wo hab ich denn nur …« Er sieht sich suchend um, und Rosalie verflucht sich für ihre Unvorsichtigkeit. Das hier wird ihr ganzes Leben dauern. Während ihre Freundinnen zum Diskodancing gehen, wird sie Papiere anreichen. Während sie Leistungskurse wählen, Abitur machen, studieren, in WGs ziehen, Putzpläne austüfteln, Moderatorinnen, Musicalsängerinnen und Politikerinnen werden, in große Altbauwohnungen umziehen, Männer kennenlernen, die kochen können und es lieben, auf dem Markt einzukaufen, während sie diese Männer verlassen und Affären mit Kollegen beginnen, wird Rosalie sich ihre staubigen Finger an diesem Handtuch abwischen und Schlagwörter wie »Chemtrails«, »Haarp«, »CIA«, »Bürgerinitiative Krankenhausviertel« und »Spendenveruntreuung, Kirche« krächzen.

»Singvögel«, liest sie und wedelt mit einer Broschüre des Komitees gegen Vogelmord vor ihrem Vater herum.

»Au, das ist was ganz Dolles. Wusstest du, dass in Italien Singvögel gegessen werden? Sie werden in Netzen und mit Leimruten gefangen und verenden elendig. Drosseln werden zum Beispiel sauer eingelegt und als Delikatessen verkauft. So etwas liest man natürlich nicht im Reiseführer, die Touristen wissen das oft nicht einmal. Ich denke, eine Aufklärungskampagne kann da viel bewirken. Was hältst du von dem Slogan ›Kein Urlaub dort, wo Vogelmord‹?«

Rosalie reibt ihre Unterschenkel sachte aneinander. Nach dem Rasieren fühlen sie sich weich an, so weich, als wären sie nur dazu da, wegen ihrer Weichheit bestaunt zu werden. Rosalie bedauert die Männer, die ihre weichen Beine nicht bestaunen dürfen. Während ihre Beine einander streicheln, zählt Rosalie die Sekunden. Nach einer halben Minute kann sie unterbrechen. … 28, 29, 30.

»Papa, so werden wir nie fertig.« Der Vater taucht aus seinem Redestrom auf und sieht sie an. Seine Falte teilt die Stirn wie ein Axthieb. Rosalie zeigt mit dem Finger auf das Schlagwort auf dem nächsten Stapel und sagt: »›Korruption, lokal‹, das klingt aber spannend!« Riskantes Spiel. Verbeißt sich der Vater in das nächste Thema, ist nichts gewonnen. Immerhin wird er dann nicht böse, weil sie ihn unterbrochen hat.

»Oh ja, ich glaube, da bin ich einer ganz heißen Sache auf der Spur. Ungereimtheiten … ich sage dir, es schreit zum Himmel! Aber das ist so brisant, das kann ich dir nicht erzählen. In deiner Klasse ist dieser Oberstebrink-Junge, nicht wahr? Nun ja, sein Vater ist Stadtrat. Das verstehst du schon.«

»Klar«, sagt Rosalie. Nimmt sich aber vor, bei der nächsten Gelegenheit den Aktenordner »Korruption, lokal« zu checken. Das nächste Häufchen auf dem Stapel umfasst nur wenige Blätter, der Stapel wird kaum kleiner. »Schattenelite«, liest Rosalie vor, »Sauerei«, murmelt der Vater und will die Blätter nehmen, aber Rosalie hält sie fest.

»Was war da eben los bei euch?«

»Deine Mutter ist zurzeit etwas nervös.«

»Wir wissen beide, dass das nicht der Grund ist.« Das hat sie ziemlich gut gesagt, findet sie. Der Vater hört auf, an den Blättern zu ziehen.

»Selbstverständlich ist das der Grund«, sagt der Vater in dem Ton, der ihre Freundinnen dazu bringt, den Hörer aufzulegen, wenn sie Rosalie anrufen. Todesmutig sagt Rosalie: »Gib's zu, es ging um ihren Job.«

»Es ging darum, dass deine Mutter es für wichtiger hält, mich zu boykottieren, anstatt Unrecht zu verfolgen.«

»Ich find's auch blöd, dass sie wieder arbeitet.«

»Rosalie, du kannst mir glauben, nichts liegt mir ferner, als deiner Mutter ihr bisschen Selbstverwirklichung zu missgönnen. Natürlich langweilen mich ihre Geschichten aus dieser kleinstädtischen HNO-Praxis manchmal, aber das wäre mir keine Silbe der Erwähnung wert. Was mich aber wirklich zur Verzweiflung treibt, sind diese ewigen Sticheleien in Bezug auf meine Ermittlungen. Ich bin ja froh, dass wenigstens du auf meiner Seite bist und zu würdigen weißt, was ich tue. Aber es kostet mich Kraft, mich ständig rechtfertigen zu müssen. Kraft, die mir für wichtige Dinge fehlt.«

»Gib's zu, du bist eifersüchtig auf ihren Chef.«

Der Blick des Vaters zuckt von den Diagrammen und Textblöcken zu Rosalies Augen, so schnell, dass sie keinen provokant-coolen Gesichtsausdruck parat hat, nur ein verlegen-beschwichtigendes Lächeln. Rosalie ist keine Gegnerin, der Vater ist großzügig.

»Das sollte wohl ein schlechter Witz sein. Spar dir so was in Zukunft.«

Rosalie fühlt ihr Gesicht heiß und starr werden, sie schaut auf den Stapel Papier in ihrer Hand, liest »Kautschukmonopol« und hält dem Vater ein Blatt Papier hin, das er annimmt.

1987

Das Haus, das zu Rosalies Empörung genau an ihrem zehnten Geburtstag auf der letzten Pferdeweide gebaut worden war, sollte keinem seiner Bewohner Glück bringen. Ein junges Paar zog ein, bekam ein Kind, ließ erst einen Sandkasten in den Garten bauen und sich kurz darauf scheiden. Der Sandkasten blieb, und die Katzen der Nachbarschaft schissen eine Weile ungestraft hinein, bis ein älteres Ehepaar das Haus bezog. Sie hatte einen Schlaganfall gehabt und saß im Rollstuhl. *Es ist rührend, wie er sich um die Frau kümmert,* hieß es. Aber schon bald wurde sein Demenzleiden so schlimm, dass eine Polin zur Pflege der beiden eingestellt werden musste. Es dauerte nicht lange und die Polin hatte den Alten mit ihren Schenkeln, ihrer deftigen Kost und ihrem Lachen verführt. *Es ist eine Gnade, dass die arme Frau nicht weiß, was ihr Mann treibt,* hieß es. Unter Anleitung der Polin war das löchrige Gehirn des Mannes noch in der Lage, die Scheidung einzureichen. Gerade rechtzeitig konnten seine Kinder verhindern, dass er die Polin heiratete und als Alleinerbin einsetzte. Flugs zog der unverheiratete Sohn Alfons Pitz in das Haus, vertrieb die schimpfende Polin und brachte seine Eltern in einem Pflegeheim unter. *Es ging nicht mehr,* erklärte er den Nachbarn. Er ließ den rollstuhlgeeigneten Flur, wie er war, und richtete dort sein Atelier ein. Er zeichnete. Irgendwann zeichnete er Lily. Nackt. Niemand wusste, ob diese von der Putzfrau entdeckte Zeichnung seiner Fantasie entsprungen war, ob er Lily durch das Badezimmerfenster beobachtet hatte oder ob sie ihm heimlich Modell gestanden hatte. Lily klärte das Rätsel nicht auf. Sie lächelte. Rosalie wusste nicht, ob es ein stolzes Lächeln war, das sich darauf bezog, dass ein erwachsener Mann Lily nackt sehen oder zumindest zeichnen wollte, oder ob es ein rätselhaftes Lächeln war, weil Lily ein Geheimnis hatte. Jedenfalls, nachdem auch der letzte Nachbar das Grüßen eingestellt und der Bäcker ihm die Brötchen verweigert hatte, packte der Mann Zeichnungen und Overalls in seinen roten Golf und verschwand. Das Haus blieb leer.

Von diesem Moment an spürte Rosalie eine unbestimmte Ungeduld, so wie sie sie als kleines Kind in der Vorweihnachtszeit erlebt hatte. Es war dieses Gefühl, als stünde etwas Großes unmittelbar bevor. Eine neue Lebensphase, in der alles Sinn ergeben würde. Großartige Fantasien suchten sie heim: Sie sah sich in einer ausgewaschenen Jeans und einem engen Rippshirt bei Vogelgesang zu einem See radeln, sich die Kleider abstreifen, in das kühle Wasser springen und es mit kräftigen Zügen durchpflügen. Danach sah sie sich erfrischt und gestärkt den Tag begehen und mit ihrer Konzentration und ihrer Gelassenheit beeindrucken. Sie sah sich, ein paar Jahre älter, schön und stolz, in einer Dachgeschosswohnung auf einer Matratze liegen, umrahmt von Büchern, Notizen und Teetassen, alle Gedanken denkend, die jemals gedacht worden waren, und noch einige dazu.

An einem Samstag steht sie tatsächlich früh auf, genießt das Erstaunen ihrer Mutter, lehnt das Croissant ab und bittet um ein Müsli. Danach fährt sie in die Stadtbücherei, lässt sich das Mikrofiche-Stichwortverzeichnis der großen Tageszeitungen und der Lokalzeitungen geben und legt den Fiche mit dem Buchstaben P in das Lesegerät.

Ein großes Licht in der Kunstszene war Alfons Pitz offenbar nie – erst in der dritten Zeitung findet Rosalie, was sie sucht. Rosalie notiert die entsprechende Ausgabe in ein Notizbuch und durchsucht die restlichen überregionalen und schließlich auch einige lokale Zeitungen. Im Westfalen-Blatt wird sie überraschend häufig fündig. Schließlich hat sie zwölf Artikel aufgeschrieben, in denen Alfons Pitz erwähnt ist.

Rosalie hat genug Zeit in Archiven verbracht, um zu wissen, dass jetzt der schwierige Teil kommt. Sie muss die dicken Bände durchsuchen, zu denen die Zeitungen gebunden sind, und die betreffende Ausgabe finden. Oft würden ihre Notizen unvollständig sein, sie würde einen Hinweis auf ein Supplement übersehen haben oder der Namensänderung einer Zeitung auf den Leim gegangen sein. Das musste sie aushalten, und sie durfte nicht den Fehler machen, ihrer Neugierde nachzugeben und zu lesen anzufangen, bevor alles beisammen war. Wohl tausendmal hatte Vater ihr eingeschärft, wie wichtig es war, dass *die erste Sichtung des Materials bei größtmöglicher Vollständigkeit erfolgt. Man zieht nur voreilige Schlüsse, die den ganzen weiteren Prozess beeinflussen, wenn man zu früh mit der Lektüre beginnt.* Also schleppt Rosalie neun zeitungsblattgroße, hellbraune Bände zum Kopierer (die Artikel aus dem Westfalen-Blatt waren alle aus demselben Jahr), schlägt die gewünschte Ausgabe auf und markiert die Seite mit Papierstreifen, während sie darauf wartet, dass die Tussi am Kopierer ihr Janoschbilderbuch fertig kopiert hat. Sie nickt knapp, als die Janosch-Tante ihr ein Bild von der Tigerente in einem Pappkarton hinhält und »Süüß, ne?« fragt, und fühlt sich gut. Fast wie die schöne Frau in der Dachwohnung mit den vielen Büchern.

Als sie dran ist, achtet sie streng auf die Graustufe und kopiert die überformatigen Zeitungen mit viel Überhang. Nichts schlimmer, als wenn später ein Streifen in der Mitte eines Artikels fehlt. Sie verstaut die Kopien in einer Klarsichthülle in ihrem Rucksack und bringt die Zeitungsbände zurück in die Regale. Mit schmerzenden Schultern und sausendem Kopf fährt sie nach Hause, erträgt das böse Schweigen ihrer Mutter und stopft verkochten Bohneneintopf in sich hinein.

Danach läuft sie in ihr Zimmer, sieht unwillig auf das Regal mit den Spielen, das Medizini-Poster und die Blumenampel an der Wand. Mit einer Handbewegung schiebt sie den orangenen Stifthalter mit den verschieden hohen Röhren, die Ulli-Stein-Schreibtischunterlage und Radiergummiwürste, Spitzerblumen und leeren Stifthülsen hinter den Schreibtisch. Besser.

Jetzt legt sie die Klarsichtmappe mit ihren Ermittlungsergebnissen auf den Schreibtisch. Viel besser.

Rosalie beginnt mit den überregionalen Zeitungen. Nach 20 Minuten Lektüre versucht sie, die aufkommende Enttäuschung mit der Methode des Vaters zu bekämpfen: *Niemals von einer entmutigenden Faktenlage demoralisieren lassen. Die schlimmsten Verbrechen sind am schwierigsten aufzudecken. Immer aufmerksam und durchlässig bleiben, vielleicht kommt das Detail, das den Durchbruch bringt, erst ganz am Ende.* Es hilft nichts. Ihre Kopien waren Artikel über die junge deutsche Kunstszene, in denen Alfons Pitz unter ferner liefen erwähnt wird. Das Bild der schönen klugen jungen Frau wird blass. Andere Sätze ihres Vaters erklingen in ihrem Kopf: *Macht nichts. Du findest bestimmt mal einen netten Mann, der für dich sorgt.* Rosalie greift in das Geheimfach unter der letzten Schublade und zieht eine Tafel DIE WEISSE hervor. Sie liest ein paar Todesanzeigen im Westfalen-Blatt. Und dann. Plötzlich.

Paderborn – Ein katholischer Pfarrer aus Dertmord ist wegen Verdachts auf Besitz von Kinderpornografie suspendiert worden. Nach Angaben von Reinhold Baumbart, Pressesprecher der Staatsanwaltschaft Bielefeld, wurde in der Wohnung des Geistlichen kinderpornografisches Material entdeckt. Durchsucht wurde auch die Wohnung des Detmolder Künstlers Alfons Pitz, der von dem Pfarrer schwer belastet wurde.

Da ist es. Rosalies Stolz leucht wie ein Regenbogen. Alle Artikel, die sie aus dem Westfalen-Blatt kopiert hat, beschäftigen sich mit Alfons Pitz und dem Verdacht auf Kinderpornografie. Es gab Begutachtungen seiner Zeichnungen, die ihnen einen »gänzlich unproblematischen Hang zu Erotik« attestierten, und andere, die behaupteten, hier würden »Mädchen, deren Geschlechtsreife nicht eindeutig feststellbar« sei, »in eindeutigen Posen« gezeigt. Eine Verurteilung hatte es offensichtlich nicht gegeben und irgendwann schien die Geschichte im Sande verlaufen zu sein. Aber das ist egal. Das hier war das, was der Vater eine Spur nennt. Jetzt mussten sie die Spur nur noch aufnehmen und dann gemeinsam für Lilys Ehre und die Verurteilung dieses Perversen kämpfen.

»Du bist so scheiße, Rosalie! Hat dich irgendjemand gebeten, hinter Alfons herzuschnüffeln? Das ist doch krank!« Lily presst die Worte mühsam aus ihrer Kehle. Einen letzten Satz schleudert sie mit angespannten Stimmlippen heraus: »Du bist genau wie ER.« Lily dreht sich um, schlägt die Tür hinter sich zu und stampft die Treppe hoch.

Die Mutter zuckt zusammen, zählt Lilys Schritte und wartet den nächsten Türknall ab, bevor sie sich an Rosalie wendet:

»Rosalie, du hast es sicher gut gemeint. Aber das geht zu weit. Hast du das schon irgendjemandem gezeigt?«

Rosalie verengt die Augen zu Schlitzen und schüttelt den Kopf.

»Gut, dann gib mir das bitte.«

»Nein! Ich will Papa meine Ermittlung zeigen.«

Die Mutter atmet scharf ein.

»Du wirst das deinem Vater nicht zeigen.«

»Doch! Einer muss etwas gegen dieses Schwein unternehmen. Und wenn ihr uns nicht helfen wollt, dann machen wir es eben alleine!«

»Rosalie! Jetzt reiß dich mal zusammen. Nur weil du ein paar Artikel kopiert hast, bist du noch nicht die Weltpolizei. Wir haben schon genug Ärger gehabt, wegen deinem Vat…«

»Du bist so – feige! Nur weil die Nachbarn über dich reden könnten, willst du einen Kinderschänder entkommen lassen, der vielleicht deine Tochter begrapscht hat.«

»Du weißt ja nicht, wovon du redest. Begrapscht! Ich verbiete dir, deinen Freunden oder sonst wem zu erzählen, Lily sei von irgendjemandem begrapscht worden. Und jetzt gib mir diesen Kram.«

Die Mutter streckt die Hand nach Rosalies Ermittlungsergebnissen aus. Rosalie reißt den Papierstapel an sich. Jetzt ziehen beide an dem Stapel. Er ist dick und reißt nicht, aber er zerknautscht. Die Mutter zieht ruckartig und bewegt die Hände auf und ab. Einzelne Blätter lösen sich aus dem Stapel. Sie fallen beschädigt zu Boden unter die stampfenden Füße der Mutter. Andere werden von ihren Fäusten zu Papierknäueln gepresst und in den Müll geworfen, wo sie sich mit Eierschalen und Kaffeesatz mischen. Wieder andere steckt die Mutter in ihren Mund und zerkaut sie zu einem zähen Brei, der ihr durch die Mundwinkel dringt, als sie ihn herunterschluckt. So lange, bis keine Seite mehr übrig ist.

»So, und jetzt geh bitte auf dein Zimmer und denk darüber nach.«

Rosalie steht in einem plumpen Kleid in der Küche einer Dachwohnung und wird von der schönen Frau angewiesen, das Geschirr leiser zu spülen, sie müsse denken.

»Ich hasse dich«, flüstert sie.

1988

»Willst du Glanzspray?«

»Okay, aber nicht zu viel. Wenn du zu viel nimmst, werden sie fettig.«

»Bah, das stinkt!«

Rosalie zieht den Kragen von Ellas lila Bluse nach hinten und sprüht ihr einen kräftigen Stoß Glanzhaarspray auf den Rücken. Ella quiekt, schreit »spinnst du?«, schnappt sich das Deo von Rosalies Mutter von der Ablage und spritzt einen Schwung in Richtung von Rosalies Gesicht. Rosalie kreischt, duckt sich unter Ellas Arm durch und spurtet Richtung Badewanne. Sie nimmt den Duschkopf und richtet ihn drohend auf Ella.

»Hör auf, sonst …«

»18:30 Uhr, Badezimmer, Duschangriff einer Wahnsinnigen, die Frisur hält.« Ella schüttelt ihre Locken, und ein Duft von Haarschaum und Glanzspray erreicht Rosalie.

Es klopft an der Tür. »Rosalie, versaut bitte nicht wieder das ganze Badezimmer. Die Frau Kubin war gestern erst da und hat alles sauber gemacht.«

Ella schlägt die Hand vor den Mund und kichert.

»Und macht bitte das Fenster auf, wenn ihr fertig seid. Ich bin letztens fast ohnmächtig geworden von eurem Haarspray.«

Rosalie öffnet das Fenster, sie lehnen sich heraus. Rosalie findet den Wald falsch. Es müsste eine Straße zu sehen sein, mit Geschäften, Cafés, Autos und Menschen. Oder eine Tankstelle mit verblichenen Zapfsäulen, abblätternder Farbe und einer fauchenden Waschanlage.

»Ob Ingo heute Abend da ist?«

Rosalies Ausgelassenheit entwischt. Seit drei Wochen wird Ella von Ingo zum Tanzen aufgefordert, sie hingegen hat noch nicht mal einen Tanzpartner für den nächsten Kurs.

»Dein dämlicher Verehrer.« Ella zeigt auf Tobias, der mit seinem Fahrrad in der Auffahrt Kreise dreht. Der Anblick drückt die Traurigkeit tiefer in Rosalies Brust. Er fährt immer noch mit diesem Peugeot-Fahrrad rum, grotesk lang sind die Sattel- und die Lenkerstange inzwischen, als hätte das Fahrrad versucht, mit Tobias zu wachsen. Die Frische der Farbe ist entsetzlich altmodisch, der eckige Lenker erinnert Rosalie an ihr Dreirad und die Chromfelgen der kleinen Räder haben Hunderte kleine Rostpickel.

»Ey! Du Spasti«, schreit Ella herunter, »haste heute Abend nichts Besseres vor, als Fahrradfahren zu üben?«

Tobias erschrickt. Er sieht sich um, kommt erst nach einigen Sekunden auf die Idee, den Blick zum Fenster zu heben. Ella winkt ihm zu und lässt ihren Busen schwingen. Rosalie betrachtet Tobias' dunkle Augenringe, seine blasse Haut, seine fettigen Haare. An seinem Hosenbund glitzert es metallisch, das ist die Gürtelschnalle in Form eines Gitarrenhalses, Tobias trägt sie jeden Tag. Plötzlich riecht sie nicht mehr den Duft von Ellas Haaren, sondern einen scharfen, ledrigen Jungsgeruch.

»Guckt mal, was ich kann«, sagt er jetzt.

Tobias und sein türkisfarbenes Peugeot-Fahrrad nehmen Fahrt auf, er löst die Füße von den Pedalen und setzt sie rechts und links des Vorderrades auf die flachen Enden der Gabel. Sein Hintern sticht steil in die Luft und Ella kichert. Das Fahrrad schwankt. Tobias lässt den Lenker los und richtet sich halb auf. Das Fahrrad wird langsamer und schwankt stärker. Um den Sturz zu vermeiden, springt Tobias über den Lenker ab. Er fällt nur leicht vornüber, richtet sich dann steil auf und reißt die Hände zum Himmel. Rosalie hätte vielleicht geklatscht, wenn Ella nicht so laut gelacht hätte. »Komm, Rosalie, wir haben nicht den ganzen Abend Zeit für solchen Kinderkram«, sagt sie und zieht Rosalie vom Fenster weg. Tobias steht immer noch mit in den Himmel gestreckten Fäusten in der Auffahrt, sein treues Fahrrad zu seinen Füßen.

Rosalie ist überrascht, als ihre Eltern anbieten, sie in der Stadt abzusetzen.

»Ihr wollt was?«

»Essen gehen. Es gibt da einen neuen Spanier, der sehr gut sein soll.«

»DU gehst mit Papa aus?« Ihre Mutter zuckt mit den Schultern und betrachtet den Vater nachdenklich.

»Wartet, ich will auch mit«, ruft Lily. »Ich geh mit Steffi ins Kino.«

Rosalie würde lieber mit Ella den Bus nehmen, an der Bushaltestelle eine rauchen, Lipgloss nachlegen und checken, wer sonst noch so zum Diskodancing geht. Aber da sie nicht weiß, wie sie das erklären soll, zuckt auch sie mit den Schultern und quetscht sich mit Lily und Ella auf die Rückbank.

Ella beginnt sofort, Lily über einen Jungen aus ihrer Stufe auszufragen, und Rosalie wartet nur auf Lilys ersten ätzenden Kommentar über den Jungen, über Ella oder über präpubertäre Mädchen, als Tobias auf seinem Fahrrad in einer Kurve links an ihnen vorbeischießt. Der Vater tritt vor Schreck auf die Bremse, alle fliegen nach vorne, und Lily und Ella lachen. Tobias ist vor ihnen auf der Straße, weicht einer Frau mit Einkaufskarre aus, wirft einen Blick zurück, der genau zwischen Rosalies Augen landet, und stellt sich mit einem Sprung auf seine Gabel. Dieses Mal ist er schnell, das Fahrrad liegt auf der Straße wie auf Schienen. Er richtet sich auf, drückt den Rücken durch und streckt die Fäuste in die

Luft. Die Ärmel seines roten Anoraks lassen 10 cm seiner Unterarme frei. Tobias' Unterschenkel lenken das Fahrrad, seine Haare flattern, und seine Hände tragen den Himmel.

Es ist selten, dass Tobias reinen Triumph erlebt.

Es ist selten, dass Tobias unvorsichtig wird.

Es ist selten, dass ein Lastwagen sich auf die Verbindungsstraße zwischen der Siedlung und der Stadt verirrt.

Im Auto geschieht in diesem Moment etwas mit der Luft. Aber Rosalie wird sich nie sicher sein, ob sie sie alle gleichzeitig eingeatmet oder ausgestoßen haben.

Es erschien Rosalie folgerichtig, dass ihre Mutter bald nach diesem Tag gegangen ist. Es schien unmöglich, dass sie alle zusammenblieben, und da Lily nirgendwo hin konnte, genauso wenig wie Rosalie, schien es die beste Lösung zu sein, dass ihre Mutter ging. Der Auszug der Mutter vollzog sich ohne Verhandlungen, ohne Geschrei, ohne sichtbare Tränen und ohne Chaos. Eines Abends gab sie Lily und Rosalie einen Plan, auf dem kleinere Arbeiten im Haushalt auf sie beide verteilt waren. Lily sollte den Müll rausbringen, alle zwei Tage die Waschbecken säubern, Toilettenpapierrollen nachlegen und wöchentlich Schuhe putzen. Rosalie sollte täglich die Spülmaschine einräumen, die Grünpflanzen gießen und die Bett- und Tischwäsche in die Mangel bringen. Um alles andere würde sich Frau Kubin kümmern, jeden Tag würde sie fortan von 12:00 Uhr bis 14:00 Uhr kommen, um zu kochen und zu putzen. Essenswünsche von Lily und Rosalie würde Frau Kubin gerne entgegen nehmen. Außerdem gab die Mutter Lily und Rosalie je ein Bündel Viererkarten für den Bus und eine Straßenkarte der 30 Busminuten entfernten Kreisstadt mit einem Kreuz an der Stelle, an der das Haus stand, in dem sie jetzt wohnen würde. Der Vater nickte zu allem. Erst viele Jahre später wurde Rosalie klar, dass der Vater nicht wie Lily und sie selbst erst an jenem Abend am Küchentisch von diesen Plänen erfahren haben konnte. Dass der Schweizer HNO-Arzt Mutter wohl nicht spontan aus Freundschaft in sein Haus aufgenommen und sich dann nach und nach in sie verliebt hatte. Dennoch blieben das Bild eines Anoraks zwischen LKW-Reifen und das ihrer Mutter, die sich eine Haarsträhne aus der Stirn streicht und mit dem Finger über einen eng beschriebenen Wochenplan fährt, untrennbar miteinander verbunden.

Tag 22

Bilder von der Kirmes und meinem Thekensturz belagern mich, als ich am Tag nach dem Grünen Glas aufwache. Das Aufwachen wäre schon ohne aufdringliche Erinnerungen schlimm gewesen: Meine Knie schmerzen gichtig, mein Gehirn scheint geschwollen, die Nase ist wie mit zwei Korken verstopft, die Augen löschpapiertrocken. Nur eine Winzigkeit bin ich von der Frau entfernt, die diesen Tag mit einem Bad, Augentropfen, einer Nasendusche, Ibuprofen, deftigem Essen, einer Kanne Eistee und einem albernen Film wie Zoolander genossen hätte. Die den gestrigen Abend in pointierte Anekdoten sublimieren würde, am späteren Tag noch in aller Gelassenheit ein bisschen Ordnung in ihre Vater-Ermittlung gebracht und die nächsten Schritte geplant hätte. Zwischen mir und dieser Frau liegt nicht mehr als ein Balanceverlust, was aber ausreicht, sie in weite Ferne zu rücken. Visionen von der Unerreichbaren quälen mich. Eierspeisen fallen sanft in ihren leeren Magen, sie leckt sich katzenhaft die fettigen Finger ab, aalt sich in einem Schaumbad, Ben Stiller scherzt nur für sie, frische Luft strömt durch ihre Nase, und ihr Gehirn zieht sich auf Normalgröße zurück, ihre Haut ist sehnsuchtsvoll.

Aber der Platz neben mir im Bett ist leer. Für mich

gibt es nur Aspirin, was außer Sodbrennen nichts einbringt, und die Hoffnung auf Schlaf. Mühelos dringt das Handyvibrieren durch mein dürres Dösen. Während ich zwischen gebrauchten Taschentüchern, Traubenzucker, Zigaretten, Streichhölzern und Kalender nach dem Handy suche, verpufft der Optimismus der letzten Tage. Gestern waren Tobias und ich noch ganz sicher gewesen, dass wir Vater direkt auf den Fersen waren, heute presse ich eine fremde Stimme an mein Ohr, die von Mord und Verschwörung spricht. Mühsam sortiere ich: Eine der Telefonnummern aus Vaters Exceltabelle hatte offenbar einem Künstler gehört, der vor zehn Tagen tot in seinem Atelier gefunden worden war. Erhängt. Die Polizei geht von Selbstmord aus, aber die Exfreundin glaubt nicht daran. Sie hat meine Nachricht auf der Mailbox des Toten gehört und zurückgerufen. Ihr Ex, offenbar ein politischer Künstler, hat sich mit Themen wie wirtschaftliche Verstrickungen, Bestechung, Geldwäsche, Korruption, Drogen- und Waffengeschäften beschäftigt. Mitten in den Vorbereitungen zu einer großen Ausstellung war er zu Tode gekommen.

Mir ist ein bisschen flau. Ich gehe zur Toilette, lege meinen Kopf auf die Brille und würge. Ich würge und ziehe erst danach die Spülung, Tobias soll hören, wie schlecht es mir geht, und mir meine betrunkenen Gleichgewichtsstörungen verzeihen. Ich dusche und ziehe ein Hemd von Tobias an, das mir gut steht, und meine schwarze Cordhose, die ein bisschen kneift. Als ich vor die Badezimmertür trete, steht Tobias im Flur und reicht mir eine Tasse Katertee. Rasch und mit Panik in der Stimme berichte ich ihm von dem Telefonat. Er versucht, mich zu beruhigen, aber das ist aussichtslos. Natürlich kann man davon ausgehen, dass die Polizei gewissenhaft ermittelt hat. Natürlich muss der Exfreundin ein Mord angenehmer sein als ein Selbstmord, der möglicherweise etwas mit ihrer Trennung zu tun hat. Natürlich gibt es bislang keinen Hinweis darauf, dass Hilmar Bolberitz überhaupt zum Glühbirnendekret gearbeitet hat, und schon gar keinen darauf, dass er mit Vater Kontakt hatte. Alle diese Argumente sind korrekt und keines von ihnen zählt. Denn zum ersten Mal während all der Zeit sehe ich Panik in Tobias' Augen und höre Hektik in seiner Stimme. Ich bitte ihn, aufzuhören, und lasse ihn wissen, dass ich jetzt sofort zu dieser Frau fahren werde, um dann gegebenenfalls die Polizei einzuschalten. Ich frage ihn, ob er mich begleiten wird oder lieber hierbleiben will, und habe für eine Sekunde den Eindruck, als würde Tobias das Angebot annehmen und einknicken. Aber dann richtet er sich auf, packt ein Notizbuch und ein digitales Aufnahmegerät in einen Rucksack, drückt mir ein belegtes Brötchen in die Hand und rollt über den holprigen Plattenweg Richtung Auto, entschlossen wie ein Henker.

Tobias flucht, als er die kleine Treppe sieht, die zu der Tür von Hilmar Bolberitz' Atelier führt. Die Exfreundin steht rauchend in der Tür und beobachtet, wie Tobias den Meyra umdreht und wie mir der Alkoholschweiß ausbricht, als ich ihn die sechs Stufen hochziehe. Tobias' verkrampfter Nacken erzählt mir, wie entsetzlich die Situation für ihn ist, aber mir fällt nichts ein, was sie hätte erträglicher machen können.

Die Exfreundin von Bolberitz ist eine schlanke Frau mit großen Brüsten und einem schwarzen Pagenkopf. Die filterlose Camel wirkt kurz zwischen ihren knochigen Fingern. Sie stellt sich als Lucie vor, gibt erst Tobias die Hand, wobei sie sich so weit runterbeugt, dass der Ausschnitt aufklappt und ihre Brüste sichtbar werden, dann mir.

»Ich habe Sie angerufen, weil ich möchte, dass jemand diesen angeblichen Selbstmord untersucht. So was mögen Zeitungen doch: Politischer Künstler stirbt unter ungeklärten Umständen. Die Headline schenke ich Ihnen.« Sie lacht dreckig. »Die Polizei hat die Sache abgehakt, sie haben Kokain und jede Menge Tabletten gefunden, die Türen waren verschlossen und die Oberlichter ebenfalls. Ich habe keine Ahnung, wie sie rausgekommen sind, aber ich weiß, dass Hilmar sich nicht umgebracht hat. Wir haben Drohanrufe bekommen. Außerdem war er mitten in einem Projekt, und glauben Sie mir, er war fanatisch, wenn er gearbeitet hat. Er hat sich durch nichts stören lassen, ich konnte nackt vor ihm auf dem Tisch tanzen, er hätte nicht mal aufgeschaut. Dabei war er sonst ein sehr sinnlicher Mensch, konnte kaum die Finger von mir lassen.« Wie zur Demonstration berührt Lucie ihren Busen. Gerne hätte ich Tobias die Augen zugehalten.

»Wenn er nicht arbeitete, hatten wir viel Sex. Ich erzähle Ihnen das nicht, um anzugeben, sondern damit Sie begreifen, dass Hilmar seine Arbeit nicht unterbrach. Nie. Nächtelang hat er durchgearbeitet, deswegen auch das Kokain. Früher habe ich manchmal versucht, ihn zu einem Mitternachtspicknick zu verführen. Ich hatte mir das romantisch vorgestellt, der Künstler und seine Muse nackt im Atelier. Aber keine Chance.« Grimmig zupft sie Tabakfetzen von ihrer Unterlippe. »Wenn er sich hätte umbringen wollen, hätte er vorher dieses Gemälde fertig gemacht, er konnte einfach nicht anders. Er hätte niemals freiwillig aufgehört.«

»An was hat er gearbeitet?«, fragt Tobias. Lucie

schickt ihre gierigen Augen in Tobias' Gesicht, leckt sich leicht über die Lippen und fragt, ob er, Tobias, nicht wir, Tobias und Rosalie, Bolberitz' Arbeitsweise kennen würde. Tobias verneint, und ich tue ihm sicher unrecht mit meiner Vermutung, er hätte vorausgesehen, dass Lucie sich daraufhin tief über einen Tisch beugen und ein Blatt aus einem Papierhaufen ziehen würde.

»Hier, das ist der Katalogtext zu seiner Ausstellung.« Sie gibt Tobias den Text, zündet sich eine Camel ohne an und raucht mit methodischen Zügen. Ich lehne mich so über Tobias, dass sein Hemd und mein Busen seine Schulter berühren, und unsere Blicke wandern im gleichen Tempo durch den Text.

Am Sonntag, 30. Juli 2010, zeigt die Galerie Lamettrie die Kabinettausstellung Hilmar Bolberitz. Die Vernissage findet am Samstag, 29. Juli, statt.

Hilmar Bolberitz (geb. 1960) lebt als Künstler in Bernstadt und Brooklyn/New York. Als Artist's Artist wurde er in seiner exorbitanten Signifikanz schon seit den frühen 1990er-Jahren von einer stetig wachsenden Zahl von Kollegen wahrgenommen.

Bolberitz' Medium ist die Zeichnung, in der er in oft großformatigen Diagrammen komplexe Systeme veranschaulicht. Gegenstand seiner Zeichnungen, die durch brillante Eleganz und subtile ästhetische Wirkung überzeugen, sind globale Strukturen finanzieller und politischer Korruption.

Zur Genese des bolberitzschen Verfahrens: Als promovierter Bibliothekar und graduierter Kunsthistoriker hatte Bolberitz Mitte der 1980er-Jahre aus öffentlichen Quellen und Archiven umfangreiches

Material zur Vorbereitung zweier Publikationen über künstlerische Panoramen einerseits und über Waffenhandel andererseits zusammengetragen. Um sein Material zu strukturieren, begann er mittels einfacher Diagramme Bezüge zwischen den Einzelfakten herzustellen. Aus diesen schlichten Zeichnungen sind seine aktuellen komplexen Organigramme mit bis zu 300 Bestandteilen erwachsen. Sie legen offen, wie kleine Gruppen Eingeweihter Finanz- und Machtmittel an politischen Weltordnungen vorbeitransferieren.

Nicht nur inhaltlich, auch in Bezug auf die künstlerische Leistung und sein kunsthistorisches und philosophisches Bewusstsein sind Bolberitz' Arbeiten richtungsweisend.

»Wird die Ausstellung wie geplant stattfinden?«, fragt Tobias, der offenbar doch ein bisschen schneller gelesen hat als ich. Lucie schnaubt ein rauchumwehtes »Klar!« und fährt dann, ohne Rauch, fort: »Ein toter Künstler ist ein guter Künstler. Der beste Künstler ist der, der unter ungeklärten Umständen stirbt. Lamettrie, der Galerist, glaubt schon alleine aus Profitgier nicht an Selbstmord. Natürlich kaufen diese gestopften Kunstscheißer liebend gern ein Gemälde, in dem vielleicht eine brisante politische Verstrickung dargestellt ist.«

Tobias fragt weiter, nach den Drohanrufen, die Bolberitz bekommen hatte, Lucie versenkt sich in Tobias' Züge, zupft einen Flusen von ihrem T-Shirt und gibt zu, dass sie selbst nie einen Drohanruf angenommen hat. Aber Briefe hat sie geöffnet, primitive Drohungen seien darin gewesen, mit dem »p« von »primitiv« spuckt sie ein winziges Spucketröpfchen auf Tobias'

Stirn, außerdem Fotos von ihr und Bolberitz, schrecklich schlechte Paparazzibilder, auf denen sie stets gestritten hätten. Mir ist nicht ganz klar, ob Lucie sich mehr über die Drohungen oder über die unvorteilhaften Bilder ärgert. Tobias wirft mir Blicke zu, die ich nicht beantworten kann, fragt zögernd weiter, Lucie antwortet begierig und saugt Löcher in sein Gesicht. Das Atelier liegt in diffusem Licht und scheint künstlich und organisch zugleich, die Wände verschwimmen mit dem Fußboden, und die Unordnung wirkt inszeniert. Die Geschichten von Drohbriefen und großen Geheimnissen, vorgetragen mit dem Pathos einer Frau, betrogen um ihr Recht zu gehen, passen schlecht hierher. Als hätte eine Darstellerin aus einem Nouvelle-Vague-Künstlerfilm versehentlich ein Thriller-Drehbuch auswendig gelernt. Ich starre auf ihr frappantes Dekolleté, von Sommersprossen schattiert, das lockere T-Shirt lässt ihren Brustansatz frei, und ich kann ahnen, wo sich die Brustwarzen befinden. Dürfte dieses Dekolleté so bleiben, wenn wir in einem Künstlerfilm wären, oder käme bald jemand und würde es pudern? Müsste ich als Thriller-Heldin einen Arsch-BH tragen? Würde Tobias ihre Telefonnummer annehmen, wenn sie sie ihm anböte? Solche Gedanken gehen in meinem Kopf auf und ab, während ich dem Dialog lausche, den Tobias zögernd und Lucie mit Verve vorantreibt, und auf die Stelle warte, die entscheiden wird, ob das hier eine Filmsequenz bleiben oder Realität werden wird. Es ist wie immer, wenn man fällt: Der Boden ist da, bevor man gemerkt hat, dass man ihn unter den Füßen verloren hat.

»Klar, zeige ich euch. Es ging um geheime Absprachen von Birnenherstellern. Die EU kommt auch vor.«

Lucie greift hinter sich und entrollt ein Gemälde.

Phöbus-Phönix

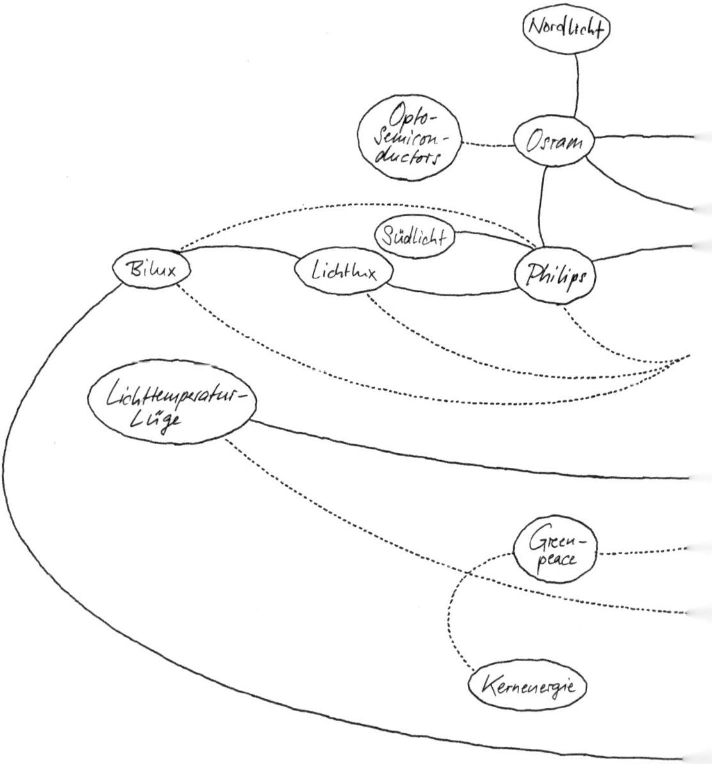

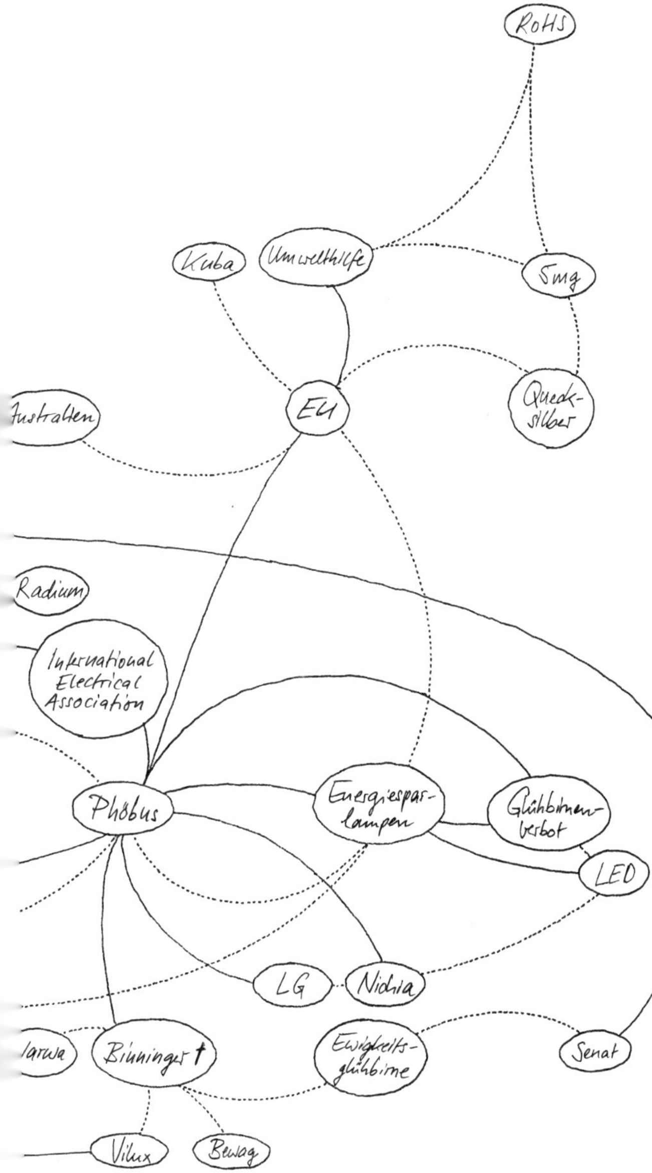

RoHS
Kuba
Umwelthilfe
Smg
EU
Queck-
silber
Australien
Radium
International
Electrical
Association
Phöbus
Energiespar-
lampen
Glühbirnen-
verbot
LED
LG
Nichia
larwa
Binninger †
Ewigkeits-
glühbirne
Senat
Vilux
Bewag

Es ist organisch. Es ist technisch.

Es ist unvollendet. Es ist schön.

Es ist eine geomantische Weltformel.

Es ist das, was an Vaters Tafel immer gefehlt hat.

Nachdem ich mich an die Schmerzen des Aufpralls gewöhnt habe, kommen tröstliche Gedanken: Tobias wird keine Telefonnummer annehmen, und ich darf jetzt abgeben. Die Einsamkeit der Thriller-Heldin, die jetzt alleine würde weitermachen müssen, wird nicht meine Einsamkeit sein. Ich werde nichts anderes tun müssen, als alles ordentlich zusammenzutragen und es den Zuständigen zu übergeben.

An diesem Abend reden Tobias und ich wenig. Er versucht, mich für die vielen anderen Möglichkeiten zu erwärmen, die nicht bedeuten würden, dass mein Vater in Machenschaften verstrickt ist, die so brisant sind, dass jemand bereit zum Mord ist. Zwecklos. Henry A. Kissinger hat recht behalten: *»Just because you're paranoid doesn't mean they're not after you.«*

Tag 23

Schon seit ein paar Tagen mache ich keinen Umweg mehr, wenn ich morgens in den Wald laufe, sondern nehme den direkten Weg, vorbei an unserem Haus. Wir haben uns mit Blicken gemessen, das Haus und ich. *Bald* hatte es geflüstert, *noch nicht* habe ich geantwortet. Wir beide wissen, dass das Haus gewinnen wird. Irgendwann werde ich hineingehen müssen. Es wird die Tür hinter mir zuschlagen und mir seine stinkenden Eingeweide zeigen: Regale voller Aktenordner, meterhohe Zeitungsstapel, Schränke voller Fotos und Videokassetten, Kammern voller antiquierter Ferngläser und Kassettenrekorder, staubigem Kinderspielzeug und Wespenleichen. Und ich werde entscheiden müssen, in welchen Fällen ich grausam und in welchen ich weich sein will. An diesem Morgen lächelt das Haus triumphierend.

Der Wald riecht, rauscht und grünt wie immer. Mit kleinen Schritten laufe ich Hügel hinauf und mit etwas größeren hinab, in mittleren Schritten sortiere ich:

Anfallende Maßnahmen:

Erstens: zuständigen Kollegen in Bernstadt kontaktieren.

Zweitens: Verbindung (Bestechung?) zwischen EU und Phöbus verifizieren.

Drittens: Atelier ballistisch untersuchen lassen.

Viertens: Bolberitz exhumieren.

Fünftens: Ernst Leipniz zur Fahndung ausschreiben.

Als ich den Wald verlasse, frage ich mich, welche Rolle ich bei den nun folgenden offiziellen Ermittlungen einnehmen werde. Ein Rückzug wäre formal korrekt, ist aber leider völlig ausgeschlossen. Schließlich darf ich niemandem trauen und kann nicht sicher sein, dass die Seilschaften von Phöbus nicht bis in die Bernstadter Staatsanwaltschaft reichen. Die Herausforderung ist, Hilfe anzubieten, ohne misstrauisch oder übergriffig zu wirken.

Zielgrade, noch 300 Meter. Meine Ellenbogen erhöhen den Takt, ich riskiere keinen Blickkontakt mit dem Haus. Eine Schweißperle löst sich aus meinem Haaransatz und läuft in mein rechtes Auge. Ich kneife es zusammen und entdecke ihn mit dem linken. Er steht vor der Haustür und leert seinen Aktenvernichter in die grüne Tonne. Ich stoppe in spritzenden Kieseln. Atme. Schwitze. Falle ihm nicht um den Hals. Einer Erscheinung fällt man nicht um den Hals. Außerdem ist mein T-Shirt nass geschwitzt und Kunstfaserfunktionsklamotten stinken entsetzlich. Er schaut nicht auf. Drei vernünftige Sätze kommen aus meinem Mund:

»Guten Tag, Vater. Wo bist du gewesen? Wir haben uns Sorgen gemacht.«

»Rosalie.« Er zuckt zusammen. »Was machst du hier?« Er wartet keine Antwort ab, seine Verwunderung ist gering. »Bei uns ist eingebrochen worden. Ich weiß noch nicht, wie sie reingekommen sind, das Schloss ist intakt. Aber mein Computer ist verschwunden und einige Aktenordner aus dem Sicherheitsarchiv. Ich vernichte grade einiges Brisante, das sie übersehen haben. Wer weiß, was sie noch vorhaben?«

»Deinen Computer haben wir«, sage ich. »Aber wo warst du? Warum hast du dich nicht gemeldet?«

»Langsam, noch mal von vorn. Erst mal das Wichtigste: Wer hat meinen Computer und warum?«

»Mit deinem Computer ist alles in bester Ordnung. Aber das Wichtigste ist jetzt nicht dein dämlicher Rechner, sondern die Frage, warum du wortlos verschwindest und drei Wochen später hier stehst, als wäre nichts gewesen.«

»Rosalie, nicht in diesem Ton. Ist das die Art, wie du vor Gericht auftrittst? Ich habe dich vernünftig gefragt und ein Anrecht darauf, dass man mir in vernünftigem Ton antwortet. Vielleicht kannst du dir vorstellen, wie unangenehm es ist, nach einer längeren Abwesenheit nach Hause zu kommen und die wichtigsten Arbeitsmaterialen nicht an ihrem Platz zu finden.«

»Und vielleicht kannst du dir vorstellen, wie unangenehm es ist, wenn der eigene Vater einfach so verschwindet, nicht an sein Handy geht, nicht zurückruft und auch sonst keine Nachricht hinterlässt.«

»Rosalie, mit Verlaub, du bist hysterisch. Vielleicht ist

es besser, du beruhigst dich erst einmal und wir reden später weiter. Aber zunächst: Mein Rechner ist also bei dir?«

»Du bekommst deinen bekloppten Rechner sofort zurück, und dann kannst du …«

Jemand nimmt meine Hand. Es ist Tobias. Wahrscheinlich hat ihn mein Geschrei von seinen Frühstücksvorbereitungen aufgeschreckt. Meine Hand ist klamm, seine trocken. Ich lehne mich an ihn, ganz leicht, so leicht, dass es kaum zu spüren ist. Vater sieht auf unsere Hände und grinst.

»Dein dämliches Grinsen kannst du dir sparen!« Ich brauche einen Vokalcoach, der mir beibringt, souverän zu schreien. Alle Frauen brauchen einen Vokalcoach, der ihnen beibringt, souverän zu schreien. Ich muss das mit Ella besprechen. Ella wird sagen, dass meine Wahrnehmung durch Jahrzehnte chauvinistischer Filme verdorben ist, in denen schreiende Frauen als unsouverän inszeniert sind, und eine Kunstaktion im öffentlich Raum planen, die diesen Missstand offenlegt.

»Rosalie, ich weigere mich, in diesem Ton mit dir zu reden. Tobias, vielleicht kannst du mir erklären, warum meine Tochter in diesem Zustand ist – und vor allem, wo mein Rechner ist?«

»Ja, das kann ich. Nach deinem plötzlichen Verschwinden haben wir deinen Computer an uns genommen und nach einem Hinweis gesucht, wo du sein könntest.«

»Aha. Und wieso habt ihr das getan?«

Darauf fällt weder Tobias noch mir eine Antwort ein.

Vater hat schon immer lieber mit seinen eigenen Kindern geschimpft als mit fremden. Komischerweise war es kein Trost für die kleine Rosalie, dass er nie mit Tobias geschimpft hat.

»Hast du etwa gedacht, ich gehe ein Risiko ein? Das solltest du besser wissen. Ich analysiere die Situationen gründlich, bevor ich meine Nachforschungen beginne. Außerdem hatte ich in diesem Fall ja gar keinen Kontakt mit gefährlichen Subjekten. Aber das habt ihr sicher selbst herausgefunden.«

»Was meinst du damit, nicht gefährlich? Bolberitz ist tot. Ermordet wie Binninger! Aber du hältst dich mal wieder für unsterblich.«

»Es tut mir leid, aber ich kann dir nicht folgen: Den Namen Bolberitz kenne ich, das ist dieser Künstler, mit dem, nun ja, etwas wahnhaften Blick auf die Welt. Er war drogensüchtig und hat sich aufgehängt. Trauriger Fall. Ich weiß, dass seine Verflossene sich einbildet, er sei ermordet worden. Aber das ist lachhaft. Die Mörder hätten schon durch verschlossene Türen und Fenster gehen müssen.«

»Bolberitz war gerade dabei, ein Kunstwerk fertigzustellen, das die Machenschaften von Phöbus offenlegt. Und du selbst hast Binningers rätselhafte Todesumstände dokumentiert!«

»Du hast meine alten Phöbus-Ermittlungen gelesen? Warum denn das? Ich kann dir versichern: Dahinter steckt gar nichts. Der Unfalltod von Binninger ist zwar rätselhaft, aber das trifft für eine Menge Unfälle mit Todesfolge zu, das weißt du als Staatsanwältin sicher besser als ich.«

»Einmal findest du tatsächlich etwas Brisantes und verschließt prompt die Augen davor! Das grenzt an Schizophrenie. Ich lasse nicht zu, dass weitere Unschuldige sterben, Energie verschwendet und die Gesundheit von Millionen von Menschen riskiert wird. Ich werde die Schuldigen vor Gericht bringen.«

»Was ist das für ein Unsinn? Ich würde mich freuen,

wenn du die ein oder andere Klage erheben würdest, aber warum ausgerechnet wegen dieser Glühbirnengeschichte? Wie wäre es stattdessen mit diesen Idioten von der Naturschutzbehörde, mit denen ich in den letzten Wochen zu tun hatte ...«

An dieser Stelle rutscht meine glitschige Hand aus Tobias' und er benutzt beide Hände, um Vaters Rede zu unterbrechen:

»Ernst, hör bitte mal zu: Wir haben deine Ermittlung zur Energiesparlampe weiterverfolgt und sind dabei auf einige Ungereimtheiten gestoßen.«

»Von welcher Energiesparlampenermittlung redest du? Ich habe nicht zur Energiesparlampe ermittelt. Oder sprichst du von der kleinen Materialsammlung auf meiner Festplatte? Das sind nicht mehr als ein paar versprengte Indizien, die kein einheitliches Bild ergeben. Man kann es eben kaum glauben, dass die in Brüssel tatsächlich so dämlich sind, da kommt man schon mal ins Fantasieren ... Warum habt ihr euch mit dieser frustrierenden Angelegenheit beschäftigt?«

»Wir wollten rausfinden, wo du bist, du egomanisches Arschloch.« Das war das mit Abstand wohltuendste Arschloch meines Lebens. Schöner als das an den Bullen an Silvester 2002 und besser als das an Ben nach seiner Knutscherei mit der Praktikantin. Vater furcht seine Stirn.

»Peinlich, wie du dich hier aufführst. Man schämt sich ja vor den Nachbarn.«

Wenn man wie ein Kind behandelt wird, darf man sich auch wie ein Kind benehmen. Also stampfe ich mit dem Fuß auf, Tobias greift nach meiner Hand.

»Ich verstehe Rosalies Aufregung sehr gut. Wenn jemand wortlos verschwindet, macht man sich automatisch Sorgen, sogar *wenn* es eine vernunftbegabte Person ist, die *nicht* dazu neigt, sich in Schwierigkeiten zu bringen.« Meine Finger verflechten sich mit den schönen, langen von Tobias. »Denn gerade *wenn* es eine vernunftbegabte Person ist, kann man davon ausgehen, dass sie weiß, dass man sich Sorgen macht. Meldet sie sich aber nicht, gibt es nur zwei Möglichkeiten. Erstens: Sie macht ihren Angehörigen absichtlich oder fahrlässig Kummer, zweitens: Es ist ihr etwas zugestoßen. Dir ist nichts zugestoßen, also muss Möglichkeit eins zutreffen. Und dafür, dass wir, und vor allem Rosalie und Lily, in den letzten zwanzig Tagen sehr großen Kummer wegen dir hatten, ist zumindest eine Entschuldigung fällig.«

Wird jetzt alles gut? Sieht er es ein? Entschuldigt er sich? Kann ich meinem Tochterherz freien Lauf lassen, ihn umarmen und mit ihm über Phöbus sprechen?

»So ein Unsinn!«

Er sieht es nicht ein. Er entschuldigt sich nicht. Ich werde ihn nie wieder umarmen. Und muss allein mit Phöbus fertig werden.

»Ich lasse mich von meiner Tochter nicht bevormunden! Das hat schon Carla vergeblich versucht. Außerdem möchte ich dich – Tobias – bitten, dich aus unseren Familienangelegenheiten herauszuhalten. Ich wüsste keinen Grund, warum ich mit dir solche Themen besprechen sollte.«

»Tobias und ich …« Mitten auf seinem Weg in die Welt geht dem Satz die Luft aus. Armer Satz, armer Tobias, arme Rosalie.

»Wir haben nach dir gesucht. Jetzt bist du wieder da. Ich gehe jetzt rüber und hole deinen Rechner.« Hat es in seinen Augen geflackert, als Tobias »ich gehe« gesagt hat? Er ist schon fast an seiner Auffahrt angekommen, während ich noch überlege, ob ich ihn begleiten soll oder nicht. Handlungsunfähig bleibe ich neben Vater stehen und nehme mir vor, so lange zu schweigen, bis er ein Gespräch anfängt.

»Du warst wirklich nicht Phöbus auf der Spur?«

»Ihr habt drei Wochen lang meine Arbeiten durchsucht und nicht herausgefunden, wo ich war? Rosalie, das beweist, dass ihr nicht wirklich in Sorge gewesen sein könnt. Wenn ihr ein bisschen Zeit und Mühe investiert hättet, dann wäre euch sehr schnell klar geworden, dass ich nicht weit gewesen bin. Ich war im Niederen Venn und habe mich auf die Lauer gelegt, um diese Investoren dingfest zu machen, die das Ökosystem durch gezieltes Aussetzen von Herkulesstauden derangieren wollen. Gerissene Burschen sind das, tarnen sich als harmlose Spaziergänger, füttern ihre Hunde mit dem Zeug, die es dann ausscheiden. Für so eine komplizierte Observation braucht man eigentlich Hundertschaften. Ich hatte meine liebe Mühe mit ihnen. Ich konnte nicht riskieren, zur falschen Zeit einen Anruf zu bekommen, also habe ich mein Telefon einer Bekannten gegeben, die die wichtigsten Anrufe bearbeitet hat. Sie wollen tatsächlich eines dieser modernen Schwimmbäder mitten ins Naturschutzgebiet bauen, stell dir das mal vor. Habe ich dir nicht sogar von dem Fall erzählt, als du den leckeren Schweinebraten mit Klößen für mich gekocht hast?«

»Kann mich nicht erinnern.«

»Du bist manchmal so abwesend. Ich hoffe wirklich, das schadet dir nicht in deinem Beruf. Nimm es mir nicht übel, aber du wirkst ein bisschen überspannt. Ich würde wirklich gerne wissen, wie du jetzt auf dieses alte Phöbus-Kartell kommst?«

»Ich komme darauf, weil es immer noch aktiv ist.«

»So ein Unsinn! Phöbus wurde 1989 aufgelöst.«

»Wie kannst du so etwas sagen? Du selbst hast doch

Dieter Binninger porträtiert. Den Dieter Binninger, der die Ewigkeitsglühbirne gebaut hat und von Phöbus ermordet wurde, kurz bevor er die NARVA übernehmen und sie in großem Stil produzieren konnte!«

»Rosalie, was hast du nur für Ideen? Diese Binninger-Birne verbraucht 50 % mehr Energie als jede andere und war nie konkurrenzfähig. Er war ein sympathischer Spinner, der sicher niemandem so gefährlich geworden ist, dass ein Mord denkbar wäre.«

»Warum hast du ihn dann porträtiert?«

»Ich habe ihn nicht porträtiert!« Bei *habe* machte Vater einen kleinen Hüpfer. »Ich habe vor Jahren irgendwo ein Portät gefunden und abgelegt. Ernsthaft verfolgt habe ich diese Spur nie!«

»Du findest die Glühbirnen-Verordnung der EU also nicht weiter verdächtig?«

»So verdächtig, wie eine schwachsinnige Entscheidung eines extrem komplizierten Entscheidungsorgans eben sein kann.«

»Aber – dein Glühbirnenwald!«

»Glühbirnenwald? Du meinst die Versuchanordnung im Dachboden? Ja, da habe ich die Energieeffizienz und die Leuchteigenschaften verglichen. Außerdem hat Tobias sich für das Thema interessiert, er stand ja gerade vor der Entscheidung, mit welchen Leuchtmitteln er sein Haus ausrüsten soll. Ich kann dir gerne in einer ruhigen Minute mal erzählen, welche Energiesparlampe nach meinen Ergebnissen die konsumentenfreundlichste ist.«

»Sag nicht Energiesparlampe, schon die Bezeichnung ist Propaganda.«

»Ach, Rosalie …«

»Und was ist mit Sir Peter? Der ist der Meinung, dass du auf unserer Seite bist.«

»Sir Peter! Den hast du getroffen? Verrückter alter Hund, was? Aber jetzt Schluss mit den Verschwörungsspielereien, sag mir lieber, wie ihr die Zugangssperre meines Computers überlistet habt. Da hatte sicher Tobias seine Finger im Spiel?«

»So schwierig war das nicht.«

»Ja, schließlich habt ihr das Passwort geknackt. Dann würde das wohl auch einem anderen gelingen. Ich muss wirklich mal einen Spezialisten auf das Thema ansprechen. Das hatte ich schon länger vor, habe aber bislang die Kosten gescheut. Aber wie sagt man so schön: Es gibt nichts Teureres, als am falschen Ende zu sparen. Insofern habt ihr mir mit eurer übereifrigen Aktion sogar einen Dienst erwiesen.« Er klopft mir unbeholfen auf die Schulter. »Ah, da kommt ja mein Rechner.«

Vater nimmt Tobias den Rechner von den Knien, stemmt ihn mit beiden Armen hoch und hält ihn gegen die Sonne, als sei er aus Glas und könnte einen Sprung haben. Dann trägt er ihn vorsichtig ins Haus. Als er schon im Flur ist, den Fuß bereits um die Tür geschlungen, um sie zuzuziehen, dreht er sich halb um und sagt: »Ihr nehmt es mir nicht übel, wenn ich euch nicht hereinbitte, oder? Ich muss mich jetzt erst einmal davon überzeugen, dass ihr nichts gelöscht oder durcheinandergebracht habt. Ich muss schon sagen, eure Eigenmächtigkeit ist in höchstem Maße lästig für mich.«

Die Tür fällt zu, und wir schweigen eine kleine Weile.

Nach dieser kleinen Weile blicke ich zu Tobias hinunter und will weg. Ich will weg von seinen langen Fingern, die über den faltigen Jeansstoff streichen, weg von dem Widerspruch zwischen den breiten Schultern und den platten Oberschenkeln. Ich will weg von seinen wissenden Augen, die alles von mir gesehen haben, innen und außen. Weg von seiner rauchigen Stimme, die erleichtert und ein bisschen mitleidig klingt, als sie »Na wunderbar, eine Sorge weniger« sagt. Ich bin nicht erleichtert und ich will kein Mitleid von Tobias Ochsenmeyer.

Ohne eine elegante Begründung für einen schnellen Abgang zu finden, meine Dinge zusammenzusuchen oder zu duschen, setze ich mich in mein Auto und fahre davon.

Habe ich irgendeinen Satz mit es-tut-mir-leid gestammelt? Ich bin mir nicht sicher.

Drei Tage später

Drei Tage lang habe ich nichts gehört. Drei Tage, in denen ich meine Wohnung aufräume, den Kühlschrank fülle, Ersatz für die Sachen kaufe, die ich bei Tobias Ochsenmeyer gelassen habe, meinen Verpflichtungen als Zeremonienmeisterin bei der Hochzeit meiner schönen Freunde nachkomme und rauszufinden versuche, wer in Brüssel mein Material annehmen könnte, außerdem die Kompaktleuchtstofflampen durch Glühbirnen auswechsele (was die Katze versöhnlich stimmt) und möglichst wenig nachdenke.

Ich bewundere gerade eine Reproduktion von Sir Peters Kohlefadenlampe und genieße in ihrem rötlich gelben Licht bei einem Glas Rotwein die aufgeräumte Wohnung, als Vaters Anruf kommt.

»Rosalie. Wie geht es dir?«

»Ganz gut.«

»Warum nur ganz? Warum nicht sehr?«

»Nichts Besonderes.«

»Was gibt's Neues aus der Behörde?«

»Ich habe Urlaub.«

»Wie nett. Genieß es, du arbeitest wirklich genug. Dann hast du ja sicher Zeit, am Sonntag zu einem kleinen Brunch zu mir zu kommen. Deine Schwester und Erich habe ich auch eingeladen. Und Tobias.«

Ganz offensichtlich will er für seine Gästeliste gelobt werden.

»Na wunderbar.«

»Schön, dass du Zeit hast. Ihr braucht euch um nichts zu kümmern. Es ist für alles gesorgt.«

Mit in mehrfacher Hinsicht gemischten Gefühlen fahre ich am Sonntag nach Trutzhausen. Zum 100 000sten Mal, wie es mir vorkommt. Die erste Überraschung ist, dass tatsächlich für alles gesorgt ist. Er hat bei einem Caterer einen wüst kombinierten, aber edlen Brunch zusammengestellt. Die zweite ist, dass die Terrasse immer noch verkommen, aber neuerdings aufgehübscht-verkommen ist: Auf dem rauen Holz der verzogenen Gartenbank liegen Kissen mit handgewebten Bezügen in gewagtem Rot-Gold, zwei schmiedeeiserne Laternen hängen an der schiefen Trennwand, an der früher mal ein Efeu geklettert war, und die schlierig-überzogenen Terrakottatöpfe mit ihren Schöpfen aus Gras, Minibirken und Löwenzahn sind verschwunden. An ihrer Stelle steht ein feister Keramiktopf in Blau mit einem riesigen Bambus. Die Vogeltränke mit dem langen Riss und den zwei Tonmeisen, eine ohne Kopf, wirkt deplatziert und tut mir leid. Lily und Erich stehen leicht unbehaglich mit einem Glas Crémant in der einen und einer Lachspastete in der anderen vor dem Bambus. Lily so dicht, dass seine Zweige ihren Nacken berührten. Direkt vor ihr steht eine teuer gekleidete Frau Ende 50 und redet auf Lily ein. Als Lily mich sieht, taucht sie zwischen Bambus und Frau weg und macht einen Schritt auf mich zu.

»Rosalie, das ist Maureen Schäfer. Maureen, das ist meine Schwester Rosalie.«

Maureen Schäfer ist mehr als erfreut, mich kennen zu lernen, hat schon viel von mir gehört. Ich drehe mich mit hochgezogenen Augenbrauen zu Lily, die mit den Achseln zuckt und sich einen gefüllten Champignon nimmt. Ich entziehe Maureen Schäfer meine Hand, nehme mir auch einen Champignon und höre ein bekanntes Geräusch hinter mir. Ich nehme gleichzeitig seinen Geruch wahr und höre seine Stimme, die *Hallo Rosalie* sagt. Verlegen drehe ich mich um.

»Hallo Tobias.« Ich gebe ihm die Hand. Sehr unpassend.

»Ich hab dein Schlaf-T-Shirt mitgebracht.« Tobias zieht mein unersetzliches I-love-New-York-Shirt aus der Freitagtasche, die an seinem Meyra hängt, und hält es mir hin. Ich nehme es, ohne hinzuschauen. Warum gibt es kein Wort für eine solche Situation? Oder besser mehrere? Irgendeinen Königssatz für Momente, für die es keine Worte gibt. Es wäre in Ordnung, wenn man diesen Satz nur ein paar Mal im Leben verwenden dürfte. Ich hätte sicher diesen Moment ausgewählt. Aber da es diesen Satz nicht gibt oder ich ihn zumindest nicht kenne, sage ich nichts und knete das T-Shirt. Es knistert. Im T-Shirt ist ein Prospekt von einem B&B in der reichen Stadt am See.

»Fahr mit mir dahin«, sagt Tobias, »und dann auf die Hochzeit.«

Diesen Moment sucht Vater sich aus, um mit einem Löffel an sein Glas zu klopfen. Er klopft zirka 30 Mal, als sei eine riesige, sich angeregt unterhaltende Gesellschaft versammelt. Dann räuspert er sich und beginnt:

»Liebe Familie! Ich freue mich, dass ihr meiner Einladung gefolgt seid, diesen wunderschönen Sommervormittag mit uns zu verbringen. Ich sage ›uns‹, weil ich euch heute die Frau vorstellen möchte, die ab jetzt den Lebensweg gemeinsam mit mir beschreiten wird: Maureen (er sagt: Maurehn). Ich hoffe, ihr bereitet ihr eine Wohnung in euren Herzen. In meinem hat sie bereits feste Wohnung bezogen. Auf Maurehn!«

Das hat er gegoogelt, denke ich. Er hat *Lebensgefährtin, Familie, vorstellen* eingegeben und dann hat Google diese Rede ausgespuckt. Ich merke mir ein paar Schlüsselbegriffe und nehme mir vor, das später zu überprüfen.

»Immer wieder für eine Überraschung gut, nicht wahr?«, flüstert Lily mir zu. »Ist doch super, die sorgt hier bestimmt für ein bisschen Ordnung.« Dann geht sie zu Maureen und umarmt sie. Fast ein bisschen zu herzlich. Ein bisschen wie eine Mutter, die der ersten Freundin ihres 42-jährigen Sohnes beim Kennenlernen ein Familienerbstück aufdrängt.

Tobias zieht mich zu sich herab. »Ob das Maren Krämer ist?«, flüstert er mir zu, sein Atem an meinem Ohr.

»Oh. Du meinst … 54, geschieden, zwei Kinder (Arno, 26, und Katinka, 24)?«

In diesem Moment merke ich es: Das wortlose Verschwinden meines Vaters und all die Peinlichkeiten, Intimitäten und Absonderlichkeiten stehen nicht zwischen, sondern verbinden uns. Sie sind eine Geheimsprache, ein Reservoir an Running Gags. Vielleicht sogar noch mehr.

»Komm, wir testen das mal«, sagt er und zieht mich in Richtung Maureen.

»Auch ich heiße dich herzlich in unserer Familie willkommen«, sage ich, ebenso herzlich wie Lily. »Hast du Tobias schon kennengelernt?«

Tobias erspart es mir, unsere Beziehung zu qualifizieren, und stellt sich selbst vor, als Freund der Familie. Maureen sieht nicht so aus, als würde sie auf die Idee kommen, uns in irgendeiner Beziehung zueinander zu sehen, was mich ärgert. Mit ausgesuchter Herzlichkeit frage ich sie, ob sie auch Familie hat. Jetzt, wo sie den Lebensweg gemeinsam mit Vater gehen würde, will ich alles von ihr wissen. Maureen Schäfer fängt erfreut an zu plappern. Familie, oh ja, ein Sohn, Arne, 26 Jahre alt, und eine Tochter, Katharina, 24 Jahre alt. Katharina studiert Tiermedizin in Hannover und Arne Volkswirtschaft in Konstanz. Zu beiden hat sie ein super Verhältnis. Mit Katharina telefoniert sie beinah täglich, sie haben dieselbe Jeansgröße, nichts in ihrem Kleiderschrank ist vor Katharina sicher, haha. Und wenn Katharina ein Problem mit einem Jungen hat, kommt sie zu allererst zu ihr. Lily sieht gequält aus. Maureen plappert weiter. Von dem Vater der beiden ist sie seit einigen Jahren geschieden, ein bitterer Zug zuckt um ihren Mund, und mir wird klar, woher ihre ausgeprägte Magenfalte rührt. Außerdem lebt ihre alte Mutter noch, immer noch alleine in ihrem Haus, aber wegen ihrer Alzheimer-Erkrankung sei sie auf fremde Hilfe angewiesen. Tobias schickt mir einen triumphalen Blick und ermuntert Maureen mit einem empathischen Kommentar über die Schwierigkeit, den Alltag mit Alzheimer-Patienten zu bewältigen. Maureen legt Tobias eine Hand mit langen, frenchmanikürten Fingernägeln auf die Schulter, streicht leicht über seine Schultermuskeln, was mich irritiert, und ruft aus, wie recht er doch habe. Aber sie habe glücklicherweise einen rei-zen-den Betreuer für ihre Mutter gefunden, der sich rüh-rend kümmere. Maureen trinkt ihren Crémant mit Schwung aus und sieht sich um. Offenbar erwartet sie, dass er kommt und ihr nachschenkt. Du musst noch viel lernen, Maureen, denke ich. Und liege falsch: Er erscheint mit einer kühlen Flasche Crémant und schenkt Maureen langsam und gewissenhaft ein, den letzten Tropfen streicht er am Rand ihres Glases ab. Dann schenkt er mir nach und schließlich Tobias. Insgesamt dauert das Einschenken gut drei Minuten, während denen wir schweigen. Als er fertig ist, hebt Maureen ihr Glas und ruft:

»Du hast eine reizende Familie, Ernst!«

Ich bin geschmeichelt. Man hört es halt so selten.

Sie trinkt ihr Glas halb leer, oh je, denke ich, und wendet sich mit einer vertraulichen Geste zu mir, ihr Atem riecht nach Crémant, TicTac und etwas Altem, gut Gepflegtem.

»Weißt du, warum ich mich in Ernst verliebt habe?«

»Weil man sich so gut auf ihn verlassen kann?«, schlage ich bösartig vor.

»Weil er so einfühlsam ist! Schon bei unserer ersten Begegnung habe ich Ernst meine halbe Lebensgeschichte erzählt! Weißt du noch, Ernst, damals im Sachsbender?« Sie schlägt ihm leicht in die Seite und lacht glucksend. »Und jetzt lerne ich deine Familie kennen – und treffe schon wieder auf so sensible Leute!« Sie beschreibt mit ihrem leeren Glas einen Halbkreis und hält es Vater zum Nachfüllen hin. Er wiederholt seine sorgfältige Einschenkprozedur. Wenn du mit ihm zusammen bist, hast du zumindest automatisch dein Alkoholproblem im Griff, denke ich.

Maureen hält ihr Glas gegen die Sonne, nimmt einen Schluck und sagt:

»Ihr müsst sehr glücklich miteinander sein!«

Ich habe immer noch ausreichend Respekt vor meinem Vater, um an dieser Stelle nicht zu lachen.

Blöde Idee, in den Mini-Edeka in Trutzhausen zu gehen, um uns mit Proviant für die Fahrt auszurüsten. Schon mit zwölf hat mich sein Sortiment an Ronja-Räubertochter-Pannini-Bildern enttäuscht. Heute macht mich das Angebot geradezu aggressiv: fünf verschiedene Sorten Weichspüler, aber kein Ricotta. Überhaupt ist die Kühltheke winzig, stinkt und ist schlecht beleuchtet. Man muss fast hineinkriechen, um etwas zu erkennen. Ich wusste gar nicht, dass es immer noch Zott-Sahnejoghurt gibt. Ob die Becher noch aus den 80ern sind? Kann ich es wohl riskieren, an die Fleischtheke zu gehen? Wenn sie nur Gesichts-, Bärchen- und Zungenwurst haben, muss ich gehen, ohne etwas zu kaufen, und das nehmen die hier übel. Vielleicht erkennen sie mich sogar und petzen Vater, dass seiner Großstadt-Tochter die Wurstauswahl nicht gut genug ist. Moment. Den Hintern kenne ich. Der gehört Sandy. Sie muss eine große Auswahl an hellen Jeans haben. Neben ihrem hellen Jeanshintern klebt ein zweiter, kleinerer Jeanshintern in Dunkel. Eine 501. Werden die überhaupt noch produziert? Schnell schiebe ich meinen zwanzig Jahre alten Einkaufswagen mit dem eiernden Rad rückwärts, biege um eine Kurve. Dass die Topografie dieses Ladens seit dreißig Jahren unverändert ist, spielt mir in die Hände. Diese Gänge kenne ich gut, dreimal haben Ella und ich uns getraut, hier eine Flasche Baileys zu klauen. Jetzt geradeaus und ich stoße frontal auf sie.

Es ist tatsächlich Sandy. Mit einem Typen, der aussieht wie Pierce Brosnan für ganz Arme. Ihre rechte und seine linke Hand liegen auf dem Griff, sie schieben den Einkaufswagen. Sandys Kopf liegt an seiner Schulter, offenbar lesen sie gemeinsam das Etikett einer Dose mit Dosentomaten.

»Hallo Sandy!« Ich rufe so laut, dass ich auch im Kaufland in Bernstadt-Ehrenfeld von den Babywindeln bis zu den Dosentomaten durchgedrungen wäre. Sandy lässt die Dose mit den Tomaten fallen.

»Hallo Rosalie. Was machst du denn hier?«

»Ich kaufe ein.« Ich lache und beobachte, wie der Pierce-Brosnan-Ersatz die Dosentomatendose aufhebt und versucht, den eingedrückten Rand zurückzubiegen. Es gelingt ihm nicht, und er stellt die Dose zurück, nimmt eine andere aus dem Regal, prüft den Rand und legt sie in den Einkaufswagen.

»Für deinen Vater?« Sie ist gut informiert. Aber nicht gut genug.

»Nein, für Tobias!«

»Oh.«

Der Pierce-Brosnan-Ersatz zieht ein Nokia-Handy aus der Tasche und drückt einige Tasten. Er hat die Tastensignaltöne nicht ausgeschaltet, bei jedem Drücken ertönt ein Piep. Sandy fängt sich.

»Für Tobias. Wie schön. Das freut mich sehr für ih-, für euch. Das ist übrigens mein Freund Ingo.« Sie nimmt Ingo das Handy aus der Hand. Ingo grinst ein Brackets-Lächeln und gibt mir die Hand.

»Kennt ihr euch vom Aerobic?«

»Äh, nein. Machst du Aerobic?«

»Er meint Pilates.«

»Aha.«

»Rosalie ist eine Freundin von Tobias.«

»Tobias? Kenn ich nicht.«

»Klar kennst du den. Tobias, der …« sie zeigt auf ihre Beine, wirft mir einen Blick zu und wird rosa.

»Ach, der Rolli-Fahrer, mit dem du immer die Ausflüge machst.« Zu mir: »Machst du auch Ausflüge mit ihm, damit er mal rauskommt?«

»Wir sind zusammen.«

Und so habe ich es ausgesprochen. Im Trutzhausener Mini-Edeka vor einem Regal mit Dosentomaten, mindestens eine mit eingedelltem Rand. Eigentlich hatte ich es nur gesagt, um den Ingo-Idioten zu beschämen und vor allem Sandy, der Tobias gut genug für eine Affäre ist, die aber nicht genug Respekt hat, um ihn ihrem Freund gegenüber als Gelegenheitsfick oder auch nur als gleichwertigen Menschen hinzustellen. Es war also eher Provokation als Bekenntnis. Aber dennoch – einmal ausgesprochen ist ein Satz in der Welt. Beim Rausgehen freue ich mich an Ingos ratlosem Blick, den mir der Ladendiebprotektionsspiegel vergrößert zeigt.

Tobias und ich sind beide ein bisschen verlegen, als er sich zu mir ins Auto schwingt. Mein Bekenntnis macht mich beklommen, hoffentlich schreibt Sandy Tobias nicht direkt eine SMS und fragt nach oder gratuliert. Wir fachsimpeln kurz und ein wenig steif, ob Vater wohl vorhat, den rei-zen-den Betreuer von Maureens Mutter auffliegen zu lassen, und ich versuche die daran anschließende Gesprächslücke mit Geplauder über meine zähen Versuche, die Phöbus-Ermittlungen bei der Staatsanwaltschaft in Brüssel zu präsentieren, zu überbrücken. Obwohl ich der Geschichte über die stumpfen Beamten einen heiter-satirischen Anstrich verpasse, wirkt Tobias auffallend desinteressiert. Er blättert während meiner Anekdote demonstrativ in einem Reiseführer der reichen Stadt am See, als ginge ihn Phöbus nichts mehr an oder wäre ihm sogar lästig. Ein Gefühl von Enttäuschung und Verrat macht sich in mit breit, und mein Bekenntnis kommt mir plötzlich lächerlich vor. Aber als wir die ausgefransten Grenzen der Stadt hinter uns lassen und sich die Autobahn vor uns ausrollt wie eine endlose graue Zunge, als Tobias mich endlich wieder anschaut und mir im Reiseführer ein spektakuläres Foto von den Winterfreuden in der reichen Stadt am See zeigt, lege ich Phöbus innerlich in einer Akte ab und schaffe Raum für das Urlaubsgefühl.

Erst zögerlich, dann immer eifriger erzählt Tobias von der reichen Stadt am See, wo er zwei Semester studiert hat und man sich nicht entscheiden kann, ob der Sommer schöner ist oder der Winter. Im Winter gibt es ein Rollstuhlrennen mit Schlittenhunden, erzählt er. Auf dem zugefrorenen See wird mit Fackeln eine Strecke markiert. 15 Kilometer lang ist die Strecke und der Bahnrekord liegt bei 18,43 Minuten. Bei dem Rennen nehmen Behinderte und Nichtbehinderte gleichermaßen teil, aber noch nie hat ein Nichtbehinderter gewonnen. Es ist eine Frage der Ehre, dass man während des Trainingscamps eine Woche vor Startschuss gemeinsam mit seinen Hunden in einer kleinen Jurte schläft. Einmal hatte ein ortsfremder Schnösel sich vor dieser Verpflichtung drücken wollen und einen Angestellten in seinen Kleidern in der Jurte schlafen lassen. Die Hunde bemerkten diesen Verrat und heulten und winselten so lange, bis die Rennleitung in der Jurte auftauchte. Der Schnösel wurde unter Buhrufen öffentlich disqualifiziert.

Einige der Fahrer brachten ihren Hunden bei, aus den Wolken ihres Atems Gegenstände zu formen. Einhörner, Phönixe, Giraffen, Baukräne oder Hollywoodschaukeln. Diese Atembilder schwebten lange über der Szenerie, wurden größer und diffuser, bis sie schließlich im blauen Himmel verschwanden.

Tobias hat mit einer sechsspännigen schwarzen Hundemeute teilgenommen. Alle sechs Hunde hießen Gustav, es gab eine Modulation bei der Aussprache, die die Namen voneinander unterschied und die man genau treffen musste, damit die Hunde gehorchten. Tobias hatte eine Woche mit einem Lehrtonband geübt, und am Ende haben fünf Hunde einwandfrei auf ihn gehört. Leider war der sechste der Alphahund, ein großer, ernsthafter Geselle, der Tobias mit steter Verachtung im Blick anzuschauen pflegte. Tobias hat immer den Eindruck gehabt, er würde sich seinen Befehlen nur deswegen nicht verweigern, weil er Tobias nicht ernst genug nahm. Vier der fünf Varianten, Gustav auszusprechen, beherrscht Tobias immer noch. Gustav, Gustav, Gustav, Gustav. Wir probieren eine Weile herum, um die fünfte Variante zu finden.

Im Sommer steht die Stadt ganz im Zeichen des guten Lebens, weiß Tobias zu berichten. Lange Tanzstege werden in den See gebaut, auf denen die ganze Nacht Bands spielen und DJs auflegen. Und obwohl im Sommer alle Bewohner der reichen Stadt am See in einem fort feiern und tanzen, wird niemand von einem Kater heimgesucht. Denn die weise Stadtverwaltung hat sogenannte Anti-Hang-over-Bars eingerichtet, in denen den Betrunkenen fettige Speisen und magnesiumhaltige Getränke gereicht werden.

An jeder der insgesamt 233 Badestellen kann man gegen eine geringe Pfandgebühr Badekleidung in verschiedenen Größen aus einem Automaten ziehen, außerdem Handtücher, Sonnencreme und Mückenspray – jeder kann also jederzeit ein Bad nehmen, ohne sich mit nassen Handtüchern und Bikinis belasten zu müssen. Ruderboote werden per Gesetz nur mit Picknickkorb vermietet, und es schwimmen mobile Caféinseln über den See, auf denen Shakes, Kuchen und Eis an die Schwimmenden verteilt werden.

Es gibt künstliche Fische, die so programmiert sind, dass sie nachts blinkend das Wasser des Sees durchziehen und am Ende des Sommers in einem stillen, feierlichen Zug zurück in ein Aquarium am schmalen Ende des Sees schwimmen, das sie hüpfend über eine Lachstreppe erreichen. Grau und bewegungslos warten sie hier auf den nächsten Sommer. An den vier Sonntagen im August wird das Gefieder der 1111 Schwäne, die im See der reichen Stadt am See leben, durch spezielles Futter eingefärbt. Welche Farben es sein sollen, wird bei einer öffentlichen Abstimmung beschlossen. Tobias hat die Schwäne bereits in Pink, Gelb, Blaumetallic und in Gold gesehen.

Die Sprache, die in der reichen Stadt am See gesprochen wird, ähnelt einem Gesang und kennt mehr als 200 Wörter für Obstkuchen und fast ebenso viele für Löwenzahn.

Laut Tobias neigen die Bewohner der reichen Stadt am See im Allgemeinen nicht zum Rebellentum, leben geordnet und gesetzestreu, sind wohlerzogen und rücksichtsvoll, sogar Jugendliche räumen bei Grillfesten nach dem Ende des Gelages ihre Dosen und Chipstüten zusammen und entsorgen sie fachgerecht. Genau deswegen schätzen sie es sehr, wenn einmal jemand über die Stränge schlägt: Junge Frauen und Männer üben sich im Nacktbaden an öffentlichen Plätzen, und Fahrradfahrer, die bei Rot über Ampeln fahren, werden frenetisch bejubelt.

So fahren wir angeregt plaudernd und Pläne schmiedend durch Bauzen und Mühren, lassen Krankfurt hinter uns, überqueren den Bhein und die Zausel und noch vor Sonnenuntergang unseres ersten Reisetages begrüßen uns die beschneiten Gipfel hinter dem See der reichen Stadt am See.

Wir verbringen drei Tage dort. Nicht ein einziges Mal schaue ich in diesen drei Tagen zu Boden. Mein Blick klebt an den Hintergrund-Bergen. Wie gefaltet liegen sie dort, die Gipfel beschneit, jede Minute ein anderer Grauton, ein neuer Dunstschleier, ein anderer Lichteinfall. Wenn ich nicht die Berge anstarre, dann die neongrün beleuchteten Bäume, die Schiffe mit ihren in angenehmer Farbtemperatur leuchtenden Glühbirnenketten, die Kinder, die wie schlanke Pfeile ins Wasser springen, oder die schönen alten Frauen mit ihren braunen Gliedern und grauen Haaren.

Es gibt so etwas wie ein Zentrum dieser drei Tage. Einen Punkt, der Sommer, Leichtigkeit und Glück bündelt. Örtlich ist dieser Punkt ein hippes Schwimmbad am See und zeitlich ein später Nachmittag mit Wind. Still schiebt Tobias der Frau das Eintrittsgeld für zwei Personen hin, obwohl sie uns bereits mit Blick auf seinen Rollstuhl durchgewunken hat. Wie ich steckt er seine Füße durch den Bretterzaun und taucht sie in das klare, grüne Wasser. Als wir schwimmen wollen, setzt er sich an den Rand der Leiter und springt aus sitzender Haltung kopfüber ins Wasser. Ich muss nur den Meyra zur Seite schieben und ihm folgen. Zügig schwimmt Tobias aus der abgesteckten Bademeisterzone in die Weite des Sees. Fast muss ich mich beeilen, um aufzuschließen. Als ich ihn erreiche, wirft er sein Haar in einem Funkenregen zurück, dreht sich mehrfach im Wasser um die eigene Achse und spritzt mir eine Fontäne ins Gesicht (das mag ich normalerweise gar nicht). »Komm!«, ruft er und schwimmt auf den Springbrunnen zu, der in etwa 200 Metern Entfernung selbstvergessen tanzt. Zwölf große Düsen sprühen Fontänen von Seewasser in den Himmel, mal in einer geordneten Reihe absteigend, mal abwechselnd himmelstürmend und bescheiden plätschernd, mal gemeinschaftlich auf Kurparkgröße schrumpfend, mal in einem gewaltigen Spermastoß mit aller Kraft emporschießend. Je näher wir kommen, desto höher sprühen die Fontänen, desto lauter beanspruchen sie ihren Raum. Ein Tropfenregen stiebt uns entgegen und nimmt uns Sicht und Atem. Wir schwimmen noch näher, die Luft wie aus Schaum. Schon kommen uns die ersten Schwimmer entgegen, braun gebrannt, mit breiten Schultern und weißen Zähnen, von der Fontäne besiegt. Tobias schwimmt weiter und weiter, weiter als es erlaubt, klug und möglich zu sein scheint. Wie Kapitän Ahab auf seinem sinkenden Schiff lacht er, und wie Ismael muss ich ihm folgen. Schwimmend kneife ich die Augen zusammen und versuche, durch die dichten Wasserschleier auf meinen Wimpern und den Tropfenvorhang vor meinem Gesicht zu sehen. Die Fontänen belohnen die Hartnäckigen mit einem zitternden, schillernden Regenbogen, und mitten darin liegt Tobias ruhig im Wasser.

Auf dem Weg zurück zum trockenen Holz, leiser Musik und den blanken Brüsten lesbischer Mädchen kreuzt ein wunderschönes, rot-weißes Tretboot, und ich frage:

»Wollen wir uns eins leihen?«

»Rudern kann ich besser als treten.«

Ich hatte es vergessen.

23. August

Manche Worte sind magisch. Tod, Fest, Richter, Mädchen, Zeit. Sie haben mehr im Rücken als nichtmagische Worte. Das Wort Hochzeit macht Menschen besser. Die Floristin, die einen Brautstrauß bindet, tut es mit all ihrer Sorgfalt. Der Kutscher, der das Brautpaar fährt, putzt die Pferde gründlicher und poliert den Jagdwagen mit besonders feinem Tuch. Die Köchin benutzt die gute Butter, die Kapelle spielt lauter und der Getränkelieferant liefert, was er kann.

Diese Hochzeit ist die Hochzeit unter den Hochzeiten. Weil die Braut und der Bräutigam eine allürenlose Schönheit teilen. Weil sie schnell und mühelos Herzen gewinnen, gemeinsam und jeder für sich. Weil sie aus zwei Welten stammen und grade genug gemeinsam haben, um die Fremdheit des anderen mit Großzügigkeit zu bestaunen. Zumindest gelingt ihnen das meistens. Oft. Hin und wieder. Auf jeden Fall gelingt es ihnen an diesem Tag.

Ich hatte ein bisschen Angst vor dem Zelt gehabt. Man kennt ja diese Zelte, die aussehen wie schlechte Klone von hässlichen Fertighäusern, die schlechte Klone von neureichen Einfamilienhäusern sind. Deren Dächer in gewellten Abschlusskanten enden und deren halbrunde Sprossenfenster aus Plastik sind. Aber dieses ist ein rundes Zirkuszelt aus dickem, naturfarbenem Leinen. Die Stangen sind Holzstöcke, jeder eigenwillig geformt. Auf dem Zeltmast hat die Braut einen Strauß mit Kunstblumen befestigt und in der Spitze des Zeltes hängt eine Diskokugel an einer Konstruktion aus Treibholz. Der Bräutigam hat sie gebaut und ist sehr schockiert, als Tobias ihn fragt, ob er sicher sei, dass die Kugel nicht irgendwann herunterfallen und jemanden erschlagen würde.

Wir gehen rein, sagen Ja, gehen wieder raus – so lautete der Plan für das Provinz-Standesamt. Trotz dieses Plans und obwohl der Beamte die Zeremonie mit »Sodele« beginnt, obwohl spätestens bei seiner dritten Erkundigung, ob die Klimaanlage nicht zu stark kühle, klar ist, dass er es nicht aus Sorge um unsere Körpertemperatur, sondern zwecks Selbstdarstellung tut, obwohl er ein Gedicht von einem nie gehörten Dichter vorliest, in dem Zeilen wie »Versprechen sind Worte geschrieben in Küstensand bei Ebbe« vorkommen – der Bräutigam sagt »Ja«, die Braut jubelt, wir weinen und applaudieren und sind in einer romantischen Komödie.

Was wir in den folgenden drei Tagen auch tun, ob wir am See Prosecco aus ungespülten Gläsern trinken oder bei 25 °C und Sonnenschein bei zugezogenen Vorhängen in einer Wirtsstube riesige Schnitzel essen – ein Hauch von guter Zeit ist um uns. Die Kinder springen auf dem Trampolin, schießen mit Wasserpistolen und produzieren Riesenseifenblasen; die Braut wandert in acht Zentimeter hohen Absätzen zwölf Kilometer blasenfrei.

Das Beste holt diese Hochzeit auch aus mir heraus. Die Überraschungskutsche kommt pünktlich, der Kutscher hat den Pferden (Montana und Cappuccino, aber darauf hatte ich nun wirklich keinen Einfluss) Schachbrettmuster auf die runden Hinterteile gestriegelt, und ich bin meinem Auftrag gerecht geworden und habe alle Hochzeitsspiele und sonstigen Beiträge abgewehrt, die die Tanzparty gestört hätten. Schwungvoll jage ich die Punkte, die die Qualitätskontrolle passiert hatten, durch den Abend und die verspätete Köchin durch ihre Menüplanung. Ich halte eine pointierte und gefühlvolle Rede auf die Braut und meine Diashow ist das reine Entertainment. Wo ich stehe und laufe, lächeln mir Gesichter entgegen. Ich treffe eine ehemalige Kommilitonin wieder, die ich immer von ferne bewundert habe und die zwar zwei Kinder hat und einen Mann, der aussieht wie Antonio Banderas, aber deren Karriere weniger befriedigend verlaufen ist als meine. Der Brautvater lobt meine Ausstrahlung, und ich bekomme Komplimente für ein Kleid, das ich schon seit 15 Jahren besitze und in dem meine Brüste noch immer gut aussehen, ohne BH.

Und wo immer es ein Kabel zu überbrücken gibt, ein Wanderlied aus dem Internet zu ziehen, eine Leinwand zu improvisieren, einen Genderchanger für den Beamer aufzutreiben oder ein beruhigendes Wort zu sagen, ist Tobias da. Er löst jedes Problem effizient, endgültig und undramatisch, kommt dabei mit Tausenden von Menschen aus der verästelten Hochzeitsgesellschaft ins Gespräch, und seit er auf dem Hintern mit den Kindern Trampolin gehüpft ist, haben sie ihre Scheu verloren und führen gerne kleine Dienstleistungen für ihn aus. Oft schaue ich mich nach ihm um, mit der Sorge, er könnte ein logistisches Problem haben oder sich nicht unterhalten, aber jedes Mal sitzt er entweder mit einem eifrig nickenden kleinen Helfer am DJ-Pult und verkabelt oder in einer Gruppe Männer und googelt Fußballergebnisse oder erzählt lustige Geschichten über männliche Siebhirne und Ähnliches. Einmal stoppt er mich, als ich in meiner Hybris die ganze Gesellschaft daran hindern will, in den Garten zu gehen und Kuchen zu essen, damit wir rechtzeitig zum nächsten Programmpunkt kommen. Es ist Tobias, der uns am Abend des Festes verbietet, weiterhin über das Wetter zu reden, und der mich daran hindert, alle zehn Minuten das Zelt zu verlassen und mit ausgebreiteten Armen zu testen, ob der Regen weniger wird. »Wenn das Spiel einmal begonnen hat, ist das Wetter egal«, sagt er zu mir. Dieser Spruch wird das Motto des Festes.

Immer wieder kommen Freundinnen und auch unbekannte Menschen zu mir, um mir zu sagen, was wir für ein tolles Paar sind. Und das sind wir: Gegen Mitternacht spielt die Band »Fly me to the moon« in der Version von Julie London. Schon bei den ersten Takten suche ich Tobias, und mein Blick erinnert ihn an die Fahrt zur reichen Stadt am See, bei der wir dreimal um einen

Kreisverkehr gefahren sind, um das Lied zu Ende hören zu können. Genug Geschichte für ein gemeinsames Lied. Tobias kommt mir durch eine Gasse aus tanzenden Hochzeitsgästen entgegen. Wir treffen uns in der Mitte des Tanzbodens und wir tanzen. Ich bin mir ganz sicher, es hat nicht peinlich ausgesehen.

Irgendwann ist der Regen wirklich scheißegal. Niemand spricht mehr davon, wie schön eine laue Sommernacht mit Sternen und Glühwürmchen gewesen wäre. Niemand sagt, dass der Wetterbericht nur leichte Schauer angekündigt hat, und es wird auch nicht mehr »ausgerechnet heute« gejammert. Still werden die Geschenke in Sicherheit gebracht, als es im Zelt zu tröpfeln beginnt, Pumps und Stilettos werden weggeschleudert, als die Wiese in Schlamm aufgeht.

Sogar der Stromausfall passt zumindest mir gut in den Kram, denn er trennt den einzigen zähen Beitrag, den ich nicht verhindern konnte, sauber in zwei Hälften. Wenn wir das Stromproblem jetzt schnell lösen und uns eine DJ-Heldentat gelänge, würde der zweite Teil des zähen Punktes für immer im Nirwana der nicht ausgeführten Pläne verschwinden, und wir werden tanzen, bis es hell ist.

Also schnell. Ich eile zu Tobias, beuge mich herunter und gebe ihm einen Kuss.

»Hast du irgendeine Idee, wie wir den Strom wieder ans Laufen bekommen?«

»Hm, die Leitungen sind nass geworden. Wir müssen sie trocknen und wasserdicht einpacken.«

»Ich assistiere dir. Du kannst gerne mein Kleid zum Abtrocknen nehmen. Wir müssen uns beeilen, sonst gehen alle Gäste, und das Fest ist vorbei.« Diese Gefahr ist eher theoretisch, denn im Moment traut sich wegen der Sturzbäche niemand aus dem Zelt. Trotzdem nehme ich Tobias' Hand und ziehe ihn in Richtung Anlage. »Komm, wir müssen die Welt retten.«

Ja, ich war betrunken und auch ein bisschen bekifft und sicher vermindert schuldfähig. Aber das ist alles Blödsinn. Ich wusste genau, was ich tat. Ich habe sogar überlegt, ob wir die Hauptsicherung rausnehmen sollten, aber das hätte aus Gründen der Ortskenntnis nur der Bräutigam tun können, und den wollte ich nicht behelligen. Ich habe auch gehört, was sie hinter meinem Rücken murmelten »oh ... gute Idee ist?« – »alles pitschnass« – »Konstruktion mit den Lichterketten ...?«. Aber die Kommentare brachten nicht den kleinsten Riss in unsere Entschlossenheit. Vielleicht wird es irgendwann ein Trost für mich sein, dass es eine gemeinsame Entschlossenheit war.

23. August 1.23 Uhr

Die Sanitäter sind unwillkommen. Hässliche Käfer mit wasserdichten rot-schwarzen Panzern in einem Schwarm Schmetterlinge, grob, dumm, ohne Sinn für Eleganz. Mit starken Taschenlampen leuchten sie in unsere Gesichter, die Worte, die sie sich zurufen, sind laut und bestehen hauptsächlich aus Umlauten. Sekunden nach ihrem Eintreffen haben sie Tobias aus seinem Meyra gezerrt und auf eine Bahre aus beigen Rohren mit orangener Liegefläche und winzigen Rollen gelegt. Unbeirrbar schieben sie die Bahre fort von uns über den aufgeweichten Boden. Regentropfen fallen in Tobias' Gesicht. Ich nehme einen von den Schirmen, mit denen die Mädchen immer auf die Toilette gegangen sind. Meine Absätze sinken tiefer in den Matsch als an jedem anderen Zeitpunkt dieses Abends, mein feuchtes Kleid hängt schwer um meine Beine und zieht meine Brüste nach unten. Ich erreiche Tobias erst, als er nur noch wenige Meter von dem grell erleuchteten Rettungswagen entfernt ist. Die Sanitäterin mit dem Tropf in der Hand versucht mich und den Schirm wegzuscheuchen. Ich fauche sie an und halte den Schirm über Tobias. Ella steht hinter mir und legt mir ein Sakko von irgendeinem Anzug um die Schultern. Ich schüttele es ab, sie legt es mir wieder um die Schulter, ich schüttele es ab. »Bring Tobias' Meyra mit«, bitte ich sie, und sie nickt nach einem kurzen Moment der Verständnislosigkeit.

»Ich bin seine Verlobte«, sage ich und steige in den Rettungswagen.

Ich drücke mich an den Sanitätern vorbei und setze mich neben Tobias' Gesicht. Das Regenwasser ist kalt. Mit meinem Kleid tupfe ich Tobias ab und summe ein paar Takte von »Fly me to the moon«, höre wieder auf, weil es gruselig klingt. Ich kann nur sein Gesicht sehen, so nah bin ich ihm. Seine Stirn ist sommerbraun. Die dichte Linie seines Haaransatzes hat einen feinen weißen Strich an den Rand dieser Stirn gezogen. Seine Wimpern sind kokett geschwungen. Ich habe kein Bild von ihm im Schlaf. Kann es sein, dass ich ihn niemals schlafend gesehen habe? Angestrengt setze ich Bilder zusammen: Tobias schlafend auf der Picknickdecke – nichts. Tobias schlafend im Liegestuhl, die Zeitung auf dem Bauch – nichts. Tobias schlafend auf dem Beifahrersitz – nichts. Tobias schlafend im Bett, morgens, wenn ich vom Laufen kam – nichts. Ich durchsuche meine Großhirnrinde und kann doch kein Bild finden, um es mit diesem abzugleichen.

Unumstößlich die Autorität, mit der der leitende Arzt der Ambulanz mir zu verstehen gibt, dass ich im

Gang warten muss. Genauso gut hätte er mich gegen die Wand schubsen und die Tür zwischen Tobias und mir mit einem Vorhängeschloss sichern können. Ich stehe vor der verschlossenen Tür und bin völlig ratlos, was jetzt zu tun ist. Man sollte Wartende in Krankenhäusern Holz hacken oder Bibliotheken sortieren lassen. Ich renne im Gang herum und konzentriere mich auf den Schmerz in meinen durchtanzten Füßen. Ich ziehe das Sakko an, das rätselhafterweise wieder oder immer noch um meine Schultern liegt, und gebe mir selbst den Auftrag, mir ohne Geld einen Kaffee zu besorgen. Leider gibt mir die Schwester im Schwesternzimmer sofort einen. Grade überlege ich, ob ich mich irgendwie verletzten könnte, um auch eine Rolle zu haben, als Ella mit dem Meyra auftaucht.

Sie sagt, dass Johann sie gefahren habe und sie zum Glück in keine Alkoholkontrolle geraten sind und dass Johann grade einen Parkplatz sucht.

Ich nicke.

Sie sagt noch mehr und ich nicke. Dann gibt sie mir eine Flasche Zwetschgenschnaps und wir nehmen einen Schluck.

»Rosalie. Eins ist ganz wichtig: Das hier ist nicht deine Schuld.«

Ich weiß, was Ella damit sagen will: Sie will sagen, das hier sei einfach passiert. Ohne Grund, ohne Anlass, ohne Auslöser. Zufällig. Zufällig heute, zufällig Tobias, zufällig mir. Ich weiß es besser. So etwas Schreckliches passiert nicht zufällig. So etwas Schreckliches passiert, weil Menschen grausam sind und dumm. Ella unterschätzt mich. Ich nicke und bitte sie, mir einen Kaffee zu holen. Sie wirft einen Blick auf meine halbvolle Tasse aus der Schwesternküche, drückt mir die Flasche in die Hand und verschwindet.

Später hieß es, der Stromschlag sei gar nicht so stark gewesen. Dass er möglicherweise ein schwaches Herz gehabt habe. Ich weiß nicht, ob mich das trösten sollte. Ich weiß nur, dass das Unsinn ist. An seinem Herzen hat es nicht gelegen.

September

Wir beerdigen Tote, um zu verstehen, dass sie tot sind. Wir räumen ihre Häuser aus, um zu verstehen, dass sie tot sind, wir nehmen ein Erinnerungsstück, um zu verstehen, dass sie tot sind. Keines dieser Rituale hat bei mir gewirkt. Der Pfarrer, der sagt, Gott habe Tobias bei seinem Namen gerufen, Tobias' Mutter, die mir unter Tränen sagt, wie froh sie ist, dass Tobias mich doch noch gefunden hat, Sandy, die Designerlampen in Kisten packt und dabei schluchzt, die mir das Teleskop im Originalkarton aushändigt und mir verrät, Tobias habe es nur gekauft, um mit mir in die Sterne zu schauen. Rätselhafter als ein Kornkreis. Rätselhaft wie der Satz mit den drei Worten. Tobias ist tot.

Wir halten uns alle für unsterblich. Aber dennoch: Meine Verständnislosigkeit in Bezug auf diesen Satz hat eine besondere Qualität. In endlosen Stunden durchsuche ich mein Gedächtnis nach dem Grund für diesen Tod. Szene um Szene setze ich zu einem Bild von Tobias und mir zusammen und durchleuchte das Bild auf die Fehleinschätzung, die mich dazu getrieben hat, ihn auf diese nassen Stromkabel zu hetzen. Ich werde fündig: Offenbar bin ich überzeugt gewesen, dass jemand, der 16-jährig mit einem Fahrrad zwischen den Rädern eines Lkws verschwindet und 37-jährig mit schwieligen Händen, tadellosem Charakter und zerstörten Beinen wieder auftaucht, unsterblich ist. Oder im höchsten Fall mit 85 Jahren im Vollbesitz aller Kräfte in einer Hängematte entschlummert. Umgeben von einer Schar weinender Enkel, Kinder und Freunde.

Was für eine unfassbar dumme Idee. Nirgendwo, nicht im Himmel und nicht in der Hölle, sitzt jemand und verteilt Unglück gerecht auf Lebensläufe. Manche werden siebenmal vom Blitz getroffen. Andere geraten mit ihren Bienenhäusern in eine Windhose, ihr Jagdhund tritt auf den Auslöser des geladenen Gewehrs. Wieder andere sterben mit einem Knochengerüst ohne den kleinsten Haarriss. All das weiß ich. Keine Ahnung, wie ich so eine beknackte Vorstellung von Tobias' Schicksal entwickeln konnte.

Das heißt, doch: Ich weiß, warum ich so eine beknackte Vorstellung von Tobias' Schicksal entwickelt habe: Es war bequem. Den Unfall als Unterpfand für alles Folgende zu interpretieren war bequem. Eine gemeisterte Lebensaufgabe, auf die das reine Glück folgt: Schönheit, Stolz, Erfolg und eine Beziehung mit mir. Der Betteljunge, der über sich selbst hinauswächst und die Prinzessin gewinnt. So hatte ich gerechnet. Die Rechnung ist nicht aufgegangen. Ich war sorglos gewesen. Ella hat unrecht. Ich bin schuld.

Oktober

Es ist Herbst. Ich stehe auf der Terrasse, umgeben von verblühten Sommerblumen. Von den matschigen Blättern auf dem Holzboden steigt ein erdiger Geruch auf. Ich könnte ins Gartencenter fahren und Herbstblumen kaufen. Aber wozu? Die Katze kommt, schmiegt sich an meine Beine und schnurrt. Ihre Freundlichkeit deprimiert mich, erbarmungswürdig muss ich sein, dass selbst die Katze Mitleid mit mir hat.

Das Telefon klingelt. Es ist Vater.

»Rosalie, kennst du eine moderne Kommunikationsmethode mit dem Namen ›Skype‹?«

»Ja.«

»Gut, dann kannst du mir vielleicht helfen. Eine verdächtige Person gibt an, während eines Tatzeitpunktes mit einer anderen Person – wie nennt man das korrekt ›geskypt‹?«

»Keine Ahnung.«

»Egal, jedenfalls gibt die Person an, mit einer anderen Person geskypet zu haben. Würdest du das als Alibi akzeptieren?«

»Weiß nicht, vielleicht, kommt drauf an, ob …« Mir kommt das Ende des Satzes abhanden, und ich lasse ihn unfertig in der fahlen Herbstluft stehen.

»Weißt du was?«, sagt Vater nach einer kleinen Pause. »Ist nicht so wichtig. Vielleicht war das eh eine unsinnige Idee. Viel wichtiger: Wie geht es dir?«

»Es geht.«

»Ich wollte es dir schon lange sagen, aber dann war da all die Arbeit … Jedenfalls – ich glaube, du hast Tobias wirklich glücklich gemacht. Ich hatte immer den Verdacht, dass er eine Schwäche für dich hat.«

»Das trifft es wahrscheinlich ganz gut.«

»Ich weiß, das ist natürlich nur ein schwacher Trost …«

Es ist nicht Vaters Schuld, dass er keinen Trost finden kann. Gerne würde ich ihm helfen, kann aber auch nicht mehr anbieten als ein gemeinsames trauriges Schweigen am Telefon.

»Rosalie« – Vater holt Luft – »ich könnte dich doch mal besuchen kommen. Mit Maurehn. Nein, vielleicht besser ohne Maurehn. Ich könnte dich zum Essen einladen oder wir kaufen ein Kleid für dich?«

»Vielleicht.«

»Dann kann ich auch endlich mal die Aktenordner abholen.«

»Was für Ordner?«

»22 Ermittlungsordner aus dem Frühling und Sommer. Ich vermisse sie schon länger, aber ich wollte dich nicht damit belästigen. Jetzt würde ich Maureen gerne ein paar Fakten über den Betreuer ihrer Mutter präsentieren, und das geht natürlich am besten mit den Originalen. Oder brauchst du sie noch?«

»Ich habe keine Aktenordner von dir …«

»Das ist merkwürdig.« Schwaches Misstrauen liegt in seiner Stimme. »Ich war mir ganz sicher, dass ihr sie damals mitgenommen habt, als ihr herausfinden wolltet, wo ich war. Komischerweise ist auch ein Ordner mit Dateien von meinem Computer verschwunden. Der mit meinen Ermittlungen zum Niederen Venn, mit denen ich damals beschäftigt war, du erinnerst dich? Das ist keine Katastrophe, ich hatte damals den Aktenordner mitgenommen. Aber dennoch: Habt ihr möglicherweise eine Kopie meiner Festplatte gemacht, bevor ihr ans Werk gegangen seid?«

»Was denn überhaupt für Ordner? Ich denke, seit dem Wasserschaden würdest du nur noch auf deinem Computer sichern?«

»Einen Wasserschaden hatte ich zum Glück noch nie. Außerdem ist der Panicroom, den ich als Archiv nutze, überflutungs- und feuerfest. Meinst du, die Akten könnten bei Tobias sein? Er hatte ja einen Schlüssel. Vielleicht sind sie in seinem Keller, da schaut man ja immer zuletzt nach …«

Der Keller, denkt Rosalie. Natürlich, der Keller. Ihr Vater spricht weiter, aber die Worte sind bloß noch ein dumpfes Rauschen.

Rosalie legt auf, verlässt den Balkon, zieht einen schwarzen Trenchcoat an, fährt mit dem Fahrstuhl in die Tiefgarage, steigt in ihr Auto, nimmt eine vertraute Strecke.

Den Schlüssel zu Tobias' Haus hat sie noch immer am Schlüsselbund. Rosalie öffnet die Tür, vermeidet den Blick in die leer geräumte Küche und geht direkt zum Aufzug. Die Türen öffnen sich und Rosalie geht hinein. Sie könnte auf die »1« drücken, aber in der ersten Etage werden kein Bett mit schöner Katze darin, keine Tolomeolampen und kein String-Regal mehr sein, nur der Walnussbaum, der mit nackten Zweigen an das Fenster kratzt. Rosalie legt ihren Finger auf den Knopf mit dem »K« – und drückt.

Der Keller. Rosalie ist noch nie hier gewesen. Ein Schritt aus dem Aufzug, und sofort dringt die Kühle des Betonbodens durch die Sohlen ihrer Chucks. Sie findet den Lichtschalter, und eine Halogenröhre flackert auf. Ein überfüllter Kellerflur. Farbeimer, Tapetenrollen, Gardinenstangen, mehrere Stapel beiger Fliesen, ein angebrochener Zementsack, Holzlatten in verschiedenen Längen. Über den Baumaterialien liegen Kartons und Kunststofffolien. Rosalie kann die Verpackungen eines Kinderplanschbeckens, einer Espressomaschine und einer Designer-Pendelleuchte mit dem Namen »Eddie's Son« erkennen. Als sie weitergeht, entdeckt sie einen Karton mit einem Lieferschein für ein String-Regal und weitere Verpackungen vertrauter Gegenstände. Komplett neu eingerichtet, denkt Rosalie. Nicht ein Möbelstück stammt aus einer früheren Wohnung. Warum war ihr nie aufgefallen, dass ausnahmslos alles, von der

Espressomaschine bis zum Teleskop, brandneu gewesen ist? Warum hat sie nie etwas von dem Kraftakt gespürt, der diese Einrichtung hervorgebracht hat? Rosalie presst die Handballen an ihre Augen und sehnt sich nach einer Wand, an die sie ihre Stirn legen könnte.

Ein schmaler Gang führt durch das Gerümpel in den hinteren Teil des Kellers. Rosalie fürchtet sich vor dem, was sie am Ende des Ganges finden wird, und folgt ihm dennoch, biegt ab in einen zweiten Raum. Wieder findet sie den Lichtschalter, dieses Mal flammt eine Kerzenglühbirne auf. Vilux, denkt sie, 25 Watt. Ihr schütteres Licht beleuchtet einen roten Kunstlederkinderwagen, gefüllt mit einem Vogelhäuschen und einem Trockenblumenstrauß, einen Stapel Wasserkästen, eine Milchkanne, in der ein Regenschirm mit gebrochener Stange und eine Wasserwaage stecken, einen verstaubten, ausgestopften Eichelhäher auf einem Ast, der neben einer bauchigen Flasche in einem Regal steht. Wo sind all die anderen Tiere geblieben? Hat es sie nie gegeben, oder hat Tobias sie einem Museum vermacht, wo sie unter den Blick gelangweilter Schulkinder verstauben? Ihr Blick fällt auf das komplett verbogene Hinterrad eines Kinderfahrrads, das einsam aufgebahrt in einem Regal liegt. Sie beugt sich über den Kinderwagen und zerrt es ins Licht. Es ist alt, die Chromfelge von Rostpickeln verunstaltet. Die wenigen noch vorhandenen Speichen zeigen grotesk Richtung Kellerdecke. Als sie mit dem Finger über das brüchige Gummi streicht, spürt sie ein Kribbeln, als wäre noch immer eine Bewegung darin gefangen. Rosalie versucht daran zu denken, wie Tobias mit seinem Meyra über leere Straßen durch die Nacht gerast ist, wie schnell er gewesen ist, wie der Nachtwind mit seinem Haar gespielt hat und seine makellose Stirn freilegte. Aber je länger Rosalie auf das Hinterrad starrt, desto fadenscheiniger wird das Bild: Tobias' Gesicht ist vor Anstrengung verzerrt, sein Haar schweißnass. Manisch greift er in die Räder des Meyra, seine Fingerknöchel sind weiß. Rosalie legt das Hinterrad in den Kinderwagen und deckt es mit einem geblümten Plastiktischdeckchen zu.

Sie folgt dem Gang tiefer in das Labyrinth. Die verstaubten, hässlichen Gegenstände streifen ihr Haar und flüstern ihr Geschichten über Tobias zu. Tobias, der alte Stofftiere verbannt, damit Rosalie ihn nicht für sentimental hält, der seine Krücken verschwinden lässt, um seine Sehnsucht nach einem aufrechten Gang vor Rosalie zu verbergen, der das Kamasutra nach Stellungen durchforstet, die auch ein Querschnittsgelähmter ausführen kann, und es dann im Keller neben einem Minotaurus aus Ebenholz versteckt.

Rosalie zwingt sich, an seine rauen Hände zu denken, an sein armanigeschneidertes Gesicht. Daran, wie er mit ihr zu »Fly me to the moon« getanzt hat, und wie er schwerelos im Wasser des Sees lag. Der Gedanke an diese Bilder spült Glück durch Rosalies Adern. Der Keller kann ihnen nichts anhaben, und sie weiß, dass ihr diese Bilder bleiben werden, was auch immer am Ende des Ganges auf sie wartet.

Dorthin dringt das schwache Licht der Kerzenglühbirne nur noch als fahler Schein. Aber auch ganz ohne Licht hätte Rosalie erkannt, was hier auf dem Boden liegt: 22 Aktenordner. Rosalie geht vor ihnen in die Hocke. Die Ecken sind eingedrückt, die Deckel zerkratzt und verbogen, aus einigen Grifflöchern sind die Ringe gesprungen. Zögernd schlägt sie den ersten auf und wieder zu. Im Licht ihres Handys erkennt sie vertraute Geschichten von komischen Zufällen und aberwitzigen Erklärungen. Rosalie legt die Aktenordner hinter sich in den Gang. Sie öffnet den nächsten und den übernächsten. Der Stapel vor ihr wird kleiner, der Stapel hinter ihr höher. 2010B/15 hat eine geknickte Ecke und erzählt von einer Mittfünfzigerin und ihrer alzheimerkranken Mutter, die Rosalies Vater in einem Café ihr Herz ausschüttet, und von einer Verschwörung gegen die Glühbirne. Tobias, denkt Rosalie. Tobias am Küchentisch, vor sich zwei Stapel mit Ermittlungen ihres Vaters. Tobias, der Rosalie anlächelt mit wölfischem Grinsen. Tobias, dessen trommelnde Finger Rosalies Blicke auf den richtigen Stapel lenken. Tobias, der geduldig auf den perfekten Moment wartet, Rosalie in den Glühbirnenwald zu schicken.

Immer schneller schichtet Rosalie die Aktenordner hinter sich auf. 2010B/16, 2010B/17, 2010B/18, 2010B/19, 2010B/20 – 2010B/21 fehlt. Sie nimmt 2010B/22 auf den Schoß, presst den Klemmbügel des Aktenordners in ihre Handfläche. Er ist so verbogen, dass er sich nicht mehr schließen lässt.

»Ich musste sie die Treppe runterwerfen«, flüstert Tobias.

»Was hattest du mit ihnen vor?«, fragt Rosalie.

»Ich wollte sie zurückbringen, bevor er wiederkommt. Aber du siehst ja, wie sie aussehen. Außerdem kam er früher, als ich dachte.«

»Wie hättest du wissen können, wann er zurückkommt?«

»Ich habe seinen Pensionswirt gebeten, mir Bescheid zu geben. Er muss es vergessen haben.«

»Woher wusstest du, wo er war?«

»In seinen E-Mails war eine Reservierungsbestätigung.«

»Hast du den Ordner zum Niederen Venn gelöscht?«

»Natürlich.«

»Wie bist du die Treppe in unserem Haus raufgekommen?«

»Ich habe mich hochgezogen. Dann bin ich zum Schreibtischstuhl deines Vaters gekrochen und habe ihn als Rollstuhl benutzt.«

»Aber warum?«

»Weißt du das wirklich nicht?«

Ich danke Regina für königliche Ehrlichkeit, Jan für Inspiration, Ideen und Akribie, Kerstin für staatsanwaltliche Genauigkeit, Martin für freundliche Verschwörung, Petra für Psychologie, Olaf für untrügliches Gespür für Tempus, Kaffeezubereitung und Physik, Doro für Rat, Bert für alles.